中华古典文学选本丛书

杜牧诗选

胡可先 选注

中华书局

图书在版编目(CIP)数据

杜牧诗选/胡可先选注. —北京:中华书局,2023.4
(2024.6 重印)
(中华古典文学选本丛书)
ISBN 978-7-101-16002-4

Ⅰ.杜… Ⅱ.胡… Ⅲ.唐诗-注释 Ⅳ.I222.742

中国版本图书馆 CIP 数据核字(2022)第 226317 号

书　　名	杜牧诗选	
选　　注	胡可先	
丛 书 名	中华古典文学选本丛书	
责任编辑	张　耕	
责任印制	陈丽娜	
出版发行	中华书局	
	(北京市丰台区太平桥西里38号　100073)	
	http://www.zhbc.com.cn	
	E-mail:zhbc@zhbc.com.cn	
印　　刷	大厂回族自治县彩虹印刷有限公司	
版　　次	2023 年 4 月第 1 版	
	2024 年 6 月第 2 次印刷	
规　　格	开本/880×1230 毫米　1/32	
	印张 13　插页 2　字数 151 千字	
印　　数	5001-10000 册	
国际书号	ISBN 978-7-101-16002-4	
定　　价	48.00 元	

前　言

　　清代诗人田雯《读樊川集后》："自是诗翁矜格律,凤凰得髓旧编存。一般俎豆先生处,慷慨论兵又《罪言》。"正因为杜牧的诗得杜甫诗精髓,故《新唐书》称:"人号为小杜,以别杜甫云。"宋人王安石《和王微之秋浦望齐山感李太白杜牧之》,则合杜牧与李白同咏,赞其"末世篇章有逸才"。清人翁方纲《石洲诗话》卷二至为推崇:"樊川真色真韵,殆欲吞吐中晚千万篇。……小杜之才,自王右丞以后,未见其比。其笔力回斡处,亦与王龙标、李东川相视而笑。"与杜牧同时的著名诗人李商隐曾写过《杜司勋》诗:"高楼风雨感斯文,短翼差池不及群。刻意伤春复伤别,人间惟有杜司勋。"李商隐与杜牧堪称晚唐诗坛上光芒闪烁的双子星座,时人称为"小李杜"。李商隐赠杜牧的这首诗虽仅四句,却淋漓尽致地写出了晚唐社会那种风雨飘摇的政治形势和诗坛的寂寞,以及厕身其中的诗人那种砭骨的寂寞落拓和无可奈何的悲哀。李商隐将杜牧视为诗坛知己,在诗中极力地表现他对杜牧的满心倾倒与相互惋惜的情谊,是对杜牧诗歌的深切理解与地位的确认。杜牧无愧于晚唐诗坛的杰出代表。

　　杜牧(803—852),字牧之,京兆万年(今陕西西安)人。出身于仕宦之家,京兆杜氏历来是豪门望族。这一世系可以追溯到西汉时的御史大夫杜周。杜氏在唐代威望更加煊赫:杜牧曾祖杜希望,玄宗时为鸿胪卿、恒州刺史、西河郡太守,官至凉州节度使,封襄阳公,赠左仆射。祖父杜佑,做过德、顺、宪宗三朝的宰相。父亲杜从郁,官至职方员外郎,早卒。他的从兄杜悰一生官运也很好,位至宰相。

　　杜牧出生于唐德宗贞元十九年(803),他年轻时很有抱负,在二十餘岁尚未中进士之前,就写了《阿房宫赋》和《感怀诗》,表现出对于时局的关切。唐文宗大和二年(828)杜牧二十六岁时,应进士试,受到了礼部侍郎崔郾的重视,以第五名及第;又连中贤良方正能直言极谏科,授校书郎,在当时传颂一时。其年十月,沈传师出镇江西,杜牧入其幕府为从事;大和四年(830),沈传师移镇宣城,杜牧也随之前往。大和七年(833),沈传师内擢为吏部侍郎,杜牧又应淮南节度使牛僧孺之辟,至扬州为淮南节度掌书记,颇受器重。唐代的扬州,已是非常繁华的都市。杜牧在供职之餘,常游冶其中,故后世流传了关于他的不少风流佳话。大和九年(835),杜牧由扬州调往京城,任监察御史。当时的朝政已潜伏危机,杜牧见到情况对他不利,就移疾分司东都。果然在当年的十一月,就发生了震惊朝野的“甘露之变”。这一事件对杜牧的心灵触动很大。开成二年(837),杜牧又应宣歙观察使崔郸之辟为殿中侍御史内供奉、宣州观察判官。三年(838)冬迁左补阙。四年,又为膳部员外郎,转比部。武宗会昌二年(842),受李德裕的排挤,出为黄州刺史,移池州、睦州。宣宗大中二年(848)因宰相周墀之力,内迁为司勋员外郎。四年(850),又转吏部员外郎,出为湖州刺史。在湖州一年,回京为考功郎中、知制诰,六年(852)岁中,迁中书舍人。卒,年五十。

少年时期的杜牧,生于宦门世家的书香中,长于钟灵毓秀的山川上,幼小的心灵就萌发了经世的大志,也培养出文学的胚胎。十岁时,祖父杜佑去世,不久,父亲杜从郁也病死,家道中落,开始过着清贫的生活,故杜牧自称"某幼孤贫"。中了进士走上仕途后,做了十年的幕府吏,又受宰相李德裕的排挤,做了七年的州刺史。直至李德裕被贬逐,他才有出头的机会,于大中二年(848)回朝任司勋员外郎。又因家庭困难所迫,为京官并不得意,故自请出为湖州刺史。最后卒于中书舍人任上。人生有幸有不幸,得意与失意之间,对于士人来说,都是忧喜所系的,而这一切对于杜牧性格及诗风的形成都起到很大的作用。

杜牧的家世和经历对其思想影响很大。他继承祖父杜佑作《通典》经世致用的传统,注意探讨"治乱兴亡之迹,财赋兵甲之事,地形之险易远近,古人之长短得失"(《上李中丞书》),对于政治、军事、地理形势、历史诸方面都非常熟悉。他反对宦官专权,反对佛教,主张削平藩镇。并于唐文宗大和八年(844)写了《罪言》,纵论天下大事,提出了精辟深刻的政治见解。他还注重研究军事,在曹操注《孙子》的基础上,结合历代用兵的形势虚实,重新注释《孙子兵法》十三篇。另撰有多篇有关军事的文章，并为时相所用，在平定泽潞时发挥了作用。

　　一个人的生命情态与其家世及周边人物都是息息相关的，杜牧的世族家庭，他的家庭教育、骨肉情谊、一生中的交往，造就了他风流偶傥的性格，并由此形成豪迈奇崛的诗风，这也是他在诗坛独步千古的原因。

　　杜牧是杰出的文学家。其文学主张是"凡为文以意为主，气为辅，以辞彩、章句为之兵卫"（《答庄充书》），提出了文章内容和形式的主从关系与构成诸要素。认为作文要以情意为主，既要有真情实感，又要有气势，还要重视语言与结构。他"苦心为诗，本求高绝，不务奇丽，不涉习俗，不今不古，处于中间"（《献诗启》）。所谓"不今不古"，就是要追求自己的诗歌风格特点，既不同于中唐后期以元白为首的追求华美通俗的诗风；也不同于以韩孟为首的主要写古体诗，追求古奥奇崛的诗风。他的诗能感人至深，也就在于言之有物，不作无病呻吟之语，形成了自己独特的个性。

　　杜牧对于唐代诗人，最推重李白、杜甫、韩愈、柳宗元，他曾作《读韩杜集》诗："杜诗韩集愁来读，似倩麻姑痒处搔。天外凤凰谁得髓，无人解合续弦胶。"又在《冬至日寄小侄阿宜诗》中说："李杜泛浩浩，韩柳摩苍苍。近者四君子，与古争强梁。"韩愈的奇警，杜甫的整练，在杜牧诗中都有所表现。在他所推崇的诸人之中，缪钺先生以为韩愈对杜牧影响最深，此说甚为精辟。从句法而言，韩愈喜别出心裁，用别人很少用的句法。如普通五言诗句法多上二下三，韩愈则不同，"有穷者孟郊"(《荐士》),上三下二;"乃一龙一猪"(《符读书城南》),上一下四。杜牧诗则有"誓肉膤杯羹"(《感怀诗》),"如日月緪升,若鸾凤葳蕤"(《雪中书怀》),"取蛮弧登垒,以骈邻翼军"(《史将军》),均为上一下四句式。七言诗句式一般为上四下三,而韩愈却上三下四:"子去矣时若发机"(《送区弘南归》)。杜牧诗有"邯郸四十万秦坑"(《东兵长句十韵》),"故乡七十五长亭"(《题齐安城楼》),"留警朝天者惕然"(《商山富水驿》),均为上五下二句式,与一般诗句迥异。韩愈诗颇有散文化倾向,杜牧也是如此,其特征之一就是多用虚字。韩愈诗如《南山诗》连用了五十一个"或"字:"或连若相从,或蹙若相斗,或妥若弥伏,或竦若惊雏……。"杜牧诗《雪中书怀》:"如日月緪升,若鸾凤葳蕤。人才自朽下,弃去亦其宜。……臣实有长策,彼可徐鞭笞。如蒙一召议,食肉寝其皮。斯乃庙堂事,尔微非尔知。"虚字也很多。

　　杜牧诗情致豪迈,风格峭拔,受韩愈的影响,并进一步发展而形成自己的风格。这方面最突出的例子就是作诗喜用翻案法,以求得风格的超越与意境的独创。这种手段,前人早有论述。清赵翼《瓯北诗话》卷十一:"杜牧之作诗,恐流于平弱,故措词必拗峭,立意必奇辟,多作翻案语,无一平正者。方岳《深雪偶谈》所谓'好为议论,大概出奇立异,以自见其长'也。"又其《杜牧诗》称:"诗家欲变故为新,只为词华最忌陈。杜牧好翻前代案,岂如自出句惊人。"

　　翻案法在其咏史诗中最为突出。不仅史识高卓,论断精警,而且风华掩映,具有含蓄清丽之美。如:

折戟沉沙铁未销，自将磨洗认前朝。

东风不与周郎便，铜雀春深锁二乔。

——《赤壁》

胜败兵家事不期，包羞忍耻是男儿。

江东子弟多才俊，卷土重来未可知。

——《题乌江亭》

吕氏强梁嗣子柔，我与天性岂恩仇。

南军不袒左边袖，四老安刘是灭刘。

——《题商山四皓庙一绝》

或对赤壁之战提出新的看法，认为周瑜的胜利完全出于侥幸，如果不是东风相助，孙吴的霸业将成为泡影；或以为项羽刚愎自用，缺乏男儿应有的气质，经不起失败的挫折，否则该卷土重来；或言商山四皓扶助太子，名为安定刘家天下，实际上是促使其尽快灭亡。皆反说其事，独抒己见，议论惊人，既暗寓深沉的感慨，又对当朝统治者提出警诫。

不仅如此，对各种体裁、各种题材的诗，他都可以运用这种写法。如写景诗："远上寒山石径斜，白云生处有人家。停车坐爱枫林晚，霜叶红于二月花。"（《山行》）一反常理，以为秋天的枫叶胜于春花，清爽中寓有刚健。又如纪游诗："驿名不合轻移改，留警朝天者惕然。"（《商山富水驿》）富水驿即阳城驿，在杜牧之前，元稹、白居易都写诗赞成改易驿名，而杜牧却认为留驿名可以对入京的官员起到警戒的作用。"总而言之，杜牧为求异于流俗，故不惜搜奇抉怪，以求自成一家，不受声律所羁縻，不拾前贤之牙慧，其用心盖亦苦矣。"（谭黎宗慕《杜牧研究资料汇编》223页，台湾艺文印书馆1972年版）也正因如此，杜牧对于当时影响甚大的元白诗，并不认可，他曾借李戡之口说："尝痛自元和已来，有元白诗者，纤艳不逞，非庄士雅人，多为其所破坏。流于民间，疏（书）于屏壁，子父女母，交口教授，淫言媟语，冬寒夏热，入人肌骨，不可除去。"（《唐故平卢军节度巡官陇西李府君墓志铭》）

在杜牧的各体诗中，最受人称道的还是绝句。杜牧的怀古绝句，常在广阔的历史背景上，选取典型的历史事件并做出评价，再上升到对历史发展的哲理思索。日本学者泽田总清在《中国韵文史》中说："（杜牧）的特色是怀古咏史的作品，犹能唤起读者无限之感慨，这是后人所不能企及的。其风神真可以说是独绝。……他以豪丽的诗，在晚唐时蔚然成一大家。"这方面的诗如《登乐游原》：

> 长空澹澹孤鸟没，万古销沉向此中。
> 看取汉家何似业，五陵无树起秋风。

乐游原在长安城南，地势很高，四望宽敞，京都士女多来登临游赏。杜牧登上乐游原，思绪已跨越漫长的岁月，想到千秋万代，人世沧桑，都消失在澹澹的长空中。即使是强盛的汉代，也仅存留秋风萧瑟中的寂寞陵园而已。感慨既深刻又沉痛。尤其是前二句，"有包揽一切之概,犹岑参《慈恩寺诗》:'五陵北原上,万古青濛濛.'若置身阊风之巅,俯视万象,类泡影之明灭也.宋人词'销沉今古意无穷,尽在长空淡淡飞鸟中',即袭用此诗".(俞陛云《诗境浅说》续编)

　　他的写景抒情绝句,在艺术上富有创造性,情韵悠扬,意境深邃,也达到了很高的艺术境界.我们举几首以见一斑:

　　　　烟笼寒水月笼沙,夜泊秦淮近酒家.

　　　　商女不知亡国恨,隔江犹唱后庭花.

　　　　　　　　　　　　　　　　　——《泊秦淮》

　　　　千里莺啼绿映红,水村山郭酒旗风.

　　　　南朝四百八十寺,多少楼台烟雨中.

　　　　　　　　　　　　　　　　——《江南春绝句》

　　　　前山极远碧云合,清夜一声白雪微.

　　　　欲寄相思千里月,溪边残照雨霏霏.

　　　　　　　　　　　　　　　　　　——《寄远》

　　无论写景,还是抒情,皆清新爽健,明快隽永,饶有风致,都是自然天成的上品.

　　朱自清以为,唐人绝句有两种作风:一是铺排,一是含蓄.而含蓄的绝句似乎是绝句的正宗,如杜牧《秋夕》,"是说这人秋夕的幽怨,可作浅中见深的一例".(《唐诗三百首指导大概》)这些含蓄的绝句,很有风调。杜牧既要表现含蓄的风调,又要包孕丰富的内涵,常常通过对比进行强调,如《泊秦淮》、《过华清宫绝句》等都是如此,读之觉其既含蓄又明快。

　　读杜牧的诗歌,我们还要注意到一点,就是对于都市生活的反映。因为唐代都市发达,商业繁荣,随之而来的是人们物质文化生活需求的不断增长,因而唐代的文人,特别是新及第进士,生活较为放荡。在中晚唐商业经济发达的情况下,市民的生活气息,也给杜牧的诗歌染上了鲜明的色彩。他的真性情,也在这些诗中表现得淋漓尽致:

　　　　落拓江南载酒行,楚腰肠断掌中轻。
　　　　十年一觉扬州梦,赢得青楼薄倖名。

　　　　　　　　　　　　　　　　　　——《遣怀》

　　　　娉娉袅袅十三馀,豆蔻梢头二月初。
　　　　春风十里扬州路,卷上珠帘总不如。

　　　　　　　　　　　　　　　　　　——《赠别》

　　　　青山隐隐水迢迢,秋尽江南草木凋。
　　　　二十四桥明月夜,玉人何处教吹箫。

　　　　　　　　　　　　　　　——《寄扬州韩绰判官》

　　这类诗或写放荡不羁的行为,或写与歌姬舞女的恋情,或写对友人的调侃,都表现出一种市民生活的气息。他徘徊于歌楼,浪迹于舞榭,陶醉于杯酒之时,就不拘成法,放荡纵逸,身世两忘,发而为诗,既是披肝沥胆,又得天然真趣。这些诗是杜牧豪俊性格与抑郁情怀的表露,是杜牧生命情态的真实表现。他有些恋情诗描写的对象往往是妓女,这与中晚唐时文人游冶风气有关。但即使如此,"诗中所表现的情感还是相当真挚温厚,对待她们像朋友一样,并无狎亵玩弄之意。他作这一类爱情诗,多是用他最擅长的绝句体,在缠绵怅惘之中,仍有英爽俊拔之致"。(缪钺《杜牧诗简论》,载人民文学出版社 1959 年版《唐诗研究论文集》360—370 页)故与元白的艳情诗有所不同。这一类诗与杜牧其他诗相比,虽格调稍嫌柔弱,但艺术成就很高。古今学者对这一类诗毁誉不一,杜牧风流才子之名,或由这些诗而产生。

从形式上看,杜牧诗众体皆备,在晚唐诗人中也是很突出的。他是一位卓越的诗人,其政治诗,往往通过叙事表现自己的政治见解。这一特点突出地表现在他的古体诗中。如《感怀诗》是他二十五岁及第前所作,有感于安史之乱后藩镇跋扈的局面,对于朝廷软弱、生民憔悴、兵连祸结、国无宁日的状况深感担忧,也表现出自己有志报国而无从施展才能的情怀。《李甘诗》不仅称颂了李甘的气节,而且写出了"甘露之变"前后极为阴沉恐怖的政治环境。《杜秋娘诗》通过杜秋娘一生的起伏变化,展现了唐代的宫廷斗争和藩镇的专横跋扈,反映出置身其中的下层女子的悲剧命运。这些诗大都是长篇巨制,又多选取社会政治题材,叙事洋洋洒洒,略无拘滞,格调豪健跌宕,寓风骨于流丽之中。既有远大的政治识见,又有豪迈俊逸的风调。后世学者对于杜牧古体诗往往多有异议,"牧之《樊川集》,古体常病猥杂率易"(《瀛奎律髓汇评》卷四引许印芳语),实在是过于片面的印象。

他的怀古诗更达到了完美的境界,常常将哲理的思索与历史的议论融化于鲜明的形象之中,其议论又一反常人,具有独到的见解与史识,还能做到千变万化。这类诗在近体诗中居多,除了前面所论述的七绝以外,就要数律诗。他的七律数量虽然不多,但却美不胜收。堪称情致俊爽,笔调轻利。在豪迈中流露感慨,读来又觉抑扬顿挫,情思起伏,变化多端。明杨慎《升庵诗话》卷五:"律诗至晚唐,李义山而下,惟杜牧之为最。"诚非虚语。他有时用比兴象征手法抒发感慨,如"金河秋半虏弦开"(《早雁》);有时用旷达的口吻表现抑郁,如"江涵秋影雁初飞"(《九日齐山登高》);有时就眼前的景色引出超然的境界,如"草色人心相与闲"(《洛阳长句》二首);有时借咏怀古迹以感讽时事,如"碧溪留我武关东"(《题武关》),表现出一种高华绮丽的情致。再以《题宣州开元寺水阁》诗为例:

> 六朝文物草连空,天澹云闲今古同。
>
> 鸟去鸟来山色里,人歌人哭水声中。
>
> 深秋帘幕千家雨,落日楼台一笛风。
>
> 惆怅无因见范蠡,参差烟树五湖东。

杜牧在开元寺水阁登临凭眺,感慨万端,想到此地曾经有过六代的繁华,如今却只见连天的秋草,其他什么也没有留下。古今千年,同样是天澹云闲,但人世已经历过多少沧桑! 当此风物长存而繁华不再之时,不由想起功成身退、泛舟五湖的范蠡,但东望太湖,也只有参差烟树而已。这首诗即景抒情,融写景与怀古于一炉,并赋予深邃的人生哲理,涵容极大,且俊爽明快,是不可多得的佳作。清人薛雪评论说:"杜牧之晚唐翘楚,名作颇多,而恃才纵笔处亦不少。如《题宣州开元寺水阁》,直造老杜门墙,岂特人称小杜已哉!"(《一瓢诗话》)

杜牧的五言律诗虽稍逊于七律,但也别具一格,堪称佳作者很多。如《扬州三首》表现扬州的繁华景象,用"明月满扬州"概括;而长律《华清宫三十韵》,层层推演;《昔事文皇帝三十二韵》,排比铺叙,都达到完美的艺术境地,在晚唐诗坛上是很突出的。

杜牧的诗,自唐代就开始受人们重视,除了同时代人张祜、李商隐等在相互赠答中极为推崇外,唐诗的选本也加以采录,如韦庄的《又玄集》选其诗 5 首。五代前蜀时,韦縠编《才调集》,选其诗 33 首。随后各代的唐诗选本大多选取杜牧诗。但由于各个时期文学环境、社会风气及个人习尚的不同,各个选本选取杜牧诗,标准都不一致:《才调集》好选绮丽清新之作;《文苑英华》好选歌功颂德之诗;《唐诗鼓吹》好选声调宏壮之音;《唐诗别裁》摒弃轻薄浮华之语;邵裴子《唐诗句选》只选绝句;曾国藩《十八家诗钞》只选律诗。20 世纪以来,杜牧诗的专门选本也相继出现。缪钺《杜牧诗选》,重在知人论世,故多选有关杜牧生平之作;周锡馥《杜牧诗选》,意在表现诗美,故多选清丽俊爽之篇;朱碧莲《杜牧选集》、吴在庆《杜牧诗文选评》,则诗文并选,以表明杜牧成就。前人已经在杜牧诗的编选方面做了大量艰巨的工作，本书则吸取前人与时贤选本之长，并结合个人的体会，进行筛选与增补，特别注意选取脍炙人口、广为传诵的篇章，着力于杜牧诗的个性特征，力求从较多的层面精选杜牧具有代表性的诗篇，并加以注释。

杜牧的诗，主要收入《樊川文集》《外集》《别集》中。《樊川文集》是他的外甥裴延翰手编，其中有诗四卷，大致上可信。但该集收得不全，故自《文集》问世之后，后人常加补辑，以成《外集》和《别集》，因其抉择不严，混入不少伪作。选编杜牧诗者，对此往往不甚注意。清人冯集梧作《樊川诗集注》，堪称详赡，但仅注正集四卷，因《外集》、《别集》真伪难以判别，故不加注。清人所编《全唐诗》，旁搜博采杜牧诗，分为七卷，计五百馀首。今人陈尚君纂辑的《全唐诗补编》，补逸八首。然《全唐诗》及《补编》伪作甚多，故杜牧诗的真伪考证，是杜牧研究的一大难题。特别是有些名篇，如《池上偶见绝句》：“楚江寒食橘花时，野渡临风驻彩旗。草色连云人去住，水纹如縠燕差池。”《清明》：“清明时节雨纷纷，路上行人欲断魂。借问酒家何处有，牧童遥指杏花村。”古今选本多加以选入。但据笔者考证，前者是刘禹锡诗，后者当是许浑所作。《池上偶见绝句》，为刘禹锡诗误入杜牧集。宋李錞《李希声诗话》谓此诗：“既见杜牧集中，又刘梦得外集作八句。……考其全篇，梦得诗也，然前四句绝类牧之。”（《苕溪渔隐丛话》前集卷十五引）据《刘禹锡集》卷三五《酬窦员外使君寒食日途次松滋渡先寄示四韵》：“楚乡寒食橘花时，野渡临风驻彩旗。草色连云人去住，水纹如縠燕差池。朱轮尚忆群飞雉，青绶初县左顾龟。非是溢城鱼司马，水曹何事与新诗？"原注："时自水部郎出牧。"窦员外为窦常，原诗为《之任武陵寒食日途次松滋渡先寄刘员外禹锡》（《全唐诗》卷二七一），有"看春又过清明节，算老重经癸巳年"语，癸巳年为元和八年（813）。其时杜牧才十一岁，不可能作此诗。《清明》诗非杜牧作，详拙著《杜牧研究丛稿》223 页《〈清明〉诗作者及杏花村地望蠡测》。故本书仍不入选。

　　本书选编杜牧诗作 167 题共 185 首，大抵以《文集》为主，其馀各集，凡能断定确为杜牧所作者，酌量选入。编选体例分编年与未编年两部分，以《独酌》为界。编年部分按年代排列，未编年部分则按原集顺序排列，先《文集》，后《外集》，再《别集》。入选的作品，一般有"评析"与"注释"，先"评析"，次"注释"。"评析"具体说明每首诗的作年、写作背景、作品之特色、后人之评价等，但不求面面俱到，视作品的具体情况而定。"注释"重点是解决字词难点，说明典故含义，有时略作串讲，对于人名地名，尽量注释清楚。注释文字力求简明精当。原作文字以上海古籍出版社 1978 年出版的陈允吉先生校点的《樊川文集》为主，遇有疑义，则参照《樊川诗集注》、《全唐诗》及其他有关资料加以校改，一般不作校记。

　　本书对杜牧诗的编年，参考了缪钺《杜牧年谱》及吴在庆、郭文镐等学者的研究成果，注释参考了清人冯集梧《樊川诗集注》、朝鲜刻本《樊川文集夹注》及缪钺、周锡馥、朱碧莲、吴在庆等杜牧诗的注本，台湾学者谭黎宗慕《杜牧研究资料汇编》,也给笔者提供了不少资料线索,特予说明,并致谢忱。本书在编纂过程中,人民文学出版社的管士光、宋红、杨华诸先生提出了不少宝贵意见,中华书局又列入“中华古典文学选本丛书”之中,责任编辑张耕先生付出了很多心血,在此一并感谢。由于本人学力水平所限,谬误疏漏之处在所难免,敬祈方家学者赐教。

目
录

感怀诗

高文会隋季，提剑徇天意[1]。
扶持万代人[2]，步骤三皇地[3]。
圣云继之神，神仍用文治[4]。
德泽酌生灵[5]，沉酣薰骨髓。
旌头骑箕尾，风尘蓟门起[6]。
胡兵杀汉兵，尸满咸阳市[7]。
宣皇走豪杰，谈笑开中否[8]。
蟠联两河间，烬萌终不弭[9]。
号为精兵处，齐蔡燕赵魏[10]。
合环千里疆，争为一家事[11]。
逆子嫁虏孙，西邻聘东里[12]。
急热同手足[13]，唱和如宫徵[14]。
法制自作为，礼文争僭拟[15]。
压阶螭斗角[16]，画屋龙交尾。
署纸日替名[17]，分财赏称赐[18]。
刳隍歂万寻，缭垣叠千雉[19]。
誓将付孱孙，血绝然方已[20]。
九庙仗神灵，四海为输委[21]。
如何七十年[22]，汗颜含羞耻[23]。

韩彭不再生[24]，英卫皆为鬼[25]。

凶门爪牙辈[26]，穰穰如儿戏[27]。

累圣但日吁[28]，阃外将谁寄[29]？

屯田数十万[30]，堤防常惴惴[31]。

急征赴军须[32]，厚赋资凶器[33]。

因隳画一法[34]，且逐随时利。

流品极蒙茏[35]，网罗渐离弛[36]。

夷狄日开张[37]，黎元愈憔悴[38]。

邈矣远太平[39]，萧然尽烦费[40]。

至于贞元末[41]，风流恣绮靡[42]。

艰极泰循来[43]，元和圣天子[44]。

元和圣天子，英明汤武上[45]。

茅茨覆宫殿[46]，封章绽帷帐[47]。

伍旅拔雄儿[48]，梦卜庸真相[49]。

勃云走轰霆，河南一平荡[50]。

继于长庆初[51]，燕赵终舁襁[52]。

携妻负子来，北阙争顿颡[53]。

故老抚儿孙，尔生今有望。

茹鲠喉尚隘[54]，负重力未壮。

坐帷无奇兵[55]，吞舟漏疏网[56]。

骨添蓟垣沙[57]，血涨嘑沱浪[58]。

祇云徒有征[59]，安能问无状[60]。
一日五诸侯，奔亡如鸟往[61]。
取之难梯天[62]，失之易反掌。
苍然太行路[63]，翦翦还榛莽[64]。
关西贱男子[65]，誓肉虏杯羹[66]。
请数系虏事[67]，谁其为我听。
荡荡乾坤大，瞳瞳日月明[68]。
叱起文武业[69]，可以豁洪溟[70]。
安得封域内，长有扈苗征[71]。
七十里百里，彼亦何常争[72]。
往往念所至，得醉愁苏醒。
韬舌辱壮心[73]，叫阍无助声[74]。
聊书感怀韵，焚之遗贾生[75]。

　　大和元年（827）作，时杜牧二十五岁。题下自注："时沧州用兵。"沧州用兵指讨伐李同捷的战事。敬宗宝历二年（826）四月，横海军（治沧州，今属河北）节度使李全略死，其子李同捷擅领留后，不受朝命。文宗大和元年（827）八月，朝廷下诏征讨李同捷，三年四月斩李同捷。诗有"关西贱男子"句，乃杜牧自谓，知为及进士第前作，即大和元年。杜牧有感于安史乱后藩镇跋扈的局面，对于朝廷软弱、生民憔悴、兵连祸结、国无宁日的情况深表担忧，也表现出自己有志报国而无从施展抱负的情怀。此诗是现存杜牧诗中可考定年代的最早一首，虽作于青年时期，但已表现出劲健豪迈的风格，在晚唐古体诗中独具特色。全诗亦诗亦史，夹叙夹议，可与杜甫的《北征》、李商隐的《行次西郊作一百韵》相媲美。杜牧五古，颇学杜甫，故成就高出晚唐诸家，此篇为代表作。清人翁方纲评曰："小杜《感怀诗》，为沧州用兵作，宜与《罪言》同读。……王荆公云：'末世篇章有逸才。'其所见者深矣。"（《石洲诗话》卷二）

1　"高文"二句：谓高祖李渊、太宗李世民在隋朝末年顺从天意，用武力建立唐朝政权。高文，李渊庙号高祖，太宗谥号文皇帝。会，正逢。隋季，隋朝末年。提剑，喻起兵。《史记·高祖本纪》载刘邦语："吾以布衣提三尺剑取天下，此非天命乎？"徇，顺应，遵从。

2　扶持：拯救，救助。

3　"步骤"句：谓功绩可以和三皇媲美。步骤，缓行和疾走，引申为追随、效法。三皇，传说中的远古部落酋长，说法不一。一般指伏羲、神农、黄帝。《后汉书·曹褒传》："三五步骤，优劣殊轨。"注："《孝经钩命诀》：'三皇步，五帝骤，三王驰。'"

4　"圣云"二句：谓太宗继承高祖的事业，用文德治理天下。

圣,指高祖。神,指太宗。文治,用文德治国。《旧唐书·音乐志》:"太宗曰:'朕虽以武功定天下,终当以文德绥海内。文武之道,各随其时。'"

5　生灵:生民,人民。

6　"旄头"二句:谓旄头星骑在箕星与尾星上,预示着战乱就在蓟门发生了。旄头,星名,二十八宿中的昴宿。《晋书·天文志》:"昴七星,……又为旄头,胡星也。……大而数尽动若跳跃者,胡兵大起。"箕尾,二十八宿中的箕宿,共四星,尾宿,共九星。古人认为天上的星象与地上的人事相应,一定的星宿对应一定的地区。尾箕对应当时的燕州、幽州。昴星变异是战乱的征象。风尘,比喻战乱。《汉书·终军传》:"边境时有风尘之警,臣宜被坚执锐,当矢石,启前行。"蓟(jì)门,即蓟丘,今北京市附近,当时是安禄山管辖之地。

7　"胡兵"二句:指天宝十五载(755)六月,安史叛军攻占长安。胡兵,即安史叛军。胡,汉人对北方少数民族的统称。因安史叛军大多是北方少数民族人,故称。汉兵,指唐朝政府军。咸阳,本为秦朝的国都,在今陕西咸阳东北二十里,渭水之北。此处代指唐朝都城长安。

8　"宣皇"二句:谓唐肃宗率领英雄豪杰,谈笑之间平定安史之乱,收复长安,扭转了乾坤。宣皇,杜牧自注:"肃宗也。"肃宗即李亨,公元七五六至七六一年在位,谥号"文明武德大圣大宣孝皇帝",故称。走豪杰,使天下豪杰为之奔走。开中否(pǐ),指顺利扭转局势。"否"本为《易》经卦名,原义为阻塞。

9　"蟠联"二句:谓唐肃宗收复长安以后,安史馀孽仍盘踞于黄河南北,祸根始终未能消除。《新唐书·藩镇魏博传》:"安史乱天下,至肃宗大难略平,君臣皆幸安,故瓜分河北地,付授叛将,护养孽萌,以成祸根。"蟠联:盘踞,占据。两河:唐安史之乱后,称河南、河北二道为两河。烬,物体燃烧后剩下的东西,引申为残馀。弭,止息。

10　齐蔡燕赵魏:是唐朝安史之乱后兵力最强的五大藩镇。齐指淄青节度使,治青州(今山东益都);蔡指彰义节度使,治蔡州(今河南汝南);燕指卢龙节度使,治幽州(今北京);赵指成德节度使,治镇州(今河北正定);魏指魏博节度使,治魏州(今河北大名)。

11　一家事:一家一姓的利益。

12　"逆子"二句:谓以上藩镇相互联姻,彼此呼应。逆、虏,都是对谋叛藩镇轻蔑的称呼。

13　急热:打得火热。《新唐书·藩镇镇冀传》:"(李宝臣)与薛嵩、田承嗣、李正己、梁崇义相姻嫁,急热为表里。"

14　宫徵(zhǐ):古代五音中宫音与徵音的并称。

15　"法制"二句:谓私自制订法令制度,超越自己的权限,并仿照天子的礼仪。《新唐书·藩镇卢龙传》:"(朱)滔等居室皆曰殿,妻曰妃,子为国公,下皆称臣,谓殿下。上书曰笺,所下曰令。置左右内史,视丞相;内史令、监,视侍中、中书令;东、西侍郎,视门下、中书;东曹给事、西曹舍人,视给事中、中书舍人;司议大夫,视谏议大夫;六官省,视尚书;东、西曹仆射,视左、右仆射;御史台曰执宪,置大夫至监察御史,驱使要籍官曰承令;左右将军曰虎牙、豹略;军使曰鹰扬、龙骧。"僭(jiàn)拟:越分妄比,谓在下者自比于尊者,此指臣僚擅用皇帝的制度。

16　"压阶"句:指叛镇僭拟天子制度,殿阶以螭头装饰。螭(chī),古代传说中无角的龙。斗角:螭头相对,好像在争斗。

17　署纸:指签发公文。唐代一般官员批发公文时要签名,只有皇帝诏书不用签名,而用玉玺。替名:废除签名。

18　赐:国君赏予臣下称赐。《孔子家语》:"君取于臣谓之取,与于臣谓之赐。"

19　"刳隍"二句:谓城壕挖得很深,城墙筑得很高。刳(kū),挖。隍(huáng),护城壕。歆(hǎn),贪欲。寻,古代长度单位,八尺为一寻。缭垣,指城墙。雉,古代计算城墙面积的单位。长三丈,高一丈为一雉。古代城墙有一定的规格,天子都城为千雉,诸侯城墙不超过百雉。

20　孱孙:软弱无能的子孙。司马贞《史记索隐》:"孱,弱小貌也。"血绝:血缘断绝,指断了后代。

21　九庙：古代帝王立庙祭祀祖先，有太祖庙及三昭庙、三穆庙，共七庙。王莽增为祖庙五、亲庙四，共九庙。后历朝皆沿此制。此处代指唐王朝。输委：输送财物。

22　七十年：指天宝十四载（755）安史之乱爆发至宝历二年（826）李同捷谋反时期，共七十馀年。杜牧《罪言》：“环土三千里，植根七十年，复有天下阴为之助，则安可以取？”

23　赩（xì）：赤色，火红色。

24　韩彭：韩信与彭越，汉初名将。

25　英卫：李勣与李靖，唐太宗时名将。李勣曾封英国公，李靖曾封卫国公。

26　凶门：指武将。《淮南子·兵略训》：“将军受命，……凿凶门而出。”高诱注：“凶门，北出门也。将军之出，以丧礼处之，以其必死也。”

27　穰穰（ráng ráng）：众多的样子。儿戏：指挥军事轻率无能。《史记·绛侯周勃世家》：“霸上、棘门军，若儿戏耳，其将固可袭而虏也。”

28　累圣：指唐肃宗以后的历代皇帝。

29　阃外：京城或朝廷以外，亦指外任将吏驻守管辖的地域，与朝中、朝廷相对。《史记·张释之冯唐列传》：“臣闻上古王者之遣将也，跪而推毂曰：‘阃以内者，寡人制之；阃以外者，将军制之。’”

30　屯田：利用戍卒或农民、商人垦殖荒地。汉代以后，历朝政府都沿用这种措施来取得军饷和税粮，此处指安置在边防屯田的军队。

31　堤防：堤坝，比喻边防军。慴惴（shè zhuì）：恐惧。

32　军须：即军需，军队所需要的各种物品。

33　资：供给。凶器：古称兵为凶器。《六韬》卷一《兵道》："圣王号兵为凶器，不得已而用之。"《韩非子·存韩》："兵者凶器也，不可不审用也。"

34　隳（huī）：毁坏。画一法：画一，整齐划一之意。《史记·曹相国世家》："萧何为法，顜若画一。曹参代之，守而勿失。"颜注："画一，言其法整齐也。"

35　流品：品类，等级。本指官阶，后亦泛指门第或社会地位。蒙茏（máng）：庞杂。

36　网罗：本为捕捉鸟兽的工具，比喻法令、制度。离弛：离散松弛。

37　夷狄：边远少数民族。开张：开扩、扩张。《宋书·何承天传》："加塞漠之外，胡敌掣肘，必未能摧锋引日，规自开张。"

38　黎元：老百姓。憔悴：面容枯槁，生计艰难。

39　邈矣：遥远的样子。

40　萧然：犹骚然，扰乱骚动的样子。《史记·酷吏列传》："及孝文帝欲事匈奴，北边萧然苦兵矣。"烦费：大量消耗。《史记·平准书》:"严助、朱买臣等招来东瓯,事两越,江淮之间萧然烦费矣。"

41　贞元:唐德宗李适的年号,公元785至805年。

42　风流:风俗,风气。恣(zì):放纵,没有拘束。绮靡:侈丽;浮华。唐李肇《国史补》卷下:"长安风俗,自贞元侈于游宴。"

43　"艰极"句:谓艰难到了极点,就会转为安泰。古人相信祸福循环,故有此类说法。泰,本是《周易》的卦名,义为天地交而万物通。与"否"相反。循来,循序而来。

44　元和圣天子:指唐宪宗李纯。他被认为是唐代中兴的皇帝,即位时改元元和,即公元806年至820年。据《唐会要》卷一,元和十四年又上尊号曰圣文神武皇帝。

45　汤武:商朝与周朝的开国帝王。

46　茅茨(cí):相传帝尧居住的是用茅草覆顶的房子。《韩非子·五蠹》:"尧之王天下也,茅茨不翦。"此谓唐宪宗如同帝尧一样节俭。

47　封章:机密事之章奏皆用皂囊重封以进,故名封章。泛指奏章的封套。绽帷帐,《汉书·东方朔传》:"孝文皇帝……集上书囊以为殿帷。"绽,缝制。

48　"伍旅"句:从行伍中选拔大将。即齐周盘龙所谓"貂蝉从兜鍪中出耳"。详《南齐书·周盘龙传》。此谓高崇文等人。崇文本行伍出身,刘闢反时,宰相杜黄裳荐其才,诏为左神策行营节度使讨阗。事见《新唐书·高崇文传》。伍旅，古代军队的编制单位，五人为伍，五百人为旅。雄儿，指勇将，健儿。《三国志·魏书·邓艾传》："（艾）又曰：'姜维自一时雄儿也，与某相值，故穷耳。'"

49　"梦卜"句：指像殷王武丁与周文王那样任用贤相。《史记·殷本纪》：武丁"夜梦得圣人"，乃派人到野外寻访，得傅说，任用为相。《史记·齐太公世家》：周文王将出猎，"卜之，曰：……所获霸王之辅"。在渭水滨遇吕望，"载与俱归，立为师"。庸，用。真相，具有真实才能的宰相，用《汉书·王商传》典："天子闻而叹曰：'此真汉相矣！'"指中唐裴度、武元衡、杜黄裳等人。《旧唐书·裴度传论》：宪宗"志摅宿愤，廷访嘉猷。始得杜邠公用高崇文诛刘阗；中得武丞相运筹训戎，赞成睿断；终得裴晋公耀武伸威，竟殄两河宿盗"。

50　"河南"句：据《新唐书·宪宗纪》，元和十二年（817）平淮西吴元济；十四年（819）二月平淄青李师道；七月，宣武韩弘率汴宋诸州归朝。故云"河南一平荡"。

51　长庆：唐穆宗李恒的年号，公元821至824年。

52　燕赵：燕指卢龙节度使，治幽州（今北京市）；赵指成德节度使，治镇州（今河北正定）。舁襁（yú qiǎng）：把婴儿裹在包被中背在背上。此处比喻归附。襁，包婴儿的被子。据《新唐书·穆宗纪》载，元和十五年（820）十月，成德军观察支使王承元以镇赵深冀四州归顺朝廷；长庆元年（821）二月，卢龙军节度使刘总以卢龙军八州归顺朝廷。

53　北阙：古代宫殿北面的门楼，是大臣等候朝见或上书奏事的地方，代指朝廷。顿颡（sǎng）：磕头。

54　茹鲠：吞吃鱼骨。比喻穆宗朝廷对于藩镇力不从心。

55　坐幄：坐于帷幕之中。《汉书·高帝纪》："夫运筹帷幄之中，决胜千里之外，吾不如子房。"

56　吞舟：吞舟之鱼的略语。这里指藩镇。《史记·酷吏列传》："网漏于吞舟之鱼。"

57　"骨添"句：据《新唐书·穆宗纪》，长庆元年（821）七月，幽州卢龙军都知兵马使朱克融囚其节度使张弘靖以反，纵兵掠易州等地。

58　嘑沱：今作"滹沱"，源出今山西省，东南流入河北省，经正定流入沽河。正定：唐时镇州，成德节度使治所。据《新唐书·穆宗纪》，长庆元年（821）七月，成德军大将王廷凑杀其节度使田弘正以反。

59　徒有征：仅有征战的名义。《汉书·严助传》："臣闻天子之兵，有征而无战。"

60　无状：指罪大不可言状。《汉书·翟方进传》："丞相、御史请遣掾史与司隶校尉、部刺史并力逐捕，察无状者。"

61　"一日"二句：指朝廷同时派遣五路节度使讨伐叛军，结果被打得落荒而逃。五诸侯,指魏博节度使田布、横海节度使乌重胤、昭义节度使刘从谏、河东节度使裴度、义武节度使陈楚。五节度使于长庆元年(821)八月丁丑发兵讨伐王廷凑。杜牧《罪言》:"长庆初诛赵,一日五诸侯兵四出溃解,以失魏也。"

62　梯天:登梯子上天。梯,用为动词。

63　苍然:广远无尽的样子。太行:即太行山。

64　翦翦:狭窄的样子。榛莽:草木丛生。比喻河北三镇叛乱,太行路断。

65　"关西"句:杜牧自谓。关西,潼关以西,因作者家于长安,故称。贱男子,杜牧大和二年(828)春考中进士,而本诗作于大和元年,此时杜牧既未考中进士,又没有入仕,没有名分,故称"贱男子"。

66　"誓肉"句:发誓要以削藩平叛为己任。肉,此处用作动词,义为吃肉。虏,叛乱的藩镇。羹,肉汤。《史记·项羽本纪》:"汉王曰:'……吾翁即若翁,必欲烹而翁,则幸分我一杯羹。"

67　数:列举;一项一项地陈说。系虏:擒敌。

68　"荡荡"二句:化用《后汉书·郎𫖮传》典:"诚欲陛下修乾坤之德,开日月之明。"荡荡,空旷广远之意。《论语·泰伯》何晏集解引包咸曰:"荡荡,广远之称也。"曈曈(tóng tóng),光明的样子。

69　叱起:振作精神。文武业:指像周文王、周武王那样的事业。

70 豁洪溟:澄清天下。豁,使开阔宽敞。洪溟,大海。比喻
天下。

71 扈苗征:指夏后启曾征有扈,夏禹曾征有苗。扈苗是古代
两个叛乱的部落首领。此处比喻对叛乱者的征伐。

72 "七十"二句:谓商汤曾以七十里、周文王曾以百里之地终
于统一天下,他们都以文德服人,何曾以武力相争?《孟子·公
孙丑上》:"以德行仁者王,王不待大。汤以七十里,文王以百
里。以力服人者,非心服也,力不赡也;以德服人者,中心悦而
诚服也。"

73 "韬舌"句:谓闭口不言,未免有辱自己的雄心壮志。韬
(tāo)舌,把话藏起来。壮心,曹操《龟虽寿》:"烈士暮年,壮
心不已。"

74 "叫阊"句:谓要向朝廷进言,又无人声援。叫阊,叩开宫
门。屈原《离骚》:"吾令帝阍开关兮,倚阊阖而望予。"

75 遗(wèi):赠送。贾生:西汉贾谊(前200—前168年),
年少而才高,世称贾生。《汉书·贾谊传》:"天下初定,制度疏
阔。诸侯王僭儗,地过古制,淮南、济北王皆为逆诛。谊数上
疏陈政事,多所欲匡建。"

及第后寄长安故人

东都放榜未花开[1]，三十三人走马回[2]。
秦地少年多酿酒[3]，却将春色入关来[4]。

　　大和二年（828）作，时杜牧二十六岁。本年进士试在东
都洛阳举行，放榜后要到西都长安过堂（应吏部试）。诗为杜
牧及第后将赴长安时作，表现了春风得意的心情。杜牧是京
兆万年（今陕西西安）人，故在长安有不少亲朋故旧。唐王
定保《唐摭言》卷三《慈恩寺题名游赏赋咏杂记》条："大和
二年，崔郾侍郎东都放榜，西都过堂，杜牧有诗曰：'东都放
榜未花开，三十三人走马回。秦地少年多酿酒，却将春色入
关来。'"按，本诗文字以《唐摭言》所载为准。

　　1　"东都"句：谓东都放榜的时候，正值早春时节，花还未开。
按唐制，进士试一般在京城长安举行，正月开考，举子要在前
一年年底前抵京，至二月放榜。本年在东都洛阳举行，系变
例，但考试与放榜时间相同。东都，唐时称洛阳为东都。未花
开：系双关语，一是指二月放榜，其时正是春花未开的时节。
按唐制，进士及第之人，还须经过吏部试后，方能释褐入仕。
吏部之试称为"关试"，又叫"过堂"。杜牧还没有过关试，故言

"未花开"。本年关试设在长安,故杜牧及第后随即要赴长安。

2　三十三人:指同科及第人数。现在可知者尚有韦筹、厉玄、钟辂、崔黯、郑薰、孙景商等。

3　秦地:陕西一带,古秦国之地,此指京都长安。酿酒:一作"办酒"。

4　"却将"句:谓我们三十三人就要把春色带到关中来了。却将,即将。却,一作"即",又作"已"。春色,此处语意双关,一指自然界的春色,因为时在二月;一指进士及第的喜讯如同春色。关,函谷关,在今河南省灵宝县。此处双关吏部的"关试"。因唐时进士及第后,必须过吏部关试,才能取得入仕资格。

赠终南兰若僧

家在城南杜曲旁[1]，两枝仙桂一时芳[2]。
禅师都未知名姓[3]，始觉空门意味长[4]。

　　大和二年（828）作。据唐孟棨《本事诗·高逸》记载："杜舍人牧，弱冠成名。当年制策登科，名振京邑。尝与一二同年城南游览，至文公寺，有禅僧拥褐独坐，与之语，其玄言妙旨，咸出意表。问杜姓字，具以对之。又云：'修何业？'傍人以累捷夸之，顾而笑曰：'皆不知也。'杜叹讶，因题诗曰（略）。"杜牧大和二年二月在洛阳进士及第，三月又中制举贤良方正能直言极谏科，授弘文馆校书郎。这在当时是名动京师的事。一年两中科第，确实难能可贵，自豪感在叹讶中自然地流露出来。诗的妙处更在于以人事的纷扰与禅门的空寂对比，禅僧不问世事，对轰动京城之事一概不知。"始觉空门意味长"，透露了杜牧对于禅门不以为然之意，从侧面反映出他少年时代积极用世的精神。终南，山名，秦岭山峰之一，在长安城南，即今陕西西安市南。兰若，梵语"阿兰若"的省称，即寺庙。按，此诗各本异文颇多，今以《本事诗》所载为准。

1　"城南"句：一作"北阙南山是故乡"。城南，即长安城南。

杜曲,地名,在长安城南,因杜氏世居于此,故称。《山堂肆考》卷二六《城南韦杜》:"杜曲在城南下杜,本杜岐公佑别墅,牧又增之,名樊水园,与韦曲相垮。故当时语曰:'城南韦杜,去天尺五。'"足见杜氏族望的显赫。

2　"两枝"句:谓自己在一年之中,既进士及第,又制策登科。仙桂,谓科举及第。《晋书·郤诜传》:"武帝于东堂会送,问诜曰:'卿自以为何如?'诜对曰:'臣举贤良对策,为天下第一,犹桂林之一枝,昆山之片玉。'"后因以折桂谓科举及第。

3　禅师:和尚的尊称。一本作"休公"。

4　空门:泛指佛门。大乘佛教以空为极至,以观空为入门,故称佛门为空门。

赠沈学士张歌人

拖袖事当年[1]，郎教唱客前[2]。
断时轻裂玉[3]，收处远缲烟[4]。
孤直縆云定[5]，光明滴水圆[6]。
泥情迟急管[7]，流恨咽长弦[8]。
吴苑春风起[9]，河桥酒旆悬[10]。
凭君更一醉，家在杜陵边[11]。

大和六年（832）作，时杜牧三十岁，在沈传师宣州幕中，为团练巡官，试大理评事。沈学士，即沈述师，字子明，传师之弟，曾任集贤学士，故称"沈学士"，其时亦在宣州幕。张歌人，即张好好，本为歌伎，大和六年（832）被沈述师纳为妾。此诗描写张好好歌声之动听，开头连用几个贴切的比喻，状好好歌声之美；接着写"吴苑春风起，河桥酒旆悬"，以丽景衬歌声，构思新颖别致；最后写听歌触动乡思，是由景入情之笔。杜牧另有《张好好诗》，可参看。

1　拖袖：引袖作好唱歌准备的姿态。

2　郎：指沈述师。

3　断：歌曲中的停顿。

4　"收处"句：指好好唱歌结束的时候，声音如同细长的轻烟一样，绵绵不断。收，指歌曲结束。缫（sāo），抽茧出丝。

5　緪（gèng）云：急促的行云。緪，通"絚"，义为紧急。《淮南子·缪称训》："治国譬若张瑟，大弦絚则小弦绝矣。"本句用秦青"抚节悲歌，声振林木，响遏行云"事，见《列子·汤问篇》。

6　"光明"句：谓好好唱歌声清亮圆润，如同滴下的水珠一般。

7　"泥情"句：谓好好的歌声缠绵悱恻，使得节奏急速的管乐为之迟滞。泥（nì），原注："去声。"阻滞，滞留。急管，形容节拍急促，演奏热闹的乐奏。

8　"流恨"句：指歌曲唱到痛苦幽怨之处，使琴弦也为之呜咽。

9　吴苑：即长洲苑，吴王之苑。故址在今江苏苏州市西南，太湖以北。《汉书·贾邹枚路传》："修治上林，杂以离宫，积聚玩好，圈守禽兽，不如长洲之苑。"颜师古注引服虔曰："吴苑。"

10　河桥：桥梁。杜牧另有《代人寄远》诗："河桥酒旆风软，候馆梅花雪娇。"酒旆：酒旗，酒家的标帜。宋洪迈《容斋续笔》卷十六《酒肆旗望》条："今都城与郡县酒务，及凡鬻酒之肆，皆揭大帘于外，以青白布数幅为之，微者随其高卑小大，村店或挂瓶瓢，标帘竿，唐人多咏于诗。然其制盖自古以然矣。《韩非子》云：'宋人有酤酒者，斗概甚平，遇客甚谨，为酒甚美，悬帜甚高，而酒不售，遂至于酸。'所谓悬帜者此也。"

11　杜陵:地名。在今陕西省西安市东南。古为杜伯国。秦置杜县,汉宣帝筑陵于东原上,因名杜陵。杜牧家在长安杜陵。

扬州三首

炀帝雷塘土[1]，迷藏有旧楼[2]。
谁家唱水调[3]，明月满扬州。
骏马宜闲出[4]，千金好暗游[5]。
喧阗醉年少[6]，半脱紫茸裘[7]。

秋风放萤苑[8]，春草斗鸡台[9]。
金络擎雕去[10]，鸾环拾翠来[11]。
蜀船红锦重[12]，越橐水沉堆[13]。
处处皆华表[14]，淮王奈却回[15]！

街垂千步柳[16]，霞映两重城[17]。
天碧台阁丽，风凉歌管清。
纤腰间长袖，玉珮杂繁缨[18]。
椸轴诚为壮[19]，豪华不可名！
自是荒淫罪，何妨作帝京。

——— 大和七年（833）四月，沈传师由宣州观察使内召为吏部
侍郎，杜牧应淮南节度使牛僧孺之辟，从宣州到扬州任淮南节
度推官，转掌书记。约大和九年（835）春前离开扬州，入朝为

监察御史。这组诗是在扬州时所作。扬州是长江与运河的交会之处,唐代又设盐铁转运使,故商业发达,城市繁荣,时人有"扬一益二"之称。唐人对于扬州的繁华,有大量的歌咏。如王建《夜看扬州市》诗:"夜市千灯照碧云,高楼红袖客纷纷。如今不似时平日,犹自笙歌彻晓闻。"徐凝《忆扬州》诗:"萧娘脸薄难胜泪,桃叶眉头易得愁。天下三分明月夜,二分无赖是扬州。"张祜《纵游淮南》诗:"十里长街市井连,月明桥上看神仙。人生只合扬州死,禅智山光好墓田。"杜牧这组诗通过对扬州繁华的描写和隋炀帝在江都史事的叙说,抨击了这位昏君荒淫无道的罪行,也抒发了作者对于历史兴亡的感慨。杜牧对扬州秀丽的景色、富庶的城市、美好的生活深加赞赏,故而对其时的冶游之事甚为迷恋;扬州的繁盛又是炀帝欲建都其地造成的,故第三首的末二句点明炀帝的灭亡在于其荒淫无道,与欲都扬州无关。

1 炀帝:隋炀帝杨广(596—618)。曾开凿大运河通济渠,三次游幸江都(即扬州)。因其沉湎声色,荒淫无度,致使民不聊生。大业十四年(618),终被禁军将领宇文化及等缢杀于扬州。雷塘:隋炀帝葬地,在今扬州城西北十五里。炀帝原葬在扬州城西北五里之吴公台,唐高祖武德五年(622),改葬于雷塘。事见《资治通鉴》卷一九〇。

2　"迷藏"句：谓扬州有迷楼，为隋炀帝游乐之所。见《说郛》
卷三二引《迷楼记》。

3　"谁家"句：杜牧原注："炀帝作汴渠成，自造《水调》。"水
调，曲调名。冯集梧《樊川诗集注》卷三："《乐苑》：《水调》，商
调曲。旧说隋炀帝幸江都所制，曲成奏之。王令言闻而谓其
弟子曰：但有去声，而无回韵，帝不返矣！后竟如其言。"

4　"骏马"句：谓贵游子弟骑着骏马来回闲逛。

5　暗游：谓游于歌楼酒肆之中。一作"暗投"。

6　喧阗（tián）：哄闹声。

7　紫茸裘：用细软的兽毛做成的衣服。紫茸，细软的鸟兽毛。

8　放萤苑：即隋苑。冯集梧《樊川诗集注》卷三："《一统志》：
扬州府隋苑，在江都县北七里。《旧志》：放萤苑即隋苑，一名
上林苑。按《隋书·炀帝纪》：大业十二年五月，于景华宫征
求萤火，得数斛，夜出游山，放之，光遍岩谷。至七月幸江都
宫。是放萤事在东都，不在江都也。"杜牧诗中所言为泛指。

9　斗鸡台：即鸡台。《说郛》卷一一〇上引《大业拾遗记》：
"炀帝尝游吴公宅鸡台，恍惚间与陈后主相遇，尚唤帝为殿
下。"杜牧即用此事。

10　金络：以金丝绳做的带子。擎雕：肩或臂上架着雕。此处
泛指男子外出游猎。

11　鸾环：鸾形的玉珮。拾翠：拾取翠鸟羽毛。曹植《洛神

赋》："或采明珠，或拾翠羽。"此处泛指女子出游嬉戏。

12　"蜀船"句：谓蜀地之船运来了大量的彩锦。蜀地彩锦名
贵，且锦工织锦，则濯之江流，而锦至鲜明，于是把成都称之为
锦里或锦官城。

13　"越橐"句：谓越橐装来了沉香之木。越橐，本由陆贾使越
事而来，后代指珍宝。越地的沉香木是非常名贵之物。沉香
木被砍伐之后，岁久朽烂，但心节不腐，且比重大，放在水中则
沉，故称沉香。此处谓沉香木太多，故言"水沉堆"。

14　华表：用丁令威化鹤典。《搜神后记》卷一："丁令威，本辽
东人。学道于灵虚山，后化鹤归辽，集城门华表柱。时有少年
举弓欲射之，鹤乃飞，徘徊空中而言曰：'有鸟有鸟丁令威，去
家千年今始归。城郭如故人民非，何不学仙冢累累。'遂高上
冲天。"此指扬州的繁盛。

15　淮王：淮南王刘安（前179—前122），汉文帝时淮南厉王
长的长子。文帝十六年（前164）袭父封为淮南王。好文学方
术，招致宾客方士数千人，编写《淮南鸿烈》一书。后因人告
其谋反，下狱自杀。事见《史记·淮南衡山列传》。而《风俗
通义·正失·淮南王安神仙》却说："俗说淮南王安，招致宾客
方术之士数千人，作《鸿宝苑秘》枕中之书，铸成黄白，白日升
天。"《神仙传》卷四："八公使（淮南王）安登山大祭，埋金地
中，即白日升天。"杜牧是根据传说，言扬州如此繁盛，而淮南

王刘安却弃世而登仙！即使其化鹤归来，亦不知何处集停。

16　步：古长度单位。历代定制的实际长度不一。周代以八尺为步，秦代以六尺为步，旧制以营造尺五尺为步。

17　两重城：内城和外廓。

18　繁缨：古代天子、诸侯所用络马的带饰。繁（pán），马腹带；缨，马颈革。

19　柂轴：南朝鲍照《芜城赋》："柂以漕渠，轴以昆岗。"描写扬州的地理形势。杜牧化用此典，形容扬州之繁盛。柂，同舵，此处用作动词。《樊川文集》卷三作"拖"，据《樊川诗集注》卷三改。

送杜颙赴润州幕

少年才俊赴知音¹，丞相门栏不觉深²。
直道事人男子业³，异乡加饭弟兄心⁴。
还须整理韦弦佩⁵，莫独矜夸玳瑁簪⁶。
若去上元怀古去⁷，谢安坟下与沉吟⁸。

　　杜颙，字胜之，杜牧之弟。大和六年（832）及进士第，授秘书省正字、甀使巡官。李德裕出任镇海军节度使，辟为试协律郎，其时为大和八年（834），这时杜牧在扬州，为淮南节度掌书记。杜颙从长安赴任时，经过扬州，兄弟二人欢会数日。在赴润州时，杜牧作此诗相送。诗对杜颙谆谆劝勉，充满手足之情。并勉励他干一番大事业。"直道"句是杜牧心灵迸发之语，也是他人格精神的具体表现。他告诫杜颙要"直道事人"，不阿附权贵，行自己正直之道。润州，唐镇海军节度使治所，今江苏镇江。幕，幕府的简称。古代将帅的府署称幕，后亦泛指衙署。

　　1　少年才俊：指杜颙年少多才。其时杜颙二十八岁。杜牧后作杜颙墓志铭说："年二十四，明年当举进士，始握笔，草《阙下献书》、《裴丞相度书》，指言时事，书成各数千字，不半岁遍传天下。进士崔岐有文学,峭涩不许可人,诣门赠君诗曰:'贾马死来生杜颙,中间寥落一千年。'"知音:指李德裕。因为此时杜颙受李德裕的辟召。

2 丞相:即上句的"知音",指李德裕。李德裕在大和七年(833)曾为兵部尚书同平章事。因唐人好称显官,故仍称其丞相。

3 直道事人:此言杜颙。语出《论语·微子》:"柳下惠为士师,三黜。人曰:'子未可以去乎?'曰:'直道而事人,焉往而不三黜?枉道而事人,何必去父母之邦?'"

4 加饭:劝人保重的话。《古诗十九首》:"弃捐勿复道,努力加餐饭。"

5 韦弦佩:典出《韩非子·观行》:"西门豹之性急,故佩韦以缓己;董安于之心缓,故佩弦以自急。"韦,皮带;弦,弓弦。

6 矜夸:夸耀。玳瑁(dài mào):一种爬行动物,形似龟,甲壳黄褐色,有黑斑和光泽,可做装饰品。此句典出《史记·春申君列传》:"赵使欲夸楚,为玳瑁簪。……其上客皆蹑珠履,以见赵使,赵使大惭。"

7 上元:唐县名,在今江苏南京。怀古去:一作"怀古处"。

8 谢安坟:在上元县东南十里石子冈北。谢安(320—385),字安石,东晋阳夏(今河南太康)人。孝武帝时位至宰相。苻坚南侵时,他为征讨大都督,派遣将帅击败前秦兵九十万,赢得历史上著名的淝水之战。

赠别二首

娉娉袅袅十三馀[1]，豆蔻梢头二月初[2]。
春风十里扬州路，卷上珠帘总不如[3]。

多情却似总无情，唯觉樽前笑不成[4]。
蜡烛有心还惜别[5]，替人垂泪到天明。

——　大和九年（835）作。大和七年（833），杜牧受淮南节度使
牛僧孺之辟，为节度推官、监察御史里行，转掌书记。在扬州
供职期间，生活浪漫，常出入于歌楼舞榭之中。据高彦休《阙
史》记载："唐中书舍人杜牧，少有逸才，下笔成咏。弱冠擢进
士第，复捷制科。牧少隽，性疏野放荡，虽为检刻，而不能自
禁。会丞相牛僧孺出镇扬州，辟节度掌书记，牧供职之外，唯
以宴游为事。扬州，胜地也，每重城向夕，倡楼之上，常有绛
纱灯万数，辉罗耀烈空中，九里三十步街中，珠翠填咽，邈若仙
境。牧常出没驰逐其间，无虚夕。复有卒三十人，易服随后，
潜护之，僧孺之密教也。而牧自谓得计，人不知之，所至成欢，
无不会意，如是且数年。"（《太平广记》卷二七二引）诗的背
景大致如此。诗是杜牧大和九年春调回京城为监察御史，离
扬州前夕赠妓之作。从中还可以窥见晚唐社会的风气以及

士子的心理状态,具有一定的认识意义。清黄叔灿《唐诗笺注》:"曰'却似',曰'惟觉',形容妙矣。下却借蜡烛托寄,曰'有心',曰'替人',更妙。宋人评牧之诗,豪而艳,宕而丽,其绝句于晚唐中尤为出色。"

1　娉娉袅袅(pīng pīng niǎo niǎo):形容女子的姿态美。
2　豆蔻:多年生常绿草本植物,又名草果。分肉豆蔻、红豆蔻、白豆蔻等种。红豆蔻生于南海诸谷中,南人取其花未大开者,名含胎花,言如怀妊之身。诗人以喻未嫁之少女,言其少而美。
3　"春风"二句:言女子为扬州之最。宋洪迈《容斋随笔》卷九"唐扬州之盛"条:"唐世盐铁转运使在扬州,尽斡利权,判官多至数十人,商贾如织,故谚称'扬一益二',谓天下之盛,扬为一而蜀次之也。杜牧之有'春风十里'、'珠帘'之句。"
4　樽:酒器。
5　有心:"心"与"芯"双关,诗将蜡烛拟人化,以惜烛之心为惜别之心。

张好好诗 并序

　　牧大和三年[1]，佐故吏部沈公江西幕[2]。好好年十三，始以善歌来乐籍中[3]。后一岁，公移镇宣城，复置好好于宣城籍中[4]。后二岁，为沈著作述师以双鬟纳之[5]。后二岁，于洛阳东城重睹好好[6]，感旧伤怀，故题诗赠之。

君为豫章姝[7]，十三才有馀。
翠拙凤生尾，丹叶莲含跗[8]。
高阁倚天半[9]，章江联碧虚[10]。
此地试君唱，特使华筵铺[11]。
主公顾四座[12]，始讶来踟蹰[13]。
吴娃起引赞[14]，低徊映长裾[15]。
双鬟可高下，才过青罗襦[16]。
盼盼乍垂袖[17]，一声雏凤呼[18]。
繁弦迸关纽[19]，塞管裂圆芦[20]。
众音不能逐，袅袅穿云衢[21]。
主公再三叹，谓言天下殊。
赠之天马锦[22]，副以水犀梳[23]。
龙沙看秋浪[24]，明月游东湖[25]。
自此每相见，三日已为疏。

玉质随月满²⁶，艳态逐春舒²⁷。

绛唇渐轻巧，云步转虚徐²⁸。

旌旆忽东下，笙歌随舳舻²⁹。

霜凋谢楼树³⁰，沙暖句溪蒲³¹。

身外任尘土，樽前极欢娱。

飘然集仙客³²，讽赋欺相如³³。

聘之碧瑶珮，载以紫云车³⁴。

洞闭水声远，月高蟾影孤³⁵。

尔来未几岁，散尽高阳徒³⁶。

洛城重相见，婥婥为当垆³⁷。

怪我苦何事，少年垂白须？

朋游今在否，落拓更能无³⁸？

门馆恸哭后³⁹，水云秋景初⁴⁰。

斜日挂衰柳，凉风生座隅⁴¹。

洒尽满衿泪，短歌聊一书。

——

张好好，本为扬州歌妓，与杜牧颇有往还。后离开扬州，
到了洛阳。这首诗作于大和九年(835)秋。其时杜牧为监察
御史分司东都，故于洛阳重见张好好。诗主要记述张好好的
身世，对她的遭遇深表同情。诗的大部分写张好好姿色美丽、
乐技高超以供人娱乐的生活情况。最后写重见好好之后，二

人境遇都产生了极大的变化，不禁感慨万千。因杜牧对张好好身世遭遇了解较深，故发之为诗，感人肺腑。此诗还有自书真迹传世，现藏北京故宫博物院。《宣和书谱》卷九称其书法"气格雄健，与其文章相表里"。清人王士禛《带经堂诗话》卷二三《书画类》说："唐杜牧之《张好好诗并序》真迹卷，用硬黄纸，高一尺一寸五分，长六尺四寸，末阙四字，与本集不同者二十许字。"自书诗卷后还有明人董其昌跋语："樊川此书，深得六朝人气韵，余所见颜柳以后，若温飞卿与牧之，亦名家也。"

1　大和：唐文宗年号，公元 827 至 835 年。

2　吏部沈公：沈传师（777—835），字子言，吴（今江苏苏州）人。大和二年（828）十月以尚书右丞出为江西观察使。召杜牧入幕。大和九年（835）四月，卒于吏部侍郎任，故称"吏部沈公"。江西观察使治所在今江西南昌。

3　乐籍：乐部的名籍。古时官伎属于乐部。

4　移镇宣城：指沈传师大和四年（830）九月移宣歙观察使，治所在今安徽宣州。

5　沈著作述师：沈述师字子明，传师弟，为著作郎。著作，官名，即著作郎或著作佐郎。双鬟：将头发屈绕如环，挽成双髻。

6　洛阳：唐东都，今河南洛阳。杜牧大和九年（835）秋七月，以监察御史分司东都。

7　豫章：郡名，即洪州。沈传师为江西观察使驻于此地。故治在今江西南昌。姝：美女。

8　"翠苕"二句：谓好好像初长出翠尾的凤凰，又如含苞待放的红莲花。苕，长出。跗（fū），通"柎"，花萼。

9　高阁：指滕王阁。旧址在江西新建县西章江门上，西临大江。唐显庆四年（659）滕王李元婴为洪州都督时所建，故名。

10　章江：即章水。江西赣江的西源。源出崇义县聂都山，东北流入赣县，与贡水合流为赣江，经南昌，流入鄱阳湖。碧虚：天空。

11　华筵：丰盛的筵席。

12　主公：指沈传师。

13　踟蹰（chí chú）：徘徊不前的样子。

14　吴娃：吴地美女。

15　裾（jū）：衣服前襟。

16　罗襦：丝罗制成的短袄。

17　盼盼：注视的样子。

18　雏凤：小凤凰。李商隐《韩冬郎即席为诗相送，一座尽惊，他日余方追吟"连宵侍坐徘徊久"之句，有老成之风，因成二绝寄酬，兼呈畏之员外》诗："桐花万里丹山路，雏凤清于老凤声。"

19　繁弦：急促的乐声。关纽：琴弦的转轴。

20　塞管：即芦管，一种少数民族传入的乐器。《文献通考》卷
一三八："芦管，胡人截芦为之，大概与觱篥相类，出于北国。"

21　袅袅：歌声绵延不绝。云衢：天空。

22　天马锦：绘有天马图案的丝织纹绵。一说谓沙狐皮做成
的锦裘。《清一统志》卷四二："沙狐……生沙碛中，身小色白，
皮集为裘，在腹下者为天马皮，额下者名乌云豹，皆贵重。"

23　水犀梳：以水犀角制成的名贵梳子。水犀，犀牛的一种。

24　龙沙：地名，在南昌城北。其地多沙，甚为洁白，并呈龙
形，连亘五里。

25　东湖：在南昌城东，随城回曲，水通章江，与龙沙都是当时
著名的游览胜地。

26　玉质：玉体。指张好好。

27　舒：舒展。指体态日渐丰满。

28　云步：飘逸如云的脚步。虚徐：轻柔，舒缓。

29　"旌旆"二句：谓沈传师调任宣州观察使，沿江东下，好好
也随船而去。时当大和四年(830)九月。旌旆，唐节度使仪仗
有旌节，故此代沈传师。笙歌，指善歌的张好好。舳舻(zhúlú)，
船尾为舳，船头为舻，这里指首尾相接的船只。

30　谢楼：即谢朓楼，在宣城北，一名北楼，南齐宣城太守谢朓
所建。

31　句溪：一名东溪，从宣城东流过，溪流回曲如"句"字形，故名。

32　集仙客：指沈述师。原注："著作尝任集贤校理。"集仙本为宫殿名，开元中置，内设书院，置学士、直学士等。开元十三年（725）改集仙殿为集贤殿。

33　讽赋：作赋。欺：压倒。相如：即司马相如（前179—前117年），西汉著名辞赋家，著有《子虚赋》、《上林赋》等。

34　"聘之"二句：谓沈述师以隆重的礼节聘娶张好好。碧瑶珮，即碧玉珮。紫云车，本为仙家所乘，《博物志》卷八："王母乘紫云车而至于殿西。"这里形容豪华的车子。

35　"洞闭"二句：谓好好做了沈述师妾后，不再和故人往还。上句暗用刘晨、阮肇天台遇仙事。事见《太平御览》卷四一引《幽明录》。下句暗用嫦娥奔月之事。嫦娥本为后羿之妻，因偷窃长生不老药而逃到月中，"遂托身于月，是为蟾蜍"。见《晋书·天文志》引《灵宪》。

36　高阳徒：本谓酒徒。《史记·郦生陆贾列传》载，刘邦引兵过陈留，高阳儒生郦食其求见。使者进去通报，刘邦说："为我谢之，言我方以天下为事，未暇见儒人也。"使者出去传告，郦生嗔目按剑对使者说："走！复入言沛公，吾高阳酒徒也，非儒人也。"遂延入。终受重用。此当指与沈述师相酬酢的人。

37　婥婥（chuò chuò）：美好的姿态。当垆：卖酒。《史记·司

马相如列传》载,卓文君随司马相如私奔后,无以为生,不久重
返临邛,买一酒店卖酒,而让卓文君当垆。垆,酒店里安放酒
瓮、酒坛的土台子,代指酒店。

38　落拓:无拘无束,自由放纵。杜牧《遣怀》诗:"落拓江湖
载酒行,楚腰纤细掌中轻。"

39　"门馆"句:指为沈传师的去世而痛哭。因杜牧曾在沈幕
为僚,故称门馆。沈传师去世在大和九年(835)四月。此处
用羊昙哭谢安的典故。《晋书·谢安传》:"羊昙者,太山人,知
名士也。为安所爱重。安薨后,辍乐弥年,行不由西州路。尝
因石头大醉,扶路唱乐,不觉至州门。左右白曰:'此西州门。'
昙悲感不已,以马策扣扉,诵曹子建诗曰:'生存华屋处,零落
归山丘。'恸哭而去。"

40　"水云"句:喻目前自己的处境。本年秋天,杜牧已在京城
为监察御史。

41　座隅:座边。

寄扬州韩绰判官

青山隐隐水迢迢[1]，秋尽江南草木凋[2]。
二十四桥明月夜[3]，玉人何处教吹箫[4]。

　　杜牧大和末年在扬州为淮南节度掌书记，韩绰为判官，后牧入京为监察御史，韩仍在扬州，杜牧思念而作此诗，约为开成初年。全诗风调悠扬，意境优美。通过扬州胜景的描写，委婉地探问韩绰的近况，表达自己的思念之情，是杜牧笔法的高妙之处。同时还寓杜牧对扬州的留恋向往之情。今人或以为此诗写艳情，殊失作者本意。宋谢枋得《唐诗绝句注解》卷三称本诗："厌江南之寂寞，思扬州之欢娱，情虽切而辞不露。"杜牧另有《哭韩绰》诗："平明送葬上都门，绋翣交横逐去魂。归来冷笑悲身事，唤妇呼儿索酒盆。"赵嘏有《送韩绰归淮南寄韩绰先辈》诗。知韩绰曾及进士第，与杜牧同入牛僧孺淮南幕府，为节度判官。判官，是唐代节度使、观察使的下属官吏。

1　迢迢：深远的样子。一作"遥遥"。

2　草木凋：一作"草未凋"。

3　二十四桥：指扬州城中的二十四座桥。宋沈括《梦溪笔

谈·补笔谈》卷三："扬州在唐时最为富盛,旧城南北十五里
一百一十步,东西七里三十步。可纪者有二十四桥:最西浊河
茶园桥,次东大明桥,入西水门有九曲桥,次东正当帅牙南门,
有下马桥,又东作坊桥。桥东河转向南,有洗马桥,次南桥,又
南阿师桥,周家桥,小市桥,广济桥,新桥,开明桥,顾家桥,通
泗桥,太平桥,利园桥。出南水门有万岁桥,青园桥。自驿桥
北河流东出,有参佐桥,次东水门,东出有山光桥。又自牙门
下马桥直南,有北三桥、中三桥、南三桥,号九桥,不通船,不
在二十四桥之数,皆在今州城西门之外。"一说二十四桥即红
药桥。

4　玉人:貌美之人,指韩绰。《世说新语·容止》:"(裴楷)粗
服乱头皆好,时人以为玉人。"《初学记》卷十九引《卫玠别
传》:"玠在韶乱中,乘羊车于洛阳市,举市咸曰:谁家玉人。"
是古代常以玉人称誉男子。杜牧《寄珉笛与宇文舍人》诗:
"寄与玉人天上去,桓将军见不教吹。"亦可参证。吹箫:清李
斗《扬州画舫录》卷十五引《扬州鼓吹词序》:"是桥(指吴家砖
桥,一名红药桥)因古之二十四美人吹箫于此,故名。或曰即
古之二十四桥。"疑为附会之词。然天宝时诗人包何有《同诸
公寻李方直不遇》诗:"闻说到扬州,吹箫忆旧游。"知吹箫用
扬州故实则无可疑。

题敬爱寺楼

暮景千山雪，春寒百尺楼。
独登还独下，谁会我悠悠[1]。

———　开成元年（836）春作。杜牧大和九年（835）在长安为监
察御史，其时郑注专权，杜牧的好友李甘因直言得罪郑注被贬
死，杜牧见此情形，就在当年七月移疾分司东都。十一月，京
城就发生了震惊朝野的甘露之变。此诗表现杜牧在洛阳时苦
闷寂寞的心绪。敬爱寺，在洛阳怀仁坊。宋王溥《唐会要》卷
四八："敬爱寺，怀仁坊。显庆二年，孝敬在春宫，为高宗、武太
后立之，以敬爱寺为名。""天授二年，改为佛授记寺，其后又
改为敬爱寺。"

———　1　会：懂得，理解。悠悠：情思绵长之意。陈子昂《登幽州台
歌》："前不见古人，后不见来者。念天地之悠悠，独怆然而涕
下。"杜牧化用其意。

洛阳长句二首

草色人心相与闲，是非名利有无间[1]。
桥横落照虹堪画，树锁千门鸟自还[2]。
芝盖不来云杳杳[3]，仙舟何处水潺潺[4]。
君王谦让泥金事，苍翠空高万岁山[5]。

天汉东穿白玉京[6]，日华浮动翠光生[7]。
桥边游女珮环委[8]，波底上阳金碧明[9]。
月锁名园孤鹤唳[10]，川酣秋梦凿龙声[11]。
连昌绣岭行宫在[12]，玉辇何时父老迎[13]。

　　开成元年（836）作，时杜牧为监察御史，分司东都。长句，本指七言古诗，后兼指七言律诗。安史之乱后，皇帝不再驾幸东都洛阳，所以宫阙园林久经闲置，十分荒凉。杜牧大和九年（835）入京，本想建功立业，然不久即见朝廷人事复杂，为全身避祸，移疾东都。果然发生了甘露之变，三位宰相被害，其中包括杜牧当年应进士时的主考官，故更觉青云失路，报国无门，只好借游览名胜以排遣时光，面对宫阙园林如此荒凉，不禁感叹不已。山河依旧，人事已非，繁华永逝之感，渗透于字里行间，既象征着晚唐社会凄凉没落的景象，也表现出诗人忧愁怅惘的情怀。

1　"草色"二句：言自己的心情与眼前的秋草一样闲暇，对于是非名利，都无所牵挂。杜牧前一年在长安为监察御史，友人李甘因反对郑注、李训被贬封州司马，为全身远祸，他移疾分司东都，感到世事浮沉，难以预料，故生淡泊之心，不汲汲于是非名利。相与，一起，共同。有无间，若有若无之间。

2　"桥横"二句：以落照映衬洛阳的荒凉，以鸟自还状景象之冷清。

3　"芝盖"句：谓王子乔的仙驾一去不返，杳无音信。芝盖，车盖，因形如灵芝，故称。此代指仙人王乔。云杳杳，谓云际无影无息。据《列仙传》卷上载："王乔，周灵王太子晋也。好吹笙，作凤鸣。游伊洛间，遇道士浮丘公，接以上嵩山。三十馀年后，见柏良，谓曰：'可告我家，七月七日待我于缑氏山头。'至期，果乘白鹤驻山头，望之不到，举手谢时人，数日乃去。"

4　"仙舟"句：谓李膺、郭泰那样的人物，现在也不知在何处泛舟？仙舟，指李膺、郭泰事，他们都是东汉的名士。据《后汉书·郭太传》："郭太字林宗。""博通坟籍，善谈论，美音制，乃游于洛阳。始见河南尹李膺，膺大奇之，遂相友善，于是名震京师。后归乡里，衣冠诸儒送至河上，车数千两（辆）。林宗唯与李膺同舟而济，众宾望之，以为神仙焉。"（因范晔父名泰,故《后汉书》改"郭泰"为"郭太")此与上句写洛阳人事的零落。

5 "君王"二句:谓君王不再巡幸东都,苍莽高峻的万岁山只好徒然等待。泥金事,指君王举行封禅的典礼。泥金,古代帝王行封禅时所用的玉牒有玉检、石检,检用金缕缠住,用水银和金屑泥封。见《后汉书·祭祀志上》。唐代封禅之仪亦遵此。万岁山,即嵩山,在今河南登封县北,亦称嵩高山。

6 天汉:本指天河,此处借指洛水。白玉京:本指天帝所居之处,此谓东都洛阳。

7 日华:阳光。

8 珮环:即环珮,妇女的妆饰品。

9 上阳,宫名,唐高宗时建,武则天常居于此,故址在今洛阳城西的洛水北岸。

10 名园:宋李格非《洛阳名园记》:"方唐贞观、开元之间,公卿贵戚开馆列第于东都者,号千有馀邸。及其乱离,继以五季之酷,其池塘竹树,兵车蹂践,废而为丘墟;高亭大榭,烟火焚燎,化而为灰烬,与唐共灭而俱亡者无馀处矣。予故尝曰:园圃之废兴,洛阳盛衰之候也。"杜牧以名园的废兴为例,极写洛阳的昔盛今衰。

11 凿龙:开凿龙门。龙门在今河南洛阳南。传说龙门为大禹所凿。《汉书·沟洫志》:"昔大禹治水,山陵当路者毁之,故凿龙门,辟伊阙。"

12　连昌:宫殿名,唐高宗显庆三年(658)所建,故址在今河南宜阳。唐元稹有《连昌宫词》。绣岭:宫名,唐高宗显庆三年(658)置,故址在今河南陕县。

13　玉辇:皇帝的车驾。

故洛阳城有感

一片宫墙当道危[1]，行人为汝去迟迟[2]。
篂圭苑里秋风后[3]，平乐馆前斜日时[4]。
锢党岂能留汉鼎[5]，清谈空解识胡儿[6]。
千烧万战坤灵死[7]，惨惨终年鸟雀悲。

　　开成元年（836）作。故洛阳城，谓汉魏时的洛阳城，在今河南洛阳白马寺东洛水北岸。《旧唐书·地理志》："自赧王已后，及东汉、魏文、晋武，皆都于今故洛城。"清钱谦益、何焯《唐诗鼓吹评注》卷六："此经洛阳怀汉、晋兴废之事而作也。首言过此见宫墙之危而不忍去，盖恨汉之亡也。夫其所以然者，以灵帝造篂圭、平乐以游侠，又听信谗言，兴钩党祸以害贤良耳。至晋则尚清谈，虽王衍先识胡儿之患，亦何补于败亡哉！噫！洛阳用武之地，屡经兵火之变，坤灵亦灭，惟见长年鸟雀之悲耳，能不过故城而有感乎？"

1　危：高耸的样子。
2　迟迟：徘徊不前的样子。
3　篂圭苑：汉苑名。后汉灵帝光和三年（180）建，在洛阳宣平门外。东篂圭苑周一千五百步，中有鱼梁台；西篂圭苑周三千三百步。见《后汉书·灵帝纪》。

4　平乐馆：汉代宫观名。汉高祖时始建，武帝增修，在上林苑中未央宫北，周围十五里。东汉都洛阳，明帝永平五年（62）于长安迎取飞廉铜马，置于上西门外，筑平乐观，也作为阅兵的地方。见《三辅黄图》卷五。故址在今河南洛阳市故洛阳城西。

5　锢党：据《后汉书·党锢传》，东汉桓帝时，宦官势盛，士大夫李膺等疾之，捕杀其党，宦官乃言膺等与太学游士为朋党，诽谤朝廷，辞连二百馀人，禁锢终身。灵帝时，李膺等复起用，与大将军窦武谋诛宦官，事败，百馀人皆被杀，死徙锢禁者六七百人。汉鼎：汉朝的政权。鼎是古代传国的重器。

6　"清谈"句：用石勒与张九龄的典故，说明空谈对国事无补。清谈，清雅的言谈与议论。据《晋书·王衍传》及《石勒载记》，王衍出补元城令，终日清谈，而县务亦理。一次，石勒行贩洛阳，倚啸于上东门，王衍见之，感到奇怪，对左右说："向者胡雏，吾观其声视有奇志，恐将为天下之患！"又据《新唐书·张九龄传》，安禄山初以范阳偏校入朝奏事，气势骄纵，九龄对裴光庭说："乱幽州者，此胡雏也。"等到讨伐契丹失败，被执送京师，九龄又说："禄山狼子野心，有逆相，宜即事诛之，以绝后患。"帝曰："卿无以王衍知石勒而害忠良。"终不听其说。

7　"千烧"句：谓汉魏以来，洛阳历经战乱，连神灵也难免灾祸。坤灵，地神。

洛　阳

文征武战就神功[1]，时似开元天宝中[2]。
已建玄戈收相土[3]，应回翠帽过离宫[4]。
侯门草满宜寒兔，洛浦沙深见塞鸿[5]。
疑有女娥西望处，上阳烟树正秋风[6]。

　　开成元年（836）秋作。清钱谦益、何焯《唐诗鼓吹评注》卷六："前四句言洛阳之盛，后四句感洛阳之衰。首言东都盛治之日，文以经邦，武以守国，其功成矣。时似开元、天宝之世，盖以明皇四十年太平天子，其初玄戈戢影，相土来归，翠帽回车，离宫巡幸，此所以言盛治也。夫何致安史之乱，东都凋败，侯门草满而潜兔，洛浦沙深而聚鸿，至今上阳虽存，疑当时女娥西望陵寝之处，当此秋风萧索，惟见草树凝烟而已，能不追慕文武之功哉！"

1　文征武战：谓文以经邦，武以守国。神功：神奇的功绩。
2　开元天宝：唐玄宗年号。开元，公元713—741年；天宝，公元742—755年。为唐盛世。
3　"已建"句：谓宪宗时平定藩镇，诸侯纳土归顺事。玄戈，星名。《史记·天官书》："杓端有两星：一内为矛，招摇；一外为盾,天锋。"《集解》:"外,远北斗也。在招摇南,一名玄戈。"
此处指绘有玄戈星的旗帜。相土,商代人名。《左传·襄公九
年》:"陶唐氏之火正阏伯,居商丘,祀大火,而火纪时焉。相土
因之,故商主大火。"注:"相土,契孙,商之祖也。"

4　"应回"句:谓平定藩镇后,巡幸洛阳。翠帽,即车盖。张衡
《西京赋》:"戴翠帽,倚金较。"注:"翠帽,车盖,黄金以饰较。"
离宫,指正宫之外帝王出巡时所居的宫殿。

5　"侯门"二句:以侯门之败落和洛水岸的荒凉喻洛阳之衰。

6　女娥西望:用曹操遗命事。据《文选》晋陆机《吊魏武帝文
序》,东汉末,曹操造铜雀台,临终吩咐诸妾,"汝等时时登铜雀
台,望吾西陵墓田"。上阳,唐宫名,高宗上元中置。《太平御
览》卷一七三引《东京记》:"上阳宫在皇城西南东苑前,苑东
垂南临洛水,西亘谷水,上元中韦机充使所造。"故址在今河南
洛阳。二句以曹魏事喻唐。

洛中送冀处士东游

处士有儒术，走可挟车辀[1]。
坛宇宽帖帖[2]，符彩高酋酋[3]。
不爱事耕稼，不乐干王侯。
四十馀年中，超超为浪游[4]。
元和五六岁，客于幽魏州[5]。
幽魏多壮士，意气相淹留[6]。
刘济愿跪履[7]，田兴请建筹[8]。
处士拱两手，笑之但掉头。
自此南走越，寻山入罗浮[9]。
愿学不死药，粗知其来由。
却于童顶上，萧萧玄发抽。
我作八品吏，洛中如系囚[10]。
忽遭冀处士，豁若登高楼。
拂榻与之坐，十日语不休。
论今星璨璨，考古寒飕飕。
治乱掘根本，蔓延相牵钩[11]。
武事何骏壮，文理何优柔[12]。
颜回捧俎豆[13]，项羽横戈矛[14]。
祥云绕毛发[15]，高浪开咽喉。

但可感神鬼，安能为献酬[16]。
好入天子梦，刻像来尔求[17]。
胡为去吴会[18]，欲浮沧海舟。
赠以蜀马箠[19]，副之胡鼝裘[20]。
饯酒载三斗，东郊黄叶稠。
我感有泪下，君唱高歌酬。
嵩山高万尺[21]，洛水流千秋[22]。
往事不可问，天地空悠悠[23]。
四百年炎汉[24]，三十代宗周[25]。
二三里遗堵，八九所高丘。
人生一世内，何必多悲愁。
歌阕解携去，信非吾辈流。

———　开成元年（836）作。其时杜牧为监察御史、分司东都。
洛中，即洛阳。冀处士，未详。处士是未仕或不仕的人。

———　1　挟车辕：以手挟持车辕。《左传》隐十一年："公孙阏与颍考
叔争车，颍考叔挟辀以走，子都拔棘以逐之。"后以喻勇捷力
大。《梁书·元帝纪》："挟辀曳牛之侣，拔距礌石之夫，骑则逐
日追风，弓则吟猿落雁。"这里比喻冀处士儒术之高。
　　2　"坛宇"句：谓冀处士言谈安静宏远。坛宇，指言谈的范围

与界限。《荀子·儒效》:"君子言有坛宇,行有防表,道有一隆。"清王念孙《读书杂志》卷十:"坛,堂基也;宇,屋边也。言有坛宇,犹曰言有界域。"帖帖,安静的样子。韩愈《施先生墓志铭》:"时先生之说二经,来太学,帖帖坐诸生下,恐不卒得闻。"

3　符彩:指玉的纹理光彩。酋酋:高大的样子。

4　超超:谓超然出尘。晋陶潜《扇上画赞》:"超超丈人,日夕在耘。"浪游:到处漫游。杜牧《见穆三十宅中庭海榴花谢》诗:"堪恨王孙浪游去,落英狼藉始归来。"

5　"元和"二句:谓在元和中漫游幽州、魏州。幽、魏州,其地在今河北、北京一带。

6　"幽魏"二句:谓其地多慷慨激昂之士,注重意气。韩愈《送董邵南序》:"燕赵古称多感慨悲歌之士。"淹留,犹滞留,停留。

7　"刘济"句:谓刘济愿遵从冀处士为师。刘济贞元至元和中为幽州镇帅,《旧唐书·刘济传》:"贞元五年,迁左仆射,充幽州节度使。时乌桓、鲜卑数寇边,济率军击走之,深入千馀里,虏获不可胜纪,东北晏然。……元和初,加兼侍中。"跪履,用张良事。汉张良曾步游至邳圮上,有一老父故意堕履圮下,要张良下取履。张良开始愕然,想殴打他,因见他年老,就强忍下去取履并跪进之。老父以足受之,笑去里所,复还曰:"孺子可教矣。"事见《汉书·张良传》。

8 "田兴"句：谓田兴请求冀处士出谋划策。《新唐书·宪宗纪》：元和七年"十月乙未，魏博军以田季安之将田兴知军事。……是月，魏博节度使田兴以六州归于有司。"建筹，出谋献策。

9 "自此"二句：越，唐时岭南道，春秋时属百越之地，故称越。罗浮，山名，在广东省增城、博罗、河源等县间，长达百馀公里，峰峦四百馀，风景秀丽，为粤中名山。相传罗山之西有浮山，为蓬莱一阜，浮海而至，与罗山并体，故曰罗浮。山上有洞，道教列为第七洞天。

10 "我作"二句：谓杜牧为监察御史分司东都，官品甚微，心情忧郁。八品吏，这里指监察御史，《新唐书·百官志》三："监察御史十五人，正八品下。掌分察百寮，巡按州县。"

11 "蔓延"句：蔓延、牵钩，都是古代的游戏。蔓延，汉张衡《西京赋》："巨兽百寻，是为蔓延。"唐张铣注："言作大兽，名为蔓延之戏。"牵钩即拔河。

12 优柔：指文章从容自得。《文心雕龙·养气》："志于文也，则申写郁滞，故宜从容率情，优柔适会。"

13 "颜回"句：颜回（前521—前490），春秋鲁人，字子渊，孔子弟子。好学，乐道安贫，在孔门中以德行著称。事见《史记·仲尼弟子列传》。俎豆，古代宴客、祭祀用的礼器。《史记·孔子世家》:"孔子为儿嬉戏,常陈俎豆,设礼容。"

14　项羽(前232—前202),秦末下相人。力能扛鼎,才气过人。秦亡后,自立为西楚霸王,继与刘邦争天下。事见《史记·项羽本纪》。

15　祥云:瑞云。

16　"但可"二句:谓冀处士的话,可以动天地,感鬼神,但他并不以此从事献酬,以获得名利。

17　"好入"二句:冯注引《帝王世纪》:"(殷)高宗梦天赐贤人,胥靡之衣,蒙而来曰:我徒也,姓傅名说。武丁寤而推之曰:傅者,相也,说者,欢说也,天下岂有傅而说民者哉?乃使百工写其形象,求诸天下。"

18　吴会:古代指东南吴地。秦时会稽郡,至东汉时分为吴郡与会稽二郡,故称吴会。自唐以后,多称苏州为吴会。

19　蜀马箠:马鞭以蜀地所产最为著名。

20　胡闟裘:指罽宾国所出的文绣。《汉书·西域传》:"罽宾国,其民织罽刺文绣。"

21　嵩山:为五岳之一,称嵩岳,又名嵩高山。在河南登封县北。

22　洛水:源出陕西洛南县西北部。东入河南,经洛阳,至巩县的洛口入黄河。《元和郡县图志》卷六:"洛阳县洛水,在县西南三里。"

23　悠悠:遥远,无穷尽。

24　"四百"句:谓汉代有天下四百年。汉自称以火德王,故称
　　炎汉。《樊川诗集夹注》卷一引《历代统纪》:"东西汉自高祖
　　尽献帝,通王莽,合二十四帝四百二十六年。"东汉建都洛阳,
　　故杜牧称之。

25　"三十"句:周为诸侯所宗仰,故王都所在称宗周。周平王
　　所都为洛邑,即洛阳,故杜牧在洛阳作诗称为宗周。周自建国
　　传世凡三十代。

金谷园

繁华事散逐香尘[1]，流水无情草自春[2]。
日暮东风怨啼鸟，落花犹似堕楼人[3]。

　　开成二年（837）春作，时杜牧为监察御史，分司东都。金谷园，在河南洛阳市西北金谷涧。有水流经此地，谓之金谷水。晋太康中石崇建园于此，即世传之金谷园。石崇（249—300），字季伦，小字齐奴，南皮（今河北南皮）人。历任散骑常侍、青州刺史等职。尝劫远使商客，而致豪富。与贵戚王恺、杨琇以豪侈相尚，与潘岳、陆机等附贾后、贾谧，时号二十四友。永康元年（300），赵王司马伦废杀贾后，石崇被免官。又为孙秀所谮，被杀。诗咏石崇宠妓绿珠于园中清凉台堕楼殉情事。"前三句景中有情，皆含凭吊苍凉之思。四句以花喻人，以落花喻坠楼人。伤春感昔，即物兴怀，是人是花，合成一凄迷之境。"（俞陛云《诗境浅说》续编）

1　香尘：沉香之末。晋王嘉《拾遗记》卷九："（石崇）使数十人各含异香，行而语笑，则口气从风而飏。又屑沉水之香，如尘末，布象床上，使所爱者践之，无迹者赐以真珠百琲。"
2　流水：指金谷水。《水经注·谷水注》："谷水又东，左会金

谷水,水出自大白原,东南流历金谷,谓之金水。东南流,经晋卫尉卿石崇之故居也。"

3 堕楼人:谓石崇的爱妾绿珠。绿珠(?—300),晋石崇家歌妓,善吹笛。时赵王司马伦杀贾后,自称相国,专擅朝政,石崇与潘岳等谋劝淮南王司马允、齐王司马冏图伦,谋未发。伦有嬖臣孙秀,家世寒微,与冏宿憾,既贵,又向崇求绿珠,崇不许。此时力劝伦杀崇,母兄妻子十五人皆死。甲士到门逮崇,崇对绿珠说:"我今为尔得罪。"绿珠边泣边说:"当效死于官前。"因自坠于楼下而死。事见《晋书·石崇传》及《世说新语·仇隙篇》。杨衒之《洛阳伽蓝记》卷一:"昭仪寺有池,……后隐士赵逸云:'此地是晋侍中石崇家池,池南有绿珠楼。'"

题扬州禅智寺

雨过一蝉噪[1]，飘萧松桂秋[2]。
青苔满阶砌[3]，白鸟故迟留[4]。
暮霭生深树[5]，斜阳下小楼。
谁知竹西路[6]，歌吹是扬州[7]？

開成二年（837）作。其时杜牧之弟杜颛患眼病，居于扬州禅智寺，杜牧也告假赴扬州视弟，大概与其弟同居寺中，诗即题寺之作。描写禅智寺初秋傍晚的清幽与静谧，表现出作者心境的孤寂。前六句描写寺庙的清寂幽深，后二句以动衬静，唤起读者对繁华扬州的联想，突出禅智寺的幽静。笔墨简净，颇有韵味。高步瀛《唐宋诗举要》卷四："结笔写寺之幽静，尤为得神。"禅智寺，又名上方寺、竹西寺，在扬州城东十五里。本隋炀帝故宫，后建为寺。

1　蝉噪：指秋蝉鸣叫。王籍《入若耶溪诗》："蝉噪林逾静，鸟鸣山更幽。"
2　飘萧：飘摇萧瑟。
3　阶砌：台阶。
4　白鸟：白羽之鸟。如鹤鹭之类。故：故意。迟留：徘徊而不愿离去。

5　暮霭：黄昏的云气。

6　竹西路：指禅智寺前官河北岸的道路。竹西，在扬州甘泉之北。后人因杜牧诗所咏处筑亭，名曰竹西亭，又称歌吹亭。《江都志》卷十三："竹西亭，按宝祐间遗址在官河北岸禅智寺前，唐杜牧之《禅智寺》诗：'谁知竹西路，歌吹是扬州？'因以名亭。"又宋姜夔《扬州慢》："淮左名都，竹西佳处，解鞍少驻初程。"化用杜牧诗意。

7　歌吹：歌声和乐声。鲍照《芜城赋》："廛闬扑地，歌吹沸天。"杜牧化用其意。

将赴宣州留题扬州禅智寺

故里溪头松柏双，来时尽日倚松窗。
杜陵隋苑已绝国[1]，秋晚南游更渡江。

———　开成二年（837）秋作。杜牧开成二年由洛阳赴扬州视弟
眼疾，居于禅智寺，其年秋末应宣歙观察使崔郸之辟，为宣州
团练判官、殿中侍御史内供奉。此为赴任离扬州前之作，表现
浓烈的思乡情绪。宣州，今安徽宣城。

———　1　杜陵：在今陕西西安东南。古为杜伯国。本名杜原，又名
乐游原。秦置杜县，汉宣帝在此筑陵，故称杜陵。三国魏复名
杜县。隋苑：即上林苑，又名西苑，隋炀帝时建，故址在今江苏
扬州西北。绝国：本指极远的邦国，《淮南子·修务训》："绝国
殊俗，僻远幽闲之处，不能被德承泽，故立诸侯以教诲之。"此
处指离故乡已太遥远。

杜秋娘诗 并序

　　杜秋,金陵女也[1]。年十五,为李锜妾[2]。后锜叛灭,籍之入宫[3],有宠于景陵[4]。穆宗即位[5],命秋为皇子傅姆[6]。皇子壮,封漳王[7]。郑注用事[8],诬丞相欲去异己者[9],指王为根[10]。王被罪废削[11],秋因赐归故乡。予过金陵,感其穷且老,为之赋诗。

京江水清滑,生女白如脂[12]。
其间杜秋者,不劳朱粉施[13]。
老濞即山铸[14],后庭千双眉[15]。
秋持玉斝醉[16],与唱金缕衣[17]。
濞既白首叛[18],秋亦红泪滋[19]。
吴江落日渡[20],灞岸绿杨垂[21]。
联裾见天子[22],盼眄独依依[23]。
椒壁悬锦幕[24],镜奁蟠蛟螭[25]。
低鬟认新宠,窈袅复融怡[26]。
月上白璧门[27],桂影凉参差[28]。
金阶露新重[29],闲捻紫箫吹[30]。
莓苔夹城路[31],南苑雁初飞[32]。
红粉羽林仗[33],独赐辟邪旗[34]。
归来煮豹胎[35],厌饫不能饴[36]。

咸池升日庆，铜雀分香悲[37]。

雷音后车远[38]，事往落花时。

燕祺得皇子[39]，壮发绿緌緌[40]。

画堂授傅姆[41]，天人亲捧持[42]。

虎睛珠络褓[43]，金盘犀镇帷[44]。

长杨射熊罴[45]，武帐弄哑咿[46]。

渐抛竹马剧[47]，稍出舞鸡奇[48]。

斩斩整冠佩[49]，侍宴坐瑶池[50]。

眉宇俨图画[51]，神秀射朝辉。

一尺桐偶人，江充知自欺[52]。

王幽茅土削，秋放故乡归[53]。

觚棱拂斗极[54]，回首尚迟迟[55]。

四朝三十载[56]，似梦复疑非。

潼关识旧吏[57]，吏发已如丝。

却唤吴江渡，舟人那得知？

归来四邻改，茂苑草菲菲[58]。

清血洒不尽[59]，仰天知问谁？

寒衣一匹素[60]，夜借邻人机。

我昨金陵过，闻之为歔欷[61]。

自古皆一贯[62]，变化安能推！

夏姬灭两国，逃作巫臣姬[63]。

西子下姑苏，一舸逐鸱夷[64]。
织室魏豹俘，作汉太平基[65]。
误置代籍中，两朝尊母仪[66]。
光武绍高祖，本系生唐儿[67]。
珊瑚破高齐，作婢舂黄糜[68]。
萧后去扬州，突厥为阏氏[69]。
女子固不定，士林亦难期[70]。
射钩后呼父[71]，钓翁王者师[72]。
无国要孟子[73]，有人毁仲尼[74]。
秦因逐客令，柄归丞相斯[75]。
安知魏齐首，见断簧中尸[76]。
给丧蹶张辈，廊庙冠峨危[77]。
珥貂七叶贵，何妨戎虏支[78]。
苏武却生返[79]，邓通终死饥[80]。
主张既难测[81]，翻覆亦其宜[82]。
地尽有何物，天外复何之？
指何为而捉[83]，足何为而驰？
耳何为而听，目何为而窥？
己身不自晓，此外何思惟！
因倾一樽酒，题作杜秋诗。
愁来独长咏，聊可以自贻[84]。

　　杜秋娘本是镇海军节度使李锜妾,后李锜叛乱败亡,秋娘被没入宫,有宠于宪宗。宪宗死后,穆宗让她做漳王李凑的傅姆。漳王得罪后,杜秋娘被放归金陵。杜牧于开成二年(837)经过润州时,有感于杜秋娘又穷又老,故作此诗。诗中记述杜秋娘一生的经历,并且抒发人生无常、命运难测的感慨。李商隐《赠司勋杜十三员外》诗:"杜牧司勋字牧之,清秋一首《杜秋诗》。"清洪亮吉更将此诗与白居易《琵琶行》相提并论:"同是才人感沦落,樊川亦赋《杜秋诗》。"(《北江诗话》卷六)清贺裳《载酒园诗话》又编:"昔人多称其《杜秋诗》,今观之,真如暴涨奔川,略少渟泓澄澈。"关于杜秋娘的事,清人王士禛《带经堂诗话》卷十七叙述较详,颇有助于本诗的阅读,今略录于下:大和五年(831)春,文宗与宰相宋申锡谋诛宦官。申锡引吏部侍郎王璠为京兆尹,以密旨谕之。璠泄其谋,郑注、王守澄阴为之备。文宗之弟漳王凑贤达,有威望,郑注令诬告申锡谋立漳王。文宗怒,罢申锡为右庶子,命王守澄捕所告晏敬则、王师文等,于禁中鞫之,诬服。左常侍崔玄亮等力争于延英殿,宰相牛僧孺亦进言。乃贬漳王为巢县公,申锡为开州司马。后巢公薨,追封齐王。当初,李德裕为浙西观察使,漳王傅姆杜仲阳因宋申锡事,放归金陵,诏德裕存处之。

1　金陵：唐润州的别名，今江苏镇江。

2　李锜：唐宗室孝同五世孙。贞元初，迁至宗正少卿。自雅王傅出为杭、湖二州刺史，迁润州刺史、浙西观察、诸道盐铁转运使。恃恩骄横，利交朝臣，蓄兵谋反。顺宗时为镇海军节度使，虽失利柄而得军权，故反事未发。宪宗元和二年（807），违抗诏命，起兵谋反。兵败后，被押送京师腰斩。

3　籍之入宫：财产被没收，自己也以罪人眷属被没入宫中。籍，登记财产予以没收。

4　景陵：指唐宪宗。宪宗死后葬景陵，在今陕西省乾县。

5　穆宗：宪宗第三子李恒，即位后改元长庆，在位四年（820—824）。即位：开始成为帝王。

6　傅姆：古时辅导、保育贵族子女的老年妇人。

7　漳王：即李凑，穆宗第六子，文宗弟。长庆元年（821）封漳王，大和五年（831）降为巢县公。八年（834）薨，赠齐王。

8　郑注：绛州翼城（今山西翼城）人。出身微贱，以方伎游江湖。元和末，依襄阳节度使李愬，李愬荐之于宦官王守澄，成为其亲信。因郑注通医术，被荐之于文宗，并得宠。后与李训谋诛宦官，策划甘露事件，事泄，被杀。用事：执政，当权。

9　丞相：指宋申锡。

10　根：祸根。

11　废削：罢免，废除官职。

12　京江：长江流经京口（唐润州治所，今江苏镇江）的一段江面。宋王象之《舆地纪胜》卷七《两浙西路·镇江府》："京江水在城北六里，杜牧赋《秋娘诗》云：'京江水清滑，生女白如脂。'"

13　"不劳"句：指不需化妆，自然丽质。《汉武故事》："诸宫美女，……皆自然美丽，不假粉白黛绿。"

14　"老濞"句：谓像吴王刘濞那样的人物，积聚了大量的财物。老濞（bì），指刘濞。据《史记·吴王濞列传》，刘濞是汉高祖刘邦之侄，封吴王，都广陵（今江苏扬州）。"吴有豫章郡铜山，濞则招致天下亡命者盗铸钱，煮海水为盐，以故无赋，国用富饶。"景帝三年（前154），联合楚、胶西王等七国谋反，兵败被诛，史称"吴楚七国之乱"。刘濞谋反时年已六十三岁，故称"老濞"。这里以刘濞比李锜，因二人都是宗室，都在吴地，都谋反，都被诛。

15　后庭：后宫。千双眉：形容侍女之多。

16　玉斝（jiǎ），玉制的酒杯，圆口，三足。

17　金缕衣，杜牧自注："'劝君莫惜金缕衣，劝君须惜少年时。花开堪折直须折，莫待无花空折枝。'李锜常唱此辞。"

18　"濞既"句：谓李锜象刘濞一样，在晚年发动叛乱，失败后被诛。白首叛，刘濞叛乱时已六十三岁，故称。《史记·吴王濞列传》："诱天下豪杰，白头举事。"

19　红泪:妇女之泪。晋王嘉《拾遗记》卷七:"(魏)文帝所爱美人,姓薛名灵芸,常山人也。……时文帝选良家子女,以入六宫。(谷)习以千金宝赂聘之。既得,乃以献文帝。灵芸闻别父母,歔欷累日,泪下沾衣。至升车就路之时,以玉唾壶承泪,壶则红色。既发常山,及至京师,壶中泪凝如血。"

20　吴江:京口与扬州之间的长江,此处指京口的江面。

21　灞:水名,在长安东二十里,源出蓝田县蓝田谷中,经长安县境,西北流入渭河。此处指长安。

22　联裾:衣袖相联,喻携手而行。

23　盼盱:顾盼,盼望。依依:留恋而不忍分离。

24　椒壁:即椒房,以椒和泥涂饰墙壁,指皇后居室。《太平御览》卷一八五引《汉官仪》:"皇后称椒房,以椒涂室,主温暖除恶气也。"

25　镜奁(lián),指妇女画妆用的镜匣。蛟螭,饰有龙的图案的花纹。蛟是有角之龙,螭是无角之龙。

26　窈裒:姿态美好。融怡:性情愉悦。

27　白璧门:白玉所饰的宫殿之门。

28　桂影:即月影,月光。因古人认为月中有桂树,故称。

29　金阶:帝王宫殿的台阶。唐王涯《宫词》:"欲得君王一回顾,争扶玉辇下金阶。"

30　捻(niǎn):按,乐器演奏的一种手法。紫箫:原注:"《晋书》：盗开凉州张骏冢，得紫玉箫。"古人多截紫竹为箫笛。

31　莓苔：青苔。夹城路：两边筑有高墙的通道。《旧唐书·玄宗纪》：开元二十年六月，"遣范安及于长安广花萼楼，筑夹城至芙蓉园。"

32　南苑：即御苑，也称芙蓉园，在长安城东南角曲江之南，与龙首原上的禁苑南北相对，故称南苑。

33　红粉：指宫女。羽林：即羽林军，是皇帝的禁卫军。

34　辟邪旗：绣有辟邪神兽的旗帜，是唐代仪卫旗仗之一种。《新唐书·仪卫志上》："第一辟邪旗，左右金吾卫折冲都尉各一人主之，皆戎服大袍，佩弓箭、横刀、骑。"

35　豹胎：豹的胎盘，是珍贵的肴馔。

36　厌饫(yù)：感到饱足。饴：有滋有味地吃。宋王观国《学林》卷八："杜牧诗曰'厌饫不能饴'者，既厌饫矣，不能复甘食之也。"

37　"咸池"二句：谓穆宗皇帝登基，宪宗皇帝去世。咸池，东方的大泽，神话中谓日浴之处。升日，喻皇帝登基，如同日出一样。铜雀，即铜雀台。曹操所建。铸大孔雀置于楼顶，舒翼奋尾，势若飞动，因名铜雀台。故址在今河北省临漳县西南古邺城的西北隅。分香，即分香卖履。东汉末，曹操造铜雀台，临终时吩咐诸妾："汝等时时登铜雀台，望吾西陵墓田。"又说："馀香可分与诸夫人。诸舍中无所为，学作履组卖也。"事见

《文选》晋陆机《吊魏武帝文序》。后以分香卖履喻临死不忘
妻妾,此处则比喻皇帝去世。

38 "雷音"句:谓杜秋娘从此不能乘后车陪伴天子。雷音,比
喻皇帝的车声。汉司马相如《长门赋》:"雷殷殷而响起兮,声
象君之车音。"后车,随从皇帝的车子。

39 燕祺:古代帝王于春暖燕来之日,祀神以求嗣。祺是古
代求神之祀,亦指求子所祀的祺神。《礼记·月令》:仲春之
月,"是月也,玄鸟至。至之日,以太牢祠于高祺,天子亲往,后
妃帅九嫔御。"郑玄注:"玄鸟,燕也。燕以施生时来,巢人堂
宇而孚乳。""玄鸟遗卵,娀简吞之而生契。后王以为媒官嘉
祥而立其祠焉。变媒言祺,神之也。"皇子:指漳王李凑。壮
发:额前丛生突下之发。《汉书·孝成皇后传》:"(曹)宫读书
已,曰:'果也,欲姊弟擅天下!我儿男也,额上有壮发,类孝元
皇帝。'"颜师古注:"壮发当额前侵下而生,今俗呼为圭头者
是也。"

40 緌緌(ruí ruí):下垂的样子。

41 画堂:古代宫中有彩绘的殿堂,此指皇子的居处。《汉
书·成帝纪》:"孝成皇帝,元帝太子也。母曰王皇后,元帝在
太子宫生甲观画堂,为世嫡皇孙。"

42 天人:指具有非凡之才的皇子。《三国志·魏书·王粲
传》引《魏略》:"(邯郸淳)对其所知,叹(曹)植之材,谓之

'天人'。"

43　褓:即襁褓,婴儿的包被。

44　镇帷:将帷帐镇压住,使之不飘动。

45　长杨:即长杨宫,在今陕西省周至县。《三辅黄图》卷一:"长杨宫,在今盩厔县东三十里,本秦旧宫,至汉修饰之,以备行幸。宫中有垂杨数亩,因为宫名,门曰射熊观,秦汉游猎之所。"此处指代穆宗游猎的地方。

46　武帐:置有兵器的帷帐,帝王所用。《汉书·汲黯传》:"上尝坐武帐,黯前奏事。"颜师古注引孟康曰:"今御武帐,置兵阑五兵于帐中也。"哑咿,小孩学语声。

47　竹马:儿童游戏时当马骑的竹竿。

48　舞鸡:即斗鸡,以鸡相斗的博戏。唐朝诸王盛行斗鸡戏,《新唐书·王勃传》:"沛王闻其名,召署府修撰。……是时诸王斗鸡,勃戏为文檄英王鸡。"

49　崭崭:整齐的样子。

50　瑶池:古代传说中昆仑山上的池名,西王母所居。《史记·大宛列传》:"昆仑其高二千五百馀里,日月所相避隐为光明也。"《穆天子传》卷三:"天子觞西王母于瑶池之上。"此处指皇后宴饮的场所。

51　俨(yǎn):宛如,形容很象。

52　"一尺"二句:谓漳王被人诬陷。江充,汉邯郸(今河北邯

郸)人,字次倩,本名齐,因畏罪逃亡,改名充。以告发赵太子
丹事起家。武帝任为直指绣衣使者,负责镇压三辅盗贼,禁察
贵贱奢僭,取得武帝信任。与戾太子据有隙,乘武帝患病之
际,诬陷太子行巫蛊。并掘蛊于太子宫中,得桐木人。太子不
自安,举兵收斩充。事败,亦自缢。事见《汉书·江充传》。这
里借用江充陷害戾太子事,说明郑注诬陷漳王李凑。据《资治
通鉴》卷二四四《唐纪》,文宗皇帝弟李凑贤能,人缘好,威望
高。郑注派神策都虞候豆卢著诬告宋申锡谋立李凑。宦官王
守澄将此事奏于文宗,文宗甚怒。

53 "王幽"二句:谓漳王受到囚禁削去了封爵,杜秋娘也被
放归故乡。幽,囚禁。茅土,指受封为王侯。古代帝王社稷之
坛以五色土建成,分封诸侯时,按封地所在的方向取坛上一色
土,以茅封之,称为茅土,给受封者在封国内立社。

54 甋(gū)棱:殿堂屋角的瓦脊成方角棱瓣之形,故名。宋
王观国《学林》卷五:"屋角瓦脊,成方角棱瓣之形,故谓之甋
棱。班固《西都赋》云:'设壁门之凤阙,上甋棱而栖金爵。'
盖谓以铜铁为凤雀,安于阙角瓦脊之上。"斗极:北斗星和北
极星。

55 迟迟:徐行。

56 四朝三十载:谓杜秋娘从元和二年(807)入宫,至作者
开成二年(837)作诗时,历宪宗、穆宗、敬宗、文宗四朝,共

三十年。

57　潼关：关名，在今陕西临潼县西南。古称桃林之塞，秦为阳华，东汉建安中于此建关，以潼水而名。西薄华山，南连商岭，北距黄河，东接桃林，为陕西、山西、河南三省要冲。

58　茂苑：花木繁盛的苑囿。此指原来李锜时代的苑囿。菲菲：茂盛的样子。

59　清血：即清泪，悲伤之泪。《文选》李陵《答苏武书》注："血即泪也。饮血，谓饮泣也。"

60　素：白绢。

61　歔欷（xū xī）：哽咽，抽噎。

62　一贯：用一种道理贯穿于事物之中。

63　"夏姬"二句：谓夏姬灭掉两国后，与巫臣一起逃走。夏姬，春秋时郑穆公女，陈大夫御叔妻，夏征舒之母。与陈灵公、孔宁、仪行父私通。征舒杀灵公。楚伐陈，以姬与襄老。襄老死，姬回郑。楚申公巫臣聘于郑，娶姬奔晋。事见《左传》。

64　"西子"二句：谓吴国亡后，西施离开姑苏，随范蠡泛舟五湖。西子，春秋时越国美女。越王勾践战败，把她献给吴王夫差，吴王迷于酒色，终于被越国灭亡。范蠡佐勾践灭掉吴国后，带着西施乘舟而去。鸱夷，范蠡引退后，自号鸱夷子皮。

65　"织室"二句：谓薄姬以虏者的身分入织室做工，后生文帝，奠定汉朝太平之基。薄姬，原是魏王豹的侍妾，魏王被刘邦战败,她也成了俘虏,并让她作为纺织工。一次,刘邦在织室中看中了她,就纳入后宫,后来生了汉文帝刘恒。

66 "误置"二句:谓窦姬错入代国名册,结果却两朝奉为母后。窦姬,原是宫女,吕后将宫女赐于诸王,窦姬亦在遣送之列。她暗求宦官将其置于赵国名册。后宦官却错置于代国名册,到代国后,颇受代王刘恒宠爱并生子。后代王即位为文帝,以窦姬为皇后;文帝死后,景帝即位,窦姬为皇太后;景帝死后,武帝即位,窦姬又为太皇太后。两朝,即文、景两朝。母仪,作为母亲的典范。

67 "光武"二句:谓光武帝刘秀承继高祖刘邦之帝业,其先人却是侍婢唐儿所生。唐儿,即唐姬,原为景帝妃程姬侍者。景帝召程姬侍寝,遇其有事而不愿去,便在夜间将侍者唐儿装扮入宫。景帝醉酒,误以为程姬,因与唐儿共宿一夜,后生长沙定王刘发。

68 "珊瑚"二句:谓冯小怜使高齐破灭,自己却成为舂米之奴。据《北史·冯淑妃传》,冯妃名小怜,深得北齐后主高纬之宠幸,高纬淫乐无度,终于亡国。北周灭北齐后,将小怜赐予代王达,代王颇为宠爱。小怜恃宠生事,谗毁代王妃,几置于死地。后隋文帝将小怜赐给代王之兄李询,李询之母命其穿布裙舂米,最后逼她自杀。珊瑚,指冯小怜。《樊川文集夹注》卷一引《鸡跖集》:"冯淑妃,小字珊瑚。"宋胡仔《苕溪渔隐丛

话》前集卷二三引《临汉隐居诗话》："杜牧好用故事,仍于事
中复使事,若'虞卿双璧截肪鲜'是也。亦有趁韵而撰造非事
实者,若'珊瑚破高齐,作婢春黄糜'是也。李询得珊瑚,其母
令衣青衣而春,初无'糜'字。"

69　"萧后"二句:谓萧后离开扬州,却当了突厥皇后。萧后,
本是隋炀帝之妻,炀帝被杀,她被窦建德俘虏。后辗转到突
厥,成为突厥君主之妻。见《隋书·萧后传》。去,离开。阏氏
(yān zhī),汉代匈奴单于、诸王妻的统称,亦指其他少数民族
君主之妻妾。

70　士林:指文人士大夫阶层。

71　射钩:据《史记·齐太公世家》,管仲起初追随齐国公子
纠,纠与公子小白争国,管仲射小白,中其衣带钩。后来公子
纠战败被杀,小白立为齐侯,世称桓公。他听说管仲贤能,就
任他为相,并称为仲父。

72　钓翁:据《史记·齐世家》,太公望,本姓姜,因其先人曾封
于吕,故名吕尚,字子牙。他穷困年老,垂钓于渭水。周文王
出猎,遇于渭水之阳,与之语,颇为高兴:"自吾先君太公曰当
有圣人适周,周以兴。子真是邪? 吾太公望子久矣。"故号之
太公望,与他并载而归,立为师。

73　"无国"句:谓诸侯国都不愿采纳孟子的学说。

74　"有人"句:谓即使是孔子,也不免受到人诽谤。

75 “秦因”二句：谓秦国因为逐客令，反而使李斯受到重用，把握权柄。李斯，战国末楚上蔡（今河南上蔡）人。从荀卿学，以六国皆弱，不足有为，乃入秦，为秦相吕不韦舍人。因说秦王并六国，拜为客卿。时议逐诸侯客，斯亦在议中，乃上书谏，复官。二十馀年卒灭六国。始皇帝统一中国，斯为丞相。

76 “安知”二句：谁能知道，魏齐的头颅，竟然断送在竹席裹着的尸体手中呢？据《史记·范雎列传》，范雎，战国魏（今河北境内）人，字叔。初事魏中大夫须贾，从贾使齐，以有通齐之嫌，魏相魏齐使舍人笞击雎，佯死，魏齐使从者用席子把他裹起来放在厕所中，并在他身上撒尿。后雎入秦，说秦昭王以远交近攻、加强王权之策。昭王既废太后，以雎为相，封于应，号应侯。秦王要替范雎报仇，致书赵王，要他把逃亡在赵的魏齐杀掉，“使人疾持其头来”。魏齐走投无路，终于自杀。“赵王闻之，卒取其头予秦。”篑应作“箦”。箦（zé），竹席。《史记索隐》：“箦谓苇荻之薄也，用之以裹尸也。”

77 “给丧”二句：谓出身微贱之人却做了大官。给丧，为人办丧事。据《史记·周勃世家》，周勃，沛（今江苏沛县）人。少时曾为人吹箫办丧事，后从刘邦起义，以军功为将军，封绛侯。文帝时为右丞相。蹶张，以脚踏弩，使之开张。蹶张用申屠嘉事，申屠嘉，西汉梁（今河南开封）人。以材官蹶张从刘邦击项羽，累迁御史大夫。文帝时任丞相，封故安侯。见《史记·张丞相列传》附《申屠嘉传》。《史记集解》引如淳曰："材官之多力,能脚蹋强弩张之,故曰蹶张。"廊庙,本指殿四周之廊与太庙,因为这些都是古代帝王和大臣议论政事的地方,后因称朝廷为廊庙。峨危,高的样子。

78 "珥貂"二句:谓连续七朝插貂尾做高官者,又何妨是胡虏的后裔?珥(ěr)貂,即插貂尾。汉侍中、中常侍之官插貂尾,加金珰,附蝉为装饰。珥貂事指金日磾。据《汉书·金日磾传》,金日磾,字翁叔,本匈奴休屠王太子,武帝时归汉,赐姓金。初没入官,后为马监,迁侍中,封秺侯。"金日磾,夷狄亡国,羁虏汉庭,而以笃敬寤主,忠信自著,勒功上将,传国后嗣,世名忠孝,七世内侍,何其盛也!"七叶,谓武帝、昭、元、成、哀、平七朝。戎虏支:少数民族的子孙后裔。

79 苏武:字子卿,杜陵(今陕西西安南)人。武帝天汉元年(前100)以中郎将出使匈奴,被扣留。匈奴单于迫其投降,武不屈,被徙至北海,持汉节牧羊十九年。昭帝即位,与匈奴和亲,武得归,拜为典属国。宣帝时赐爵关内侯,图形于麒麟阁。

80 邓通:汉南安(今广东境内)人。因善濯船得黄头郎,尝为文帝吮痈得宠,赐蜀严道铜山,可自铸钱,因之邓氏钱满天下。景帝立,尽没收入官,通寄死人家。见《史记·佞幸列传》。

81 主张:主宰。

82 翻覆：反覆，变化。

83 捉：握。

84 聊：姑且。自贻：谓写此赠给自己。

题宣州开元寺

南朝谢朓城[1]，东吴最深处[2]。
亡国去如鸿[3]，遗寺藏烟坞[4]。
楼飞九十尺，廊环四百柱。
高高下下中，风绕松桂树。
青苔照朱阁，白鸟两相语[5]。
溪声入僧梦，月色晖粉堵[6]。
阅景无旦夕，凭栏有今古。
留我酒一樽，前山看春雨。

———　开成三年（838）作，时杜牧三十六岁。原注："寺置于东晋时。"清冯集梧《樊川诗集注》卷一引《名胜志》："宣城县城中景德寺，晋名永安，唐名开元，兰若中之最胜者。"杜牧于开成二年（837）赴扬州视弟眼疾，告满百日，按唐制当解除职事，故在当年秋末就应宣歙观察使崔郸之辟，携弟赴宣州任团练判官、殿中侍御史内供奉。本诗有"前山看春雨"句，则作于开成三年春。杜牧在春雨中登上寺楼，凭栏远眺，见气象常新，生今古之感。故以雄豪俊爽之笔，状静谧幽美之境。

———　1　南朝：指东晋后建都建康的宋、齐、梁、陈四朝。谢朓城：即

宣城,因南齐诗人谢朓曾任宣城太守,留有谢公楼、谢公亭等

众多景物,故称。

2　东吴:三国孙吴地处江东,故称江南一带为东吴。

3　亡国:指东晋、宋、齐、梁、陈各朝相继灭亡。

4　坞:四面高中间凹下的地方。

5　白鸟:白羽之鸟,谓鹤鹭之类。

6　粉堵:粉墙。

大雨行

东垠黑风驾海水[1]，海底卷上天中央。

三吴六月忽凄惨[2]，晚后点滴来苍茫[3]。

铮栈雷车轴辙壮[4]，矫躩蛟龙爪尾长[5]。

神鞭鬼驭载阴帝[6]，来往喷洒何颠狂。

四面崩腾玉京仗[7]，万里横牙羽林枪[8]。

云缠风束乱敲磕，黄帝未胜蚩尤强[9]。

百川气势苦豪俊，坤关密锁愁开张。

大和六年亦如此，我时壮气神洋洋[10]。

东楼耸首看不足，恨无羽翼高飞翔。

尽召邑中豪健者，阔展朱盘开酒场。

奔觥槌鼓助声势[11]，眼底不顾纤腰娘。

今年阌茸鬓已白[12]，奇游壮观唯深藏。

景物不尽人自老，谁知前事堪悲伤。

开成三年（838）作，时杜牧在宣州幕中。题注："开成三年宣州开元寺作。"本诗写开成三年大雨，天上地下纵横驰骋，风格豪迈沉雄，颇受韩愈的影响。全诗多用比喻，将雨的声势凸现出来。宋吴聿《观林诗话》："牧又多以竹、雨比羽林，《栽竹》诗云：'历历羽林影。'又：'竹冈森羽林。'《大雨行》：'万里横亘(牙) 羽林枪。'"

1　东垠：东边。

2　三吴：其地说法不一。一说以吴兴、吴郡、会稽为三吴，见《水经注·浙江水》；一说以吴郡、吴兴、丹阳为三吴，见《通典》一八二《州郡部》；一说以苏州、润州、湖州为三吴，见《名义考》卷三。泛指江苏南部、浙江北部一带。凄惨：悲伤惨痛。

3　苍茫：旷远无边的样子。

4　"铮栈"句：谓雷声壮大如雷车在栈道上行走。铮，形如铜锣的乐器。雷车，即雷神之车。

5　矫躩(jué)：跳跃。一作"矫跃"。

6　阴帝：即女娲。《淮南子·览冥训》："女娲炼五色石以补苍天。"注："女娲，阴帝，佐虑戏(即伏羲) 治者也。"

7　玉京仗：仙界的仪仗，喻雨。玉京，即天关。《魏书·释老志》："道家之原，出于老子。其自言也，先天地生，以资万类。上处玉京，为神王之宗；下在紫微，为飞仙之主。"道家称为三十二之都，在无为之天。葛洪《枕中书》："玄都玉京，七宝山周回九万里，在大罗之上。"(《说郛》卷七下引)

8　羽林枪：以皇帝出行之羽林军喻雨。羽林，是皇帝禁卫军的名称。汉武帝太初元年置建章营骑，后改名羽林骑。唐设左右羽林卫，也叫羽林军，置有大将军、将军等官，掌统北衙

禁兵,督摄仪仗。此处比喻大雨,宋葛立方《韵语阳秋》卷三:
"诗人比雨,如丝如膏之类甚多;至为此,恐未尽其形似。……
《大雨行》云:'四面崩腾玉京仗,万里横亘(牙)羽林枪。'岂去
国凄断之情,不能忘鸡翘豹尾中邪?"

9　黄帝:少典之子,姓公孙,居轩辕之丘,故号轩辕氏。败炎
帝于阪泉,又与蚩尤战于涿鹿之野,斩杀之,诸侯尊为天子,以
代神农氏。蚩尤,古九黎族的部落酋长。

10　洋洋:得意欢乐的样子。

11　觥(gōng):用兽角做成的酒器。槌:击。

12　阘茸(tà róng):驽钝衰弱。

句溪夏日送卢霈秀才归王屋山将欲赴举

野店正纷泊，茧蚕初引丝。
行人碧溪渡，系马绿杨枝。
苒苒迹始去[1]，悠悠心所期[2]。
秋山念君别，惆怅桂花时[3]。

　　开成三年（838）作，时杜牧在宣州为幕吏。句溪，《方舆胜览》卷十五《宁国府》：“句溪，在宣城东五里。”卢霈秀才，杜牧《唐故范阳卢秀才墓志》：“秀才卢生名霈，字子中。……开成三年，来京师举进士，于群辈中酋酋然。凡曰进士知名者趋之，愿与之为交。……开成四年，客游代州南归，某月日，于晋州霍邑县界昼日盗杀之。”秀才，应举者的通称。王屋山，在山西阳城、垣曲两县间。一名天坛山。其山三重，其状如屋，故名。清王夫之《唐诗评选》卷三评此诗：“于生新取光响，自有风味，此种亦不自晚唐始。中唐人尽弃古体，以笺疏尺牍为诗，六义之流风凋丧尽矣。樊川力回古调，以起百年之衰，虽气未盛昌，而摆脱时蹊，自正始之遗泽也。顾华玉称其温厚，洵为知言。”

1　苒苒：同“冉冉”，渐进的样子。

2　悠悠：深思，忧思。

3　惆怅：感伤的样子。桂花时：既表明时令，又暗寓赴举，将欲折桂。晋郤诜举贤良对策列最优，自谓"犹桂林之一枝，昆山之片玉"（见《晋书·郤诜传》），故后世称登科为折桂。

题宣州开元寺水阁

六朝文物草连空[1]，天澹云闲今古同。
鸟去鸟来山色里，人歌人哭水声中[2]。
深秋帘幕千家雨[3]，落日楼台一笛风。
惆怅无因见范蠡，参差烟树五湖东[4]。

　　开成三年（838）秋作。诗题据《才调集》卷四，题注："阁
下宛溪，夹溪居人。"《樊川文集》、《樊川诗集注》等，诗题均
作《题宣州开元寺水阁，阁下宛溪，夹溪居人》，则将题注误为
题目。水阁，开元寺中临宛溪而建的楼阁（参章绶《宣城县
志》卷三二《开元寺水阁规制考》）。宛溪，源出安徽宣城东南
峄山，东北流为九曲河，折而西绕城东，称宛溪。北流合句溪，
又北流入当涂县境，合于青弋江，由此出芜湖入长江。开元寺
就在宛溪畔。杜牧在开元寺水阁登临凭眺，想到此地曾经有
过六代繁华，如今只见连天的秋草，古今千年，同样是天澹云
闲，但人世已经历过多少沧桑！当此风物长存而繁华不再之
时，不由想起功成身退、泛舟五湖的范蠡。诗即景抒情，融写
景与怀古于一炉，并赋予深邃的人生哲理，涵容极大，且俊爽
明快，是不可多得的佳作。清许印芳言："此诗全在景中写情，
极脱洒，极含蓄，读之再三，神味益出，与空讲风调者不同。"

（《瀛奎律髓汇评》卷四）

1　六朝：指建都于建康的吴、东晋、宋、齐、梁、陈六朝。开元寺建于东晋，是六朝的遗迹，故杜牧题寺而想到六朝的灭亡。文物：具有历史与艺术价值的古代遗物。

2　"人歌"句：谓人们世世代代在这流水声中聚集、繁衍与生息。《礼记·檀弓下》："晋献文子成室，晋大夫发焉。张老曰：'美哉轮焉！美哉奂焉！歌于斯，哭于斯，聚国族于斯。'"杜牧化用其意。

3　帘幕：窗帘、帷幕等室内陈设。

4　"惆怅"二句：慨叹自己不能像范蠡那样为国家建功立业。无因，无缘，无由，无法。范蠡，字少伯，春秋楚宛人。仕越为大夫，辅佐越王勾践发愤图强，卒灭吴国。以勾践为人可与患难，不能共安乐，"遂乘轻舟以浮于五湖，莫知其所终极"。事见《国语·越语》。参差，不齐的样子。五湖，古今说法不一。一以太湖为五湖，见《国语》韦昭注；二以太湖附近四湖（滆湖、洮湖、射湖、贵湖）为五湖，见《后汉书·冯衍传》注；三谓五湖非一湖，且并不在一地，见《史记·河渠书》索隐。本诗之五湖指太湖。

宣州开元寺南楼

小楼才受一床横，终日看山酒满倾[1]。
可惜和风夜来雨[2]，醉中虚度打窗声。

———　开成三年（838）作，时杜牧为宣州观察判官。诗前半写白天，后半写夜晚。南楼虽小，却别有洞天，由此处看山，更觉闲逸，加以"酒满倾"，情更独专，大有李白"相看两不厌，只有敬亭山"之情境。夜晚风吹山雨，敲打着小楼的窗户，发出音乐般的声音，颇有诗意，可惜诗人喝醉了，不能尽情欣赏。这小小的遗憾却更增加了诗的韵味。

———　1　"小楼"二句：陶渊明《归去来兮辞》："倚南窗以寄傲，审容膝之易安。"杜牧化用其意。
2　和：连同，伴随。

赠宣州元处士

陵阳北郭隐[1]，身世两忘者。
蓬蒿三亩居，宽于一天下[2]。
樽酒对不酌，默与玄相话[3]。
人生自不足，爱叹遭逢寡。

　　开成三年（838）作。元处士，清冯集梧《樊川诗集注》卷
一："牧之又有《题元处士高亭》诗，许浑亦有《题宣州元处士
幽居》诗，又有《灞上逢元处士东归》诗，又有《元处士自洛归
宛陵山居见示詹事相公饯行之什因赠》诗，其赠诗注云：'元
君多隐庐山学《易》，常为相国师服。' 即其人可知矣。"处士，
未仕或不仕的人。本诗描绘元处士的隐居生活，表现出人与
自然浑然一体的境界。

1　陵阳：山名，在宣城，相传为陵阳子明得仙之地。《太平御
览》卷四六《陵阳山》条："《宣城图经》曰：'陵阳山在泾县西
南一百三十里。'《列仙传》云：'陵阳子明钓得白龙放之，后五
年，龙来迎，子明上丹阳陵阳山，一百馀年乃得仙。山高一千
余丈，又有子安，仙人也，来就子明二十年。一旦忽死，因葬山
下。"北郭：指北郭先生廖扶，据《后汉书·廖扶传》，东汉廖扶

绝世尘外,专精经典,尤明天文、谶纬等术,州郡公府辟召皆不
应,时人因号"北郭先生"。

2 "蓬蒿"二句:谓元处士居室简陋,心地宽广。清洪亮吉
《北江诗话》卷四:"杜牧之诗:'蓬蒿三亩居,宽于一天下。'非
天地之宽,胸次之宽也。即十字而幕天席地之概,已毕露纸
上矣。"

3 "樽酒"二句:以扬雄喻元处士。扬雄(公元前53—公元
18),字子云,蜀郡成都(今四川成都)人。少好学,长于辞赋。
为人简易佚荡,口吃不能剧谈,默而好深湛之思,清静无为,少
嗜欲,不汲汲于富贵,不戚戚于贫贱,不修廉隅以徼名于当世。
事见《汉书·扬雄传》。玄,即扬雄仿《易》而作的《太玄》。

题元处士高亭

水接西江天外声[1]，小斋松影拂云平。
何人教我吹长笛[2]，与倚春风弄月明[3]。

　　开成三年（838）作。原注："宣州。"元处士，见《赠宣州元处士》"评析"。此诗通过明月春风、江声松影等优美景色的描写，表现宾主二人融合无间的亲密友情。

1　西江：宣州之西的青弋江。《元和郡县图志》卷二八："宣州宣城县青弋水，州西九十九里。"
2　长笛：一种乐器。汉武帝时，因羌人之制，截竹为之，名羌笛，本为四孔，其后京房于后加一孔，以备五音，谓之长笛。
3　弄月明：赏玩明月。谢灵运《弄晓月赋》："卧洞房兮当何悦？灭华烛兮弄晓月。"陈后主《三妇艳词》："小妇春妆罢，弄月当宵楹。"

念昔游

十载飘然绳检外¹，樽前自献自为酬²。
秋山春雨闲吟处，倚遍江南寺寺楼³。

云门寺外逢猛雨⁴，林黑山高雨脚长。
曾奉郊宫为近侍，分明扤扤羽林枪⁵。

李白题诗水西寺⁶，古木回岩楼阁风⁷。
半醒半醉游三日，红白花开山雨中。

——— 约开成三年（838）作。杜牧开成二年（837）秋为宣州幕
吏，三年（838）冬除左补阙，四年（839）初春离宣州赴京。诗
是追忆往日游踪之作。第一首忆江南之游，突出作者潇洒飘
逸的性格，宦游江南十载，不受繁琐礼节的束缚，徜徉于山光
水色之中，情之所至，辄吟诗遣兴；游踪所及，遍于江南。第
二首忆越州之游，偏重于写景，并以羽林枪喻大雨，新颖别致。
第三首忆宣州之游，偏重于怀古。宣州水西寺，李白曾游览
过，并题诗寺内。李白一生坎坷，浪迹江湖，寄情山水，杜牧其
时并不得志，半醒半醉，有类李白。

1　"十载"句：杜牧自大和二年（828）及进士第后，受沈传师辟为幕吏，至开成三年（838）在宣州崔郸幕府，首尾十一年。过着无拘无束的生活。杜牧《上刑部崔尚书状》："十年为幕府吏，每促束于簿书宴游间。"飘然，迅疾的样子，谓时间过得很快。绳检，指世俗礼法的约束。

2　"樽前"句：谓自斟自饮，自得其乐。《诗·小雅·楚茨》笺："始主人酌宾为献，宾即酌主人，主人又自饮酌宾曰酬。"献、酬是古代饮酒时主客互敬的礼节。

3　"倚遍"句：谓在江南寺庙楼台登临吟咏。古时寺庙兼作旅店之用。《北史·李公绪传》："江南多以僧寺停客。"江南，这里指长江下游地区。

4　云门寺：原注："越州。"《嘉泰会稽志》卷九《山》："云门山，在（会稽）县南三十里。《旧经》云：晋义熙二年，中书令王子敬居此，有五色祥云见，诏建寺，号云门。"

5　"曾奉"二句：以皇帝郊祀的仪仗喻雨。郊宫，古代皇帝于郊外祭祀天地，且伴有整齐的、声势浩大的仪仗随行。㧏㧏（sǒng sǒng），挺起，直立。原注："先勇切。"羽林枪，羽林是皇帝禁卫军的名称。汉武帝太初元年（前104）置建章营骑，后改名羽林骑。唐设左右羽林卫，也叫羽林军，置有大将军、将军等官，掌统北衙禁兵，督摄仪仗。此处比喻大雨，宋王观国《观林诗话》："牧又多以竹、雨比羽林。"

6　"李白"句：李白题诗指《游水西简郑明府》诗。水西寺，原注："宣州泾县。"明曹学佺《大明一统名胜志·宁国府志胜》卷四："宁国府泾县属丹阳郡。……《舆地纪胜》云：'水西去县三里，即泾溪也。林壑深邃。有南齐永平中崇庆寺，俗名水西寺。'……杜牧诗云：'李白题诗水西寺。'"

7　回：环绕。

题水西寺

三日去还住，一生焉再游。
含情碧溪水，重上粲公楼[1]。

　　开成年间作，时杜牧在宣州幕中。宋周紫芝《竹坡诗话》："杜牧之尝为宣城幕，游泾溪水西寺，留二小诗，……其一云：'三日去还住，一生焉再游。含情碧溪水，重上粲公楼。'此诗今榜壁间，而集中不载，乃知前人好句零落多矣。"水西寺，唐宣州泾县有水西山，下临泾溪，林壑幽邃，有南齐永明中崇庆寺，俗名水西寺。俞陛云《诗境浅说》续编："首二句言欲去还留，恐胜游之不再，与朱放《题竹林寺》云'殷勤竹林寺，更得几回过'意境极相似。但朱诗言再来不易，即截然而止，杜诗后二句更申其意，谓碧溪无情之水，若为我含情，登临吟眺，馀兴未尽，乃更上高楼，写足其恋恋之意。"

1　粲公楼：指水西寺楼。粲公，隋时高僧，不言名氏，或曰徐州人。慧可弟子，为禅宗三祖。唐玄宗时赐谥鉴智禅师。

代人寄远六言二首

河桥酒旆风软[1]，候馆梅花雪娇[2]。
宛陵楼上瞪目[3]，我郎何处情饶。

绣领任垂蓬鬓，丁香闲结春梢。
剩肯新年归否[4]，江南绿草迢迢[5]。

　　这首诗为杜牧在宣州幕中作，表现了女子离别后的忧愁。
杜牧六言诗甚少，故选之以备一体。

1　酒旆：酒旗，酒家的标帜。

2　候馆：古时接待行旅、宾客宿食的馆舍。

3　宛陵：唐时宣歙观察使治所，今安徽宣州。

4　剩：还。

5　迢迢：遥远的样子。

南陵道中

南陵水面漫悠悠[1]，风紧云轻欲变秋。
正是客心孤迥处[2]，谁家红袖凭江楼。

　　诗题一作《寄远》。南陵即安徽南陵县，唐时属宣州。杜牧大和四年（830）至七年及开成二年（837）、三年曾在宣州为幕吏，诗即作于其间。诗写客子思家之情。俞陛云《诗境浅说》续编："此诗纯以轻秀之笔，达宛转之思。首句咏南陵，已有慢橹开波之致。次句咏江上早秋，描写入妙。后二句尤神韵悠然。意谓客怀孤寂之时，彼美谁家，江楼独倚，因红袖之当前，忆绿窗之人远，遂引起乡愁。云鬟玉臂，遥念伊人，客心更无以自聊矣。"沈祖棻《唐人七绝诗浅释》："夫此红袖自凭江楼，固不知客心之孤迥；而客心之孤迥，亦本与此红袖无关。是二者固无交涉，客岂不知？然以彼美之悠闲与己之孤迥对照，乃不能不觉其无情而恼人矣。其事无理，其言有情。"

1　悠悠：遥远的样子。
2　孤迥：寂寞凄凉。

安贤寺

谢家池上安贤寺[1]，面面松窗对水开。
莫道闭门防俗客，爱闲能有几人来[2]。

　　这首诗杜牧各集及《全唐诗》均未收，辑自徐乃昌纂《民
国南陵县志》卷四二《艺文志》。安贤寺在宣州。诗作于杜牧
为宣州幕吏时，即大和四年至七年，或开成二年至三年间。从
诗中高雅闲逸的情调看，应以作于开成间为宜。陆游《老学
庵笔记》卷六："会稽镜湖之东，地名东关，有天花寺。吕文靖
尝题诗云：'贺家湖上天花寺，一一轩窗向水开。不用闭门防
俗客，爱闲能有几人来？'"吕夷简即袭用杜牧诗。

1　谢家池：在宣州，因南朝齐谢朓曾任宣城太守而得名。
2　爱闲：宋龚颐正《芥隐笔记》："多病爱闲，始见《南史·王
俭传》。……杜牧之有'爱闲能有几人来'。"又清宋长白《柳
亭诗话》："王僧祐为司空祭酒，尝谢病不与公卿游。高帝谓其
从兄俭曰：'卿从可为朝隐。'俭对曰：'臣从非敢妄同高人，直
是爱闲多病耳。'……杜紫微'爱闲能有几人来'用其语，吕文
靖《题天花寺绝句》又用紫微。"

宣州送裴坦判官往舒州时牧欲赴官归京

日暖泥融雪半销，行人芳草马声骄[1]。
九华山路云遮寺[2]，青弋江村柳拂桥[3]。
君意如鸿高的的[4]，我心悬旆正摇摇[5]。
同来不得同归去[6]，故国逢春一寂寥[7]。

———　　开成四年（839）初春作，时杜牧迁左补阙，将离宣城赴官入京。裴坦，字知进，河东（今山西太原）人。及进士第，入宣歙观察使府为幕吏，召拜左拾遗、史馆修撰。历楚州刺史，为职方郎中、知制诰，官至中书侍郎同中书门下平章事。杜牧在宣州，与裴坦是同僚，裴亦为判官。开成四年（839）春，裴坦赴舒州办公务，杜牧欲赴京尚未行，故先作诗送之。诗的上半写景，下半抒情。景突出其明丽，情偏重于感伤，实以丽景反衬惆怅。作者紧扣初春的特点，把日光、泥土、残雪、行人、芳草、马蹄、山路、寺庙、云霞、江村、杨柳有机地搭配在一起，勾勒出一幅春郊送别图，而惜别之意，自在其中。高步瀛赞其"格调既高，语皆隽拔"（《唐宋诗举要》卷五）。判官，唐节度、观察使府的属官。舒州，唐属淮南道，州治怀宁县，今安徽潜山县。

1　骄：声音欢快响亮。

2　九华山：在安徽青阳县西南。《太平御览》卷四六引《九华山录》："此山奇秀，高出云表，峰峦异状，其数有九，故号九子山焉。李白因游江汉，睹其山秀异，遂更号曰九华。"

3　青弋江：在安徽境内。源出石埭县之舒溪，东北流经泾县，汇泾水为赏溪。又东北受幕溪、琴溪诸水，始为青弋江。经宣城及南陵、方山诸县，西北流至芜湖入长江。裴坦由宣州往舒州须经九华山、青弋江。

4　的的：明白，昭著。《淮南子·说林训》："的的者获，提提者射。"注："的的，明也，为众所见，故获。"

5　摇摇：心神不安。《战国策·楚策一》："寡人卧不安席，食不甘味，心摇摇如悬旌，而无所终薄。"

6　"同来"句：谓自己与裴坦同入宣州幕府，而现在自己返归长安，裴坦仍在宣城。

7　故国：谓杜牧故乡长安。寂寥：寂寞。

自宣城赴官上京

潇洒江湖十过秋[1]，酒杯无日不迟留[2]。
谢公城畔溪惊梦[3]，苏小门前柳拂头[4]。
千里云山何处好，几人襟韵一生休[5]。
尘冠挂却知闲事[6]，终把蹉跎访旧游[7]。

———　开成四年（839）初春作，时杜牧三十七岁。杜牧于去年冬迁左补阙，本年初春离宣城赴京。上京，即唐首都长安。清钱谦益、何焯《唐诗鼓吹评注》卷六："首言潇洒宦游已十馀年，无日不淹留于杯酒之间，盖因耽饮而见其潇洒也。若'溪声惊梦'、'杨柳拂头'，皆潇洒之情，是云山之胜莫过宣城，襟韵之高惟余独得，今且还京未免为宦情所绊，不若挂冠而归乃为适志。今虽未遂所愿，终当归隐以寻访旧游也。岂久为名利所羁哉！'一生休'当非休美之意，言何人一生无高情旷致也，盖襟韵从云山而生，末联正足此句意。"金圣叹《批选唐诗》卷五下亦称："《传》称牧之豪迈有奇节，不为龌龊小谨，此诗见之。盖十年为宣州团练判官，而自言无日不酒杯，则是三千六百酒杯也。谢公城外溪，苏小门前柳，俱五字成文，留坐拂头，写尽淹留，写尽潇洒矣。"

1　"潇洒"句：谓诗人优游江湖，已过十载。杜牧自大和二年 (828) 至开成四年 (839)，主要在江西、宣州、淮南为幕府吏。潇洒：超逸脱俗。

2　迟留：逗留，流连。

3　谢公城：即宣城。因南齐诗人谢朓曾任宣城太守，留有谢公楼、谢公亭等众多景物，故称。

4　苏小：即南齐歌妓苏小小，也省作苏小，韩翃《送王少府归杭州》："吴郡陆机称地主，钱塘苏小是乡亲。"

5　襟韵：指人的情怀风度。

6　尘冠挂却：指不在尘世做官。《后汉书·逢萌传》："时王莽杀其子宇，萌谓友人曰：'三纲绝矣！不去，祸将及人。'即解冠挂东都城门，归将家属浮海，客于辽东。"

7　蹉跎：失时，虚度光阴。

自宣州赴官入京路逢裴坦判官归宣州因题赠

敬亭山下百顷竹[1]，中有诗人小谢城[2]。

城高跨楼满金碧[3]，下听一溪寒水声[4]。

梅花落径香缭绕，雪白玉珰花下行[5]。

萦风酒旆挂朱阁[6]，半醉游人闻弄笙[7]。

我初到此未三十[8]，头脑钐利筋骨轻[9]。

画堂檀板秋拍碎[10]，一引有时联十觥[11]。

老闲腰下丈二组[12]，尘土高悬千载名[13]。

重游鬓白事皆改[14]，唯见东流春水平。

对酒不敢起，逢君还眼明[15]。

云罍看人捧[16]，波脸任他横[17]。

一醉六十日，古来闻阮生[18]。

是非离别际，始见醉中情。

今日送君话前事，高歌引剑还一倾[19]。

江湖酒伴如相问[20]，终老烟波不计程[21]。

———　开成四年（839）初春作，时杜牧离宣城赴官入京。裴坦，
见前《宣州送裴坦判官往舒州时牧欲赴官归京》"评析"。开
成四年（839）春，裴坦赴舒州办公务，杜牧赴京时，值裴归宣
州，途中相遇，故题诗赠之。诗中表现杜牧对宣州的眷恋之情

及与裴坦的厚谊,也透露出"甘露之变"后杜牧复杂的心理状态:一方面想入京供职,以实现自己的抱负;另一方面担心朝廷政治黑暗,宦官专权,而壮志难酬。诗人两次入幕宣州,一在"甘露之变"前,一在其后,重游作诗,感慨油然而生。

1　敬亭山:在安徽宣城北,一名昭亭山,又名查山。山上有敬亭,相传为南齐谢朓赋诗之所,山以此名。为近郊名胜。

2　小谢城:即宣城。因南齐诗人谢朓曾任宣城太守,留有谢公楼、谢公亭等众多景物,故称。谢朓与谢灵运同族,而年代稍晚,人称"小谢"。

3　金碧:形容色彩照人眼目。

4　一溪:即指宛溪。见《题宣州开元寺水阁》"评析"。

5　玉珰:玉制的耳饰,借指妇女。

6　萦风:随风飘转。酒斾:酒旗。

7　弄笙:演奏笙管。笙是一种管乐器,大者十九簧,小者十三簧。

8　"我初"句:杜牧曾两次为宣城幕吏,第一次从沈传师,在大和四年(830),其时二十八岁,故言"我初到此未三十";第二次从崔郸,在开成二年(837),三十五岁。

9　钐(shān)利:爽利。

10　画堂:有画饰的厅堂。檀板:檀木所制的拍板。用竖木数片,以绳串联,按音乐节拍敲击。

11　引:进酒。陶潜《归去来兮辞》:"引壶觞以自酌。"觥
(gōng):以兽角制成的酒器。

12　丈二组,指拴于印上的长丝带,代指官印。

13　"尘土"句:谓诗人唯求他日在尘世中留下千载之清名。
尘土,尘世,人世。

14　"重游"句:指诗人第二次入宣州幕,时在开成二年(837)
秋末至三年(838)冬。诗人其时三十五岁,但鬓发已白。

15　"对酒"二句:以阮籍自喻,言不拘礼法,独与裴坦志趣相
投。据《晋书·阮籍传》,钟会数以时事问之,欲因其可否而致
之罪,皆以酣醉获免。籍又能为青白眼,见礼俗之士,以白眼
对之。及嵇喜来吊,籍作白眼,喜不怿而退。喜弟康闻之,乃
赍酒挟琴造焉。籍大悦,乃见青眼。眼明,即以青眼对待志趣
相投的朋友。

16　"云罍"句:据《世说新语·任诞篇》:"诸阮皆能饮酒,仲
容(按即阮咸)至宗人间共集,不复用常杯斟酌,以大瓮盛酒,
围坐相向大酌。"云罍(léi),一种盛酒的器具,形状像壶。

17　"波脸"句:据《晋书·阮籍传》:"邻家少妇有美色,当垆
沽酒,籍尝诣饮,醉便卧其侧。籍既不自嫌,其夫察之,亦不疑
也。"波脸,谓美丽的少妇。任他横,指阮籍在邻妇旁并无非礼
的想法和行为。

18　"一醉"二句：谓阮籍一次醉酒达六十天。据《晋书·阮籍传》，晋文帝初欲为武帝求婚于阮籍，籍醉六十日，不得言而止。阮生，即阮籍。

19　引剑：舞剑。倾：倾杯，干杯。

20　江湖：泛指五湖四海各地。

21　终老烟波：谓归隐江湖。《新唐书·张志和传》："坐事贬南浦尉，会赦还，以亲既丧，不复仕，居江湖，自称烟波钓徒。"

初春雨中舟次和州横江
裴使君见迎李赵二秀才同来
因书四韵兼寄江南许浑先辈

芳草渡头微雨时，万株杨柳拂波垂。
蒲根水暖雁初浴[1]，梅径香寒蜂未知。
辞客倚风吟暗淡[2]，使君回马湿旌旗[3]。
江南仲蔚多情调[4]，怅望春阴几首诗！

开成四年（839）初春作，时杜牧离开宣城赴京，溯长江，入汉水，经南阳、武关、商山入长安。诗为途次和州时所作，主要表现闲适的情怀。诗中"仲蔚"即汉代的隐士张仲蔚，好诗赋，闭门养性，不慕荣名。杜牧借以比许浑，也是自我感情的流露。诗中"蒲根水暖雁初浴，梅径香寒蜂未知"，写初春之景，自然贴切，"洒落可诵"（清贺裳《载酒园诗话》又编）。横江，在安徽和县东南，也称横江浦，与南岸采石矶隔江对峙，古为要津。裴使君，即裴俦，杜牧的姊夫，时任和州刺史。李赵二秀才，未详。秀才，唐应举者皆称秀才，谓才能优秀之人。许浑，字用晦，丹阳（今江苏丹阳）人。大和六年（832）进士及第。历监察御史，当涂、太平县令，睦州、郢州刺史等。其时许浑为当涂县令。先辈，唐进士间互相推敬谓之先辈。

1　蒲：香蒲，多年生草本植物，生于浅水或池沼中。根可供食用，叶可供编织用。

2　辞客：指李、赵二秀才。暗淡：谓微雨中天气灰暗。

3　使君：指裴俦。旌旗：太守出行仪仗中的旗帜。

4　仲蔚：即张仲蔚，此以比许浑。晋皇甫谧《高士传》卷中："张仲蔚者，平陵人。与同郡魏景卿俱修道德，隐身不仕。明天官博物，善属文，好诗赋，常居穷素，所处蓬蒿没人。闭门养性，不治荣名。"情调：情意，情味。

题乌江亭

胜败兵家事不期，包羞忍耻是男儿。
江东子弟多才俊[1]，卷土重来未可知[2]。

———

开成四年（839）作，时杜牧除官左补阙赴京，经过和州乌江亭。公元前 203 年，项羽在垓下被围，战败，至乌江自刎。杜牧认为项羽刚愎自用，有勇无谋，不能包羞忍耻，缺乏男儿应有的气质，经不起失败的挫折，更缺乏大英雄的远见卓识，否则应卷土重来。诗一方面对项羽进行批评与慨叹，同时也反映了杜牧的胸襟与气概，议论出奇立异，富含哲理意味。宋谢枋得《唐诗绝句注解》卷三："众人题项羽庙，只言项羽有速亡之罪耳，牧之题项羽庙，独言项羽有可兴之机。此等意思，亦死中求活，非浅识所到。乌江亭，在安徽和县东北四十里。"

———

1　江东子弟：《史记·项羽本纪》："于是项王乃欲东渡乌江。乌江亭长檥船待，谓项王曰：'江东虽小，地方千里，众数十万人，亦足王也。愿大王急渡。今独臣有船，汉军至，无以渡。'项王笑曰：'天之亡我，我何渡为！且籍与江东子弟八千人渡江而西，今无一人还，纵江东父兄怜而王我，我何面目见之？纵彼不言，籍独不愧于心乎？'……乃自刎而死。"江东：自汉至隋唐称自安徽芜湖以下的长江南岸地区为江东。才俊：才能出众的人。

2　卷土重来：指失败以后，整顿以求再起。

题横江馆

孙家兄弟晋龙骧[1]，驰骋功名业帝王。
至竟江山谁是主[2]，苔矶空属钓鱼郎[3]。

　　开成四年（839）春作，其时杜牧入京经和州，应裴俦之邀游横江馆，凭吊古迹。诗以横江馆在三国两晋时期煊赫的功业与眼前荒凉的情况比较，生发出江山依旧、人事已非的感慨。横江馆，《樊川诗集注》卷四引《太平府志》："采石驿在采石镇，滨江即横江馆也。"

　　1　孙家兄弟：指孙策、孙权。孙策（175—200），字伯符，三国吴郡富春（今浙江富春）人，吴主孙权之兄。父孙坚为刘表部将黄祖射杀，策依附袁术。后得其父部曲，渡江转战，在江东建立政权。孙权（182—252），字仲谋。继其兄孙策据江东六郡。汉献帝建安十三年（208），与刘备合力破曹操于赤壁。从此西联蜀汉，北抗曹魏，成三分之局面。黄龙元年（229）称帝，建都建业，国号吴。晋龙骧：王濬（206—285），字士治，晋弘农（今河南弘农）人，为巴州刺史，迁益州刺史。复为龙骧将军。武帝谋伐吴，吴人于江中设铁椎铁锁，濬烧断铁锁，抵达石头城,纳孙皓降。

2　至竟:毕竟,究竟。

3　苔矶:长满青苔的石矶。矶是突出江边的小石山。

汉 江

溶溶漾漾白鸥飞[1]，绿净春深好染衣。
南去北来人自老[2]，夕阳长送钓船归。

开成四年（839）春作，时杜牧赴京任左补阙，经过汉江。诗前半写景，以江鸥之白与江水之绿相映衬，写出了春天的生机。后半言情，表现了对岁月流逝的感叹与宦游生活的厌倦。汉江，即汉水，是长江最大的支流。源出陕西宁强县北蟠冢山，东南流经陕西南部、湖北西部和中部，至武汉市汉口入长江。

1 溶溶漾漾：波光浮动的样子。
2 明周珽《唐诗选脉会通评林》引徐充语："'人自老'三字最为感切，钓船常在，而南去北来之人，为利为名则无定踪，皆汩没于此，真可叹也。"

途中作

绿树南阳道[1]，千峰势远随。
碧溪风澹态[2]，芳树雨馀姿[3]。
野渡云初暖，征人袖半垂[4]。
残花不一醉，行乐是何时[5]。

———　　诗有"绿树南阳道"语，则为杜牧开成四年（839）春由宣
州赴京取道长江、汉水入京经南阳途中之作。

———　　1　南阳：今河南省南阳市。

2　澹：恬静，安定。

3　雨馀：雨后。

4　征人：远行的人。

5　行乐：消遣娱乐。

村 行

春半南阳西¹，柔桑过村坞²。
娉娉垂柳风³，点点回塘雨⁴。
蓑唱牧牛儿⁵，篱窥茜裙女⁶。
半湿解征衫⁷，主人馈鸡黍⁸。

这首诗作于开成四年（839）春。杜牧由宣州赴官入京，行经南阳，避雨农家时受主人热情招待，有感而作。首联叙写道经南阳，次联描述秀丽风光，三联表现农村儿女生活，尾联感激主人热情招待。虽全用白描，但洋溢着对农村风光的热爱和对农家真情的感激。

1　春半：阴历二月。南阳：今河南省南阳市。

2　村坞：村庄，村落。坞是修筑在村落外围的土堡。

3　娉娉（pīng pīng）：姿态美好的样子。

4　回塘：曲折的池塘。

5　蓑：草制的雨衣。

6　茜裙：用茜草制作的红色染料印染的裙子。茜，茜草，多年生植物，根黄赤色，可作染料。

7 征衫：行途中所穿的衣服。

8 馈鸡黍：用鸡黍来招待客人。孟浩然《过故人庄》："故人具鸡黍，邀我至田家。"

题武关

碧溪留我武关东[1]，一笑怀王迹自穷[2]。
郑袖娇娆酣似醉[3]，屈原憔悴去如蓬[4]。
山墙谷堑依然在[5]，弱吐强吞尽已空[6]。
今日圣神家四海[7]，戍旗长卷夕阳中[8]。

———

　　开成四年（839）春作，时杜牧由宣州赴京取道长江、汉水入京，途经武关。战国时楚怀王听信郑袖谗言疏远屈原，以至为秦王欺骗而入武关，秦绝其后，以求割地，最后怀王竟死于秦。诗咏其事。诗人感慨说："山墙谷堑依然在，弱吐强吞尽已空。"尽管今日四海平定之时，也应吸取教训。诗虽咏史，意在为当朝皇帝提供借鉴。武关，在陕西省商南县西北，战国时秦之南关。楚怀王三十年（前299），秦昭王遗书楚王，约会于此。今武关地理位置与唐时相同。

———

1　碧溪：指商洛水。《元丰九域志》卷三："商洛：州东八十里。……有商山，商洛水。"
2　怀王：楚怀王（？—前296），战国楚王，威王子。熊氏，名槐。信任靳尚及幸姬郑袖，疏远屈原，国政腐败，先后为秦、齐所败。又听张仪计，轻信秦昭王之约，不听屈原劝阻，径往武关,入朝于秦,被留,三年后死于秦国。见《史记·楚世家》及《屈原列传》。

3　郑袖:战国楚怀王后,号称南后。能歌善舞,宠冠后宫。张仪为秦使楚,怀王以仪离间齐、楚,欲杀之,仪因与怀王幸臣靳尚合谋,使郑袖日夜说怀王,释张仪,亲秦绝齐。楚因孤立,为秦所灭。事见《史记·张仪列传》及《战国策·楚策三》。娇娆:妩媚的姿态。娆,原作"饶",据《樊川诗集注》卷四改。

4　屈原:《史记·屈原列传》:"屈原至于江滨,被发行吟泽畔。颜色憔悴,形容枯槁。"蓬:蓬草。此以蓬草之随风飘转比喻屈原被放逐江南。

5　山墙谷堑:谓武关地势险要,有群山环绕,溪谷深如壕沟。

6　弱吐强吞:弱者被强者所并吞。

7　圣神:指皇帝英明神圣。家四海:谓四海一家,天下一统。

8　戍旗:边防区域营垒、城堡上的旌旗。

商山富水驿

益戆犹来未觉贤[1]，终须南去吊湘川[2]。
当时物议朱云小[3]，后代声华白日悬[4]。
邪佞每思当面唾[5]，清贫长欠一杯钱[6]。
驿名不合轻移改[7]，留警朝天者惕然[8]。

开成四年（839）春作，时杜牧除官赴京取道长江、汉水，途经商山富水驿。商山，在今陕西商南县东，亦名商岭、商坂。富水驿，原注："驿本名与阳谏议同姓名，因此改为富水驿。"清冯集梧《樊川诗集注》卷四："《一统志》：'富水河在商南县东二十里；富水堡在县东二十五里。唐时置富水驿。'《唐书·阳城传》：'隐中条山。德宗召拜右谏议大夫。'按元稹《阳城驿》诗云：'商有阳城驿，名同阳道州。我愿避公讳，名为避贤邮。'据稹诗，谪江陵士曹时作，在元和五年，则改富水驿不知复在何时？"阳城（736—805），字亢宗，北平人。进士及第后隐于中条山。德宗时召为谏议大夫。尝疏留陆贽，力阻裴延龄入相，有直声。改国子司业，出为道州刺史。治民如治家，税赋不能如额，观察使数责让，因弃官归去。杜牧此次赴京任左补阙，亦为谏官，作此诗的目的就是要效法阳城，以敢言直谏为己任。瞿蜕园《学诗浅说》云："杜牧……以矫健

警切见长,首句暗用汲黯故事,意思说直臣终是难容。次句暗
用贾谊故事,说不免迁谪。第三、第四句说虽不为当时所重,
而引起后代的追思。第五、第六句再描写阳城劲直清廉的性
格。结句推翻元稹的主张。他认为与其改名,还不如仍用原
名,则可以使过路的人有所警惕。"

1 "益戆"句:谓阳城如同汲黯一样愚直。汲黯(?—前
112),字长孺,汉濮阳(今河南濮阳)人。为人性倨少礼,不能
容人之过。武帝时为东海郡太守,后召为九卿,敢于面折廷
诤。武帝外虽敬重,内颇不悦。曾言:"甚矣,汲黯之戆也!"后
出为淮阳太守,七年而卒。《史记》、《汉书》皆有传。益戆,非
常梗直而不通世故。犹来,从来,由来。

2 "终须"句:谓阳城如同贾谊一样被贬。贾谊(前201—前
169),汉洛阳(今河南洛阳)人。以年少能通诸家书,文帝召
为博士,迁太中大夫。改正朔,易服色,制法度,兴礼乐。又数
上疏陈政事,言时弊,为大臣所忌,出为长沙王太傅。"贾生既
辞往行,闻长沙卑湿,自以寿不得长,又以適去,意不自得。及
渡湘水,为赋以吊屈原。"迁梁怀王太傅而卒,年三十三。《史
记》、《汉书》有传。湘川,即湘水,又名湘江,湖南省最大的河
流。贾谊有《吊屈原赋》,即经湘水时凭吊屈原之作。以上二
句说明阳城好直谏而被贬为道州刺史。

3　物议：众人的议论。朱云：字游，汉鲁（今属山东）人。少任侠。元帝时为槐里令，数忤权贵，以是获罪被刑。成帝时复上书，愿借上方剑，斩佞臣张禹，帝怒欲杀之，御史将云去，云攀折殿槛，以辛庆忌救得免。后当治槛，帝命勿易，以旌直臣。事见《汉书》本传。

4　声华：美好的名声。

5　邪佞：指巧言善媚很不正派的人，此谓裴延龄辈。《新唐书·阳城传》："（德宗）欲遂相延龄，城显语曰：'延龄为相，吾当取白麻坏之，哭于廷。'帝不相延龄，城力也。"当面唾：当面痛斥。《战国策·赵策》："有复言令长安君为质者，老妇必唾其面。"此指阳城反对裴延龄为相事。

6　"清贫"句：谓阳城生活清贫。《新唐书·阳城传》："常以木枕布衾质钱，人重其贤，争售之。每约二弟：'吾所俸入，而可度月食米几何，薪菜盐几钱，先具之，馀送酒家，无留也。'"

7　"驿名"句：当是对元稹等人轻易地改动驿名而发。因元稹有《阳城驿》诗："商有阳城驿，名同阳道州。我愿避公讳，名为避贤邮。"陈寅恪《元白诗笺证稿》称："然则元白诗之流行于当时，及其影响之深巨，信有征矣。惟牧之之诗之结论云：'驿名不合轻移改，留警朝天者惕然。'虽文人喜作翻案文字，然亦牧之素恶元白之诗所使然也。"不合，不应该。移改，更改。

8　朝天者：指赴京做官的人。惕然：戒惧的样子。

商山麻涧

云光岚彩四面合[1]，柔桑垂柳十馀家。
雉飞鹿过芳草远[2]，牛巷鸡埘春日斜[3]。
秀眉老父对樽酒[4]，茜袖女儿簪野花[5]。
征车自念尘土计[6]，惆怅溪边书细沙。

———　　开成四年（839）春作。时杜牧赴官入京经过商山麻涧。
诗前六句写景，后二句抒情。云光岚彩，柔桑垂柳，雉飞鹿过，
牛巷鸡埘，加以"芳草远"、"春日斜"，真是风景如画。"秀眉
老父对樽酒"，意气闲逸；"茜袖女儿簪野花"，充满生气。此情
此景，不由引发作者四处宦游的惆怅，并透露出人世沧桑之
感。麻涧，《读史方舆纪要》卷五四："商州熊耳山，州西五十
里。……又十里为麻涧。涧在熊耳峰下，山涧环抱，厥地宜
麻，因名。"清冯集梧《樊川诗集注》卷四引《舆程记》："自武
关西北行五十里，至桃花铺；又八十里至白杨店子；又八十里
至麻涧；又百里至新店子；又百里至蓝田县，皆行山中，即所
谓偏路也。至蓝田始出险就平。"杜牧赴京驿程大致如此。

———　　1　岚彩：日光照耀山林呈现出来的雾气。
　　　　　2　雉：野鸡。

3　埘（shí）：在墙上凿的鸡窝。《诗·王风·君子于役》："鸡栖于埘。"毛传："凿墙而栖曰埘。"

4　秀眉：老年人常有一二根眉毛特长，旧说以为是长寿的表征，谓之秀眉。

5　茜袖：红色的衣袖。茜草根黄赤，可作红色染料。簪：插，戴。

6　尘土：指官场奔波，风尘仆仆。

题商山四皓庙一绝

吕氏强梁嗣子柔[1]，我于天性岂恩仇[2]。
南军不袒左边袖，四老安刘是灭刘[3]。

　　开成四年(839)作，时杜牧赴官入京，途次商山，题诗于四皓庙。商山四皓，汉初商山的四个隐士，名东园公、绮里季、夏黄公、用里先生。四人须眉皆白，故称四皓。高祖召之，不应，后高祖欲废太子，吕后用留侯张良计，迎四皓，使辅佐太子。一日四皓侍太子见高祖。高祖曰："羽翼已成矣。"遂辍废太子之议。事见《史记·留侯世家》。诗咏其事，特点是反说其事，言商山四皓扶助太子，名为安定刘家天下，实际上是促使其尽快灭亡。同时，也给当朝统治者提出借鉴，要注意任人唯贤。四皓庙，《清一统志》卷一九二："商州四皓庙，在州西金鸡原，……一在州东商洛镇。"

　　1　吕氏强梁：即吕后强横。《史记·吕太后本纪》："吕后为人刚毅，佐高祖定天下。"嗣子柔：即太子(后为孝惠帝)为人柔弱。《史记·吕太后本纪》："孝惠为人仁弱，高祖以为不类我，常欲废太子，立戚姬子如意，如意类我。戚姬幸，常从上之关东，日夜啼泣，欲立其子代太子。"

2　天性：谓父母爱子女乃天然的品质或特性。

3　"南军"二句：谓南军若不愿效忠刘氏，则商山四皓将使刘氏灭亡。南军，西汉时禁卫军有南北军，南军保卫未央宫，因宫在长安城南，故称；北军保卫京城北部。据《史记·吕太后本纪》，吕后死后，掌握禁卫军的吕产、吕禄想拥兵作乱，刘邦旧臣绛侯周勃以太尉身份与丞相陈平谋诛诸吕以安刘氏天下。"太尉将之入军门，行令军中曰：'为吕氏右袒，为刘氏左袒。'军中皆左袒为刘氏。……太尉遂将北军。"击败吕产，杀之于郎中府。杜牧诗称"南军"，与史实略有出入。袒（tǎn），裸露。

题青云馆

虬蟠千仞剧羊肠[1]，天府由来百二强[2]。
四皓有芝轻汉祖[3]，张仪无地与怀王[4]。
云连帐影萝阴合，枕绕泉声客梦凉。
深处会容高尚者[5]，水苗三顷百株桑[6]。

———

开成四年（839）作，时杜牧由宣州赴京途经青云馆。清钱谦益、何焯《唐诗鼓吹评注》卷六："此言商山之高如龙盘屈曲，险于羊肠，乃天府之地，有百二山河之壮，四皓于此采芝，张仪于此拒楚，芳踪胜迹，固彰彰在人耳目者。然是馆也，帐连云而萝阴合，枕绕泉而客梦凉，高人隐居于此，则有农桑之乐，可以忘世，其何事驰情于利禄哉！"青云馆，在商州商洛县南。

———

1　虬蟠：像龙蛇一样盘曲相纠。羊肠：喻指崎岖曲折的山间道路。

2　天府：指肥沃、险要、物产富饶的地区。《战国策·秦策一》："苏秦始将连横说秦惠王曰：'大王之国，……田肥美，民殷富，战车万乘，奋击百万，沃野千里，蓄积饶多，地势形便，此所谓天府，天下之雄国也。'"百二：有二说，一说为百分之二。《史记·高祖本纪》："秦，形胜之国，带河山之险，悬隔千里，持戟百万，秦得百二焉。"《集解》："苏林曰：'得百中之二焉。秦地险固，二万人足当诸侯百万人也。'"一说为百之二倍。《索隐》："虞喜云：'百二者，得百之二。言诸侯持戟百万，秦地险固，一倍于天下，故云得百二焉，言倍之也。盖言秦兵当二百万也。'"

3　"四皓"句：据晋皇甫谧《高士传》卷上，四皓都是河内轵人。秦始皇时，见秦政暴虐，就退入蓝田山，而作歌云："莫莫高山，深谷逶迤。晔晔紫芝，可以疗饥。唐虞世远，吾将何归？驷马高盖，其忧甚大。富贵之畏人，不如贫贱之肆志。"于是共入商洛，隐于地肺山。及秦败亡，汉高祖征之，不至，深匿于终南山。参《题商山四皓庙一绝》"评析"。

4　张仪：战国魏人。相秦惠王，以连横之策说六国，使六国背纵约而共同事秦。据《史记·屈原列传》："秦惠王令张仪佯去秦事楚，曰：'秦甚憎齐，……楚诚能绝齐，秦愿献商於之地六百里。'楚怀王贪而信张仪，遂绝齐，使使如秦受地。张仪诈之曰：'仪与王约六里，不闻六百里。'"

5　高尚者：像商山四皓那样的高士。

6　水苗：稻种。

西江怀古

上吞巴汉控潇湘[1]，怒似连山净镜光。
魏帝缝囊真戏剧[2]，符坚投箠更荒唐[3]。
千秋钓舸歌明月，万里沙鸥弄夕阳。
范蠡清尘何寂寞，好风唯属往来商[4]。

　　疑为杜牧开成四年(839)春赴京途中经过西江怀古之
作。重点在怀范蠡,慨叹世无范蠡,可惜江上好风,总吹财奴。
诗人从江上放开眼界,横看"万里",竖看"千秋",气魄宏伟。
五六两句,写景极佳,清贺裳赞其"尤有江天浩荡之景"(《载
酒园诗话》又编)。西江,应指历阳乌江附近的长江。曾国藩
《十八家诗钞》卷二十:"注家谓楚人指蜀江为西江,谓从西而
下也。愚按诗中符坚、魏帝等语,殊不似指蜀中者。六朝、隋、
唐皆以金陵为江东,历阳为西,厥后豫章郡夺江西之名,而历
阳等处不甚称江西矣。此西江或指乌江言之。"按诗有"上吞
巴汉"语,则在汉水之东甚明,故曾说可据。

　　1　"上吞"句:谓西江气势浩瀚,上游侵吞巴江、汉水,控扼潇
湘。巴汉,巴江与汉水,长江两条重要支流。巴江,源出大巴
山,西南流入四川省境,经南江县至巴中县东南,汇合南江水

为巴江。汉水，源出陕西宁强县北蟠冢山，东经褒城县，合褒水，始为汉水。东南流经陕西省南部、湖北省西部和中部，经汉口入长江。潇湘，潇水与湘水合流处。《诗话总龟》前集卷十六《留题门》引《零陵县记》："潇水在永州西三十步，自道州营道县九嶷山中，亦名营水。湘水在永州北十里，出自桂林海阳山中，经灵渠北流，至零陵北与潇水合，二水皆清泚一色，高秋八九月，虽丈馀可以见底，自零陵合流，谓之潇湘。经衡阳，抵长沙，入洞庭。"

2　**魏帝缝囊**：《三国志·吴书·步骘传》引《吴录》："骘表言曰：'北降人王潜等说，北相部伍，图以东向，多作布囊，欲以盛沙塞江，以大向荆州。夫备不豫设，难以应卒，宜为之防。'（孙）权曰：'此曹衰弱，何能有图？必不敢来。若不如孤言，当以牛千头，为君作主人。'后有吕范、诸葛恪为说骘所言，云：'每读步骘表，辄失笑。此江与开辟俱生，宁有可以沙囊塞理也！'"戏剧：儿戏，开玩笑。

3　**苻坚投箠（chuí）**：《晋书·苻坚载记》："以吾之众旅，投鞭于江，足断其流。"

4　**"范蠡"二句**：谓像范蠡那样的人是何等的少，西江之上所见的只有来来往往的商人。

李甘诗

大和八九年，训注极虩虎[1]。

潜身九地底，转上青天去。

四海镜清澄，千官云片缕。

公私各闲暇，追游日相伍。

岂知祸乱根，枝叶潜滋莽。

九年夏四月，天诫若言语[2]。

烈风驾地震，狞雷驱猛雨。

夜于正殿阶，拔去千年树[3]。

吾君不省觉，二凶日威武[4]。

操持北斗柄[5]，开闭天门路[6]。

森森明庭士[7]，缩缩循墙鼠[8]。

平生负名节，一旦如奴虏。

指名为锢党[9]，状迹谁告诉。

喜无李杜诛[10]，敢惮髡钳苦[11]。

时当秋夜月，日直曰庚午[12]。

喧喧皆传言[13]，明晨相登注。

予时与和鼎，官班各持斧[14]。

和鼎顾予云，我死有处所。

当庭裂诏书，退立须鼎俎[15]。

君门晓日开，赭案横霞布[16]。

俨雅千官容[17]，勃郁吾累怒[18]。

适属命廊将[19]，昨之传者误[20]。

明日诏书下，谪斥南荒去。

夜登青泥坂[21]，坠车伤左股。

病妻尚在床，稚子初离乳。

幽兰思楚泽[22]，恨水啼湘渚[23]。

怳怳三闾魂[24]，悠悠一千古[25]。

其冬二凶败[26]，涣汗开汤罟[27]。

贤者须丧亡[28]，谗人尚堆堵。

予于后四年，谏官事明主[29]。

常欲雪幽冤，于时一裨补。

拜章岂艰难，胆薄多忧惧。

如何干斗气[30]，竟作炎荒土[31]。

题此涕滋笔，以代投湘赋[32]。

———　开成四年（839）作，时杜牧为左补阙。诗有"余于后四年，谏官事明主"句，谏官指左补阙。李甘，字和鼎，长庆末进士，累擢侍御史，后贬封州司马。新、旧《唐书》有传。这首诗写李甘的气节与身世，以及自己为朝官的极为不利的政治环境。特别是大和九年（835），发生了震惊朝野的"甘露之变"，这是唐朝政治史上的一件大事,也是杜牧这首诗叙述的重点。

1　训注:李训与郑注。李训,始名仲言,宰相李揆族孙,以母丧居于东都。时郑注佐昭义府,李训慨叹说:"当世操权力者皆龊龊,吾闻注好士,有中助。可与共事。"因往见郑注,相得甚欢。后王守澄荐于文宗,擢翰林学士、兵部郎中知制诰,以礼部侍郎同中书门下平章事。事见《新唐书·李训传》。郑注,绛州翼城(今山西翼城)人。世代微贱。初以药术游于长安权贵之家。本姓鱼,冒姓郑氏,时人称为"鱼郑",并讥为"水族"。元和十三年(818),李愬为襄阳节度使,用为节度衙推。郑注诡谲阴狡,与李愬筹划事务,颇合其意。时宦官王守澄为徐州监军,与之交谈,相见恨晚。守澄入朝为枢密使,郑注则勾结交通,贿赂奉承。大和八年(834)十二月,郑(注)拜太仆卿,兼御史大夫。九年(835)八月,又升为工部尚书,充翰林侍讲学士。这时李训已在禁庭,二人相处融洽,天天陪侍在皇帝的身边,大讲达到天下安定之策。文宗为其迷惑。二人权倾天下,与之有恩仇者,丝毫必报。

2　天诫若:上天发出警告。《汉书·五行志下》:"(文帝)五年十月,楚王都彭城,大风从东南来,毁市门,杀人。……吴在楚东南,天诫若曰:勿与吴为恶,将败市朝。"

3　"拔去"句:《新唐书·文宗纪》:大和九年,"四月辛丑,大风拔木,落含元殿鸱尾,坏门观"。

4　二凶：谓李训、郑注。

5　北斗柄：喻权力。北斗柄即斗杓,二十八宿之一。共七星,四星象斗,三星象杓。杓即柄。

6　天门：本为天上的门,后也指帝王宫殿之门,这里喻朝廷。

7　森森：形容众多。明庭：朝廷。

8　缩缩：退缩不前。

9　锢党：即党锢。东汉桓帝时,宦官势盛,士大夫李膺等疾之,捕杀其党,宦官说李膺等人与太学游士为朋党,诽谤朝廷,辞株连二百馀人,禁锢终身。灵帝时李膺等复起用,与大将军窦武等谋诛宦官,事败,李膺等百馀人皆被杀,死徙废禁者六七百人。事见《后汉书·党锢传》。

10　李杜：李膺与杜密。李膺(110—169),字元礼,东汉颍川襄城(今属河南)人。桓帝时官至司隶校尉,与太学生首领郭泰等相结交,反对宦官专权。后被宦官诬为诽谤朝廷而入狱,释放后禁锢终身。灵帝即位,又与陈蕃、窦武等谋诛宦官,失败被杀。《后汉书》有传。杜密(？—169),字周甫,东汉颍川阳城(今属河南)人。桓帝时累官太仆,因党锢之祸免官。"党事既起,免归本郡,与李膺俱坐而名行相次,故时人亦称李杜焉"。灵帝时陈蕃辅政,复为太仆,因谋诛宦官,失败自杀。

11　髡钳：一种剃去头发而以铁圈束颈的刑罚。用《史记·季布传》事：季布匿濮阳周氏，周氏乃髡钳。

12　庚午：冯集梧《樊川诗集注》卷一："按，《旧唐书·文宗纪》：大和九年七月甲辰朔，八月甲戌朔，则庚午，乃七月二十七日也。《旧纪》赵儋为鄜坊节度系之八月甲申，与牧之诗不合。诗，秋夜月，别有作仲秋月者，又似当在八月，然八月无庚午，不可为据。"

13　喧喧：指众口混杂。

14　"予时"二句：谓自己与李甘在当时都为谏官。按，大和九年（835），李甘为侍御史，杜牧为监察御史。持斧，谓御史之官。《汉书·王䜣传》："绣衣御史暴胜之使持斧逐捕盗贼。"

15　鼎俎：烹调用锅及割牲肉用的砧板，比喻像放在鼎俎之上那样处死。

16　赭：红色。

17　俨雅：庄重恭敬。

18　勃郁：大怒的样子。

19　命鄜将：原注："赵儋除鄜坊节度使。"《旧唐书·文宗纪下》：大和九年八月，"甲申，以左神策军大将军赵儋为鄜坊节度使"。

20　传者：指"喧喧皆传言，明晨相登注"之事。

21　青泥坂：在京兆府蓝田县。《元和郡县图志》卷一《京兆府》："蓝田县：县理城即峣柳城也，俗亦谓之青泥城。桓温伐苻健（坚），使将军薛珍击青泥城，破之。即其处也。”李甘赴封州需途经青泥坂。

22　幽兰：屈原《离骚》：“结幽兰而延伫。”楚泽：楚江之畔。《史记·屈原列传》：“屈原至于江滨，被发行吟泽畔。”杜牧化用其意。

23　湘渚：湘水之边。

24　怳怳（huǎng）：心神不定的样子。三闾：谓屈原，屈原曾官三闾大夫，故称。

25　悠悠：漫长的样子。

26　二凶败：《旧唐书·文宗纪》：大和九年十一月，“壬戌，中尉仇士良率兵诛宰相王涯、贾𫗧、舒元舆、李训，新除太原节度王璠、郭行馀、郑注、罗立言、李孝本、韩约等十馀家皆族诛。时李训、郑注谋诛内官，诈言金吾仗舍石榴树有甘露，请上观之。内官先至金吾仗，见幕下伏甲，遽扶帝辇入内，故训等败，流血涂地，京师大骇，旬日稍安”。

27　涣汗：比喻帝王发布的号令，如汗出于身，不能收回。后指帝王的号令。汤罟：《史记·殷本纪》：“汤出，见野张网四面，祝曰：‘自天下四方皆入吾网。’汤曰：‘嘻，尽之矣！’乃去其三面，祝曰：‘欲左，左；欲右，右。不用命，乃入吾网。’诸侯闻之，曰：‘汤德至矣，及禽兽。’”后因以汤网比喻刑政的宽大。

28　须：虽。张相《诗词曲语辞汇释》卷一：“须，犹虽也。杜

牧《李甘诗》:'贤者须丧亡,谗人尚堆堵。'言贤人虽死而谗人
犹高张也。"

29　"予于"二句:谓杜牧于开成三年(838)冬由宣州幕吏调
任回京任左补阙,四年(839)春抵任。此处指开成四年事。
左补阙掌供奉讽谏,故言谏官。

30　干斗气:《晋书·张华传》:"初,吴之未灭也,斗牛之间常
有紫气,道术者皆以吴方强盛,未可图也。惟华为不然。及
吴平之后,紫气愈明。华闻豫章人雷焕妙达纬象,乃要焕
宿。……因登楼仰观。焕曰:'仆察之久矣,惟斗牛之间颇有
异气。'华曰:'是何祥也?'焕曰:'宝剑之精上彻于天耳。'"这
里比喻李甘的凛然正气。

31　"竟作"句:谓李甘贬封州而卒。炎荒,边远之地。

32　投湘赋:《史记·屈原贾生列传》:"自屈原沉汨罗后
百有馀年,汉有贾生,为长沙王太傅,过湘水,投书以吊屈
原。""(贾生)以適去,意不自得,及渡湘水,为赋以吊屈原。"

冬至日寄小侄阿宜诗

小侄名阿宜，未得三尺长。
头圆筋骨紧[1]，两脸明且光。
去年学官人[2]，竹马绕四廊[3]。
指挥群儿辈，意气何坚刚[4]。
今年始读书，下口三五行。
随兄旦夕去，敛手整衣裳。
去岁冬至日，拜我立我旁。
祝尔愿尔贵，仍且寿命长。
今年我江外[5]，今日生一阳[6]。
忆尔不可见，祝尔倾一觞[7]。
阳德比君子[8]，初生甚微茫。
排阴出九地[9]，万物随开张[10]。
一似小儿学，日就复月将[11]。
勤勤不自已[12]，二十能文章。
仕宦至公相[13]，致君作尧汤[14]。
我家公相家[15]，剑珮尝丁当[16]。
旧第开朱门[17]，长安城中央。
第中无一物，万卷书满堂。
家集二百编[18]，上下驰皇王。

多是抚州写[19]，今来五纪强[20]。

尚可与尔读，助尔为贤良[21]。

经书括根本[22]，史书阅兴亡。

高摘屈宋艳[23]，浓薰班马香[24]。

李杜泛浩浩[25]，韩柳摩苍苍[26]。

近者四君子，与古争强梁[27]。

愿尔一祝后，读书日日忙。

一日读十纸，一月读一箱。

朝廷用文治[28]，大开官职场。

愿尔出门去，取官如驱羊[29]。

吾兄苦好古，学问不可量。

昼居府中治，夜归书满床。

后贵有金玉，必不为汝藏。

崔昭生崔芸，李兼生窟郎[30]。

堆钱一百屋，破散何披猖[31]。

今虽未即死，饿冻几欲僵。

参军与县尉[32]，尘土惊劻勷[33]。

一语不中治，笞箠身满疮[34]。

官罢得丝发，好买百树桑。

税钱未输足，得米不敢尝。

愿尔闻我语，欢喜入心肠。

大明帝宫阙[35]，杜曲我池塘[36]。
我若自潦倒[37]，看汝争翱翔[38]。
总语诸小道，此诗不可忘。

　　开成五年（840）冬至日作，时杜牧三十八岁。诗言："去岁冬至日，拜我立我旁。""今年我江外，今日生一阳。"杜牧开成四年（839）在京任左补阙，开成五年（840）乞假往浔阳视弟眼疾，冬至日在浔阳度过，与诗吻合。这时杜牧的家人和子侄都在京城，故杜牧在节日之中，寄诗于小侄阿宜，勉励其读书与成长。其时阿宜很小，"未得三尺长"，但非常聪明，以至于学着官人，骑着竹马，指挥群儿，意气洋洋。今年开始读书，"下口三五行"。这首诗勉励其侄读书，以杜牧的祖父杜佑作为典范。书读成以后则应科举考试做官。这反映了中晚唐社会颇重读书与做官的社会风气。然杜牧的劝学精神，深得后人的赞赏，如黄庭坚《山谷题跋》说："其论崔、李积钱百屋，无补于子孙，此固救世之药石也。"

1　紧：坚强。
2　官人：做官的人。唐人对官人颇为看重，韩愈《试大理评事王君墓志铭》："一女怜之，必嫁官人，不以与凡子。"
3　竹马：儿童游戏时当马骑的竹竿。

4　意气：意志与气概。

5　江外：谓杜牧在浔阳。古时称江南为江外。

6　生一阳：即一阳生。冬至后白天渐长，古代认为是阳气初动，所以冬至又称一阳生。《周易·复》孔疏："冬至一阳生，是阳动而阴复静也。"

7　倾：干杯。觞（shāng）：酒杯。

8　阳德：即阳气。君子：有才德的人。

9　阴：比喻小人。九地：地下最深处。

10　开张：开扩，展开。

11　日就复月将：日有所得，月有所进。《诗·周颂·敬之》："日就月将，学有缉熙于光明。"

12　勤勤：勤勉的样子。

13　仕宦：做官。公相：公侯将相。

14　尧汤：古代的两位圣君。尧是传说中古帝陶唐氏之号；汤是商朝的开国之君成汤。

15　公相家：因为杜牧祖父杜佑曾任德宗、顺宗、宪宗三朝的宰相，封岐国公，故称。

16　丁当：响声。

17　旧第：《长安志》卷七《唐京城》："万年县所领朱雀门街之东从北……次南安仁门：太保致仕岐国公杜佑宅。"杜牧《上宰相求杭州启》："某于京中，唯安仁旧第三十间支屋而已。"

18　家集：指杜佑所撰的《通典》，共二百卷。先是，刘秩采经史，自黄帝迄唐天宝末制度沿革设置，议论得失，撰《政典》三十五篇。佑因而广之，参以新礼，分食货、选举、职官、礼、乐、兵刑、州郡、边防八门。成书于贞元十七年（801），前后费时三十六年。所述下迄唐天宝年间，肃宗、代宗以后的重要沿革，亦附载于注中，为我国现存最早专门论述典章制度的通史。

19　抚州：杜佑曾任抚州刺史，故称。

20　五纪强：杜佑为抚州刺史在大历十四年（779），至开成五年（840）已有六十一年，故称五纪强。

21　贤良：有德行的人。

22　根本：事物的本源或关键部分。

23　屈宋艳：指屈原和宋玉的词藻。

24　班马：指班固和司马迁。一说为班固和司马相如。

25　李杜：李白与杜甫，盛唐时期两位伟大的诗人。浩浩：水大的样子。比喻李杜诗歌的气势浩如江海。

26　韩柳：韩愈与柳宗元，中唐时期两位杰出的散文家。苍苍：天空。比喻韩柳的文章高接云天。

27　争强梁：谓争高下。

28　文治：以文教施政治民。

29　驱羊：清冯集梧《樊川诗集注》卷一引《帝王世纪》："黄帝

梦人执千钧之弩,驱羊万群,寤而叹曰:千钧之弩,异力者也,驱羊数万群,能牧民为善者也。于是依占而求之,得力牧于大泽,进以为将。"宋洪迈《容斋三笔》卷十一《符读书城南》条:"《符读书城南》一章,韩文公以训其子,使之腹有《诗》《书》,致力于学,其意美矣。然所谓'一为公与相,潭潭府中居。不见公与相,起身自犁锄'等语,乃是觊觎富贵,为可议也。杜牧之《寄小侄阿宜诗》亦云:'朝廷用文治,大开官职场。愿尔出门去,取官如驱羊。'其意与韩类也。"

30　"崔昭"二句:谓崔昭与李兼家富万金,而其子无能,均不能保守家产。

31　披猖:分散,飞扬。此言钱财用尽。

32　参军:唐时州县属官,为低级官吏。县尉:县衙的属官。

33　劻勷(kuāng ráng):劻,原注:"音匡"。勷,原注:"音穰"。急迫不安的样子。

34　"笞箠"句:谓参军、县尉官职低下,未免受鞭箠之苦。

35　大明:唐宫殿名。唐高宗龙朔二年置。亦谓之东内。内有含元、宣政、紫宸三殿;宣政左右为中书、门下二省,弘文、史二馆。自高宗后,皇帝常居其内。故址在今陕西西安大北门外东北三里许。

36　杜曲:在今陕西长安县东少陵原东南。唐时为大姓杜氏聚居处。杜曲称北杜,杜固称南杜。其西为韦曲,为韦氏聚居之处。以地近宫阙，又世多贵官，故当时语曰："城南韦杜，去天尺五。"

37　若：一作"苦"。潦倒：蹉跎失意，形容衰颓。

38　翱翔：本指鸟飞，比喻飞黄腾达。

李给事二首

一章缄拜皂囊中[1]，慄慄朝廷有古风[2]。
元礼去归缑氏学[3]，江充来见犬台宫[4]。
纷纭白昼惊千古，铁鑕朱殷几一空[5]。
曲突徙薪人不会[6]，海边今作钓鱼翁[7]。

晚发闷还梳，忆君秋醉馀。
可怜刘校尉，曾讼石中书[8]。
消长虽殊事[9]，仁贤每见如。
因看鲁褒论[10]，何处是吾庐[11]。

───　会昌五年（845）作。说据郭文镐《杜牧诗文系年小札》，
《人文杂志》1985 年第 5 期。李给事，即李中敏，字藏之，元
和中擢进士第，曾与杜牧同入沈传师江西幕府，入拜侍御史。
性严刚，与杜牧、李甘相善。新、旧《唐书》有传。清钱谦益、
何焯《唐诗鼓吹评注》卷六："此因中敏劝早除郑注不听而作
也。首言给事皂囊之奏，长有古忠臣之风，惜乎不听乃告归颍
阳，则犹李膺之遭党锢而归缑氏已。且郑注见帝于浴室而进
谗谀，亦如江充见君于犬台而毁太子，后至甘露之变而纷纭白
昼，铁鑕朱殷，其不致危亡也几希矣。以给事先见而帝不悟，

如曲突徙薪而人不备,故中敏见几而作,归钓颍阳耳。使早从其语,岂非国家之福哉!"

1　皂囊:黑色的封套。《后汉书·蔡邕传》注:"凡章表皆启封,其言密事,得皂囊也。"

2　憬憬:严正的样子。

3　"元礼"句:原注:"李膺退罢,归猴氏,教授生徒;给事论郑注,告满,归颍阳。"此以李膺比李中敏。猴氏,《文苑英华》作纶氏,是。纶氏属颍川郡,即颍阳。古为纶国,故城在今河南许昌西南。而猴氏本为春秋滑国,为秦所灭,汉置县,以地有猴山为名。治所在今河南偃师东南。郑注,见前《李甘诗》"注释"1。

4　"江充"句:原注:"郑注对于浴室。"此以江充喻郑注。江充(?—前91),字次倩,本名齐,汉邯郸(今河北邯郸)人。因畏罪逃亡,改名充。以告发赵太子丹事起家。武帝任为直指绣衣使者,负责镇压三辅盗贼,禁察贵贱奢僭,取得武帝的信任。与太子刘据有嫌隙,乘武帝患病之际,诬陷太子行巫蛊,据不自安,举兵收斩充。后事败,刘据亦自缢。事见《汉书·江充传》。浴室,即浴堂,在大明宫内。《旧唐书·郑注传》:"大和八年九月,注进药方一卷。……(文宗)召注对浴堂门,赐锦彩。"犬台宫,汉宫名。此以江充召对犬台宫比喻郑注召对浴堂门。

5　"纷纭"二句：谓甘露之祸。唐文宗大和九年（835），宰相李训、节度使郑注谋诛宦官，训先在左金吾大厅设伏兵，诈称后院石榴树上有甘露，诱使宦官仇士良等往观，即加诛杀。士良等至，见幕下有伏兵，惊走，事败。训、注、王涯、舒元舆等皆被杀，族诛十馀家，死者千馀人。史称"甘露之变"。事见《旧唐书·文宗纪》下。此二句诗即谓是事。纷纭，混杂的样子。鈇鑕（fū zhì），古代刑具。鈇是铡刀，鑕是铡刀座。朱殷，赤黑色。

6　曲突徙薪：《艺文类聚》卷八十引汉桓谭《新论》："淳于髡至邻家，见其灶突之直而积薪在旁，谓曰：'此且有火。'使为曲突而徙薪。邻家不听，后果焚其屋，邻家救火，乃灭。烹羊具酒谢救火者，不肯呼髡。智士讥之曰：'曲突徙薪无恩泽，焦头烂额为上客。'盖伤其贱本而贵末也。"后常以曲突徙薪喻防患于未然。突，烟囱。

7　"海边"句：谓李中敏被谪海隅，至今赋闲无事。《资治通鉴》卷二四六《唐纪》：开成五年十一月，"开府仪同三司、左卫上将军兼内谒者监仇士良请以开府荫其子为千牛，给事中李中敏判曰：'开府阶诚宜荫子，谒者监何由有儿？'士良惭恚。李德裕亦以中敏为杨嗣复之党，恶之，出为婺州刺史"。婺州，今浙江金华。属沿海地带。诗言"钓鱼翁"即指此。

8　"可怜"二句：原注："给事因忤仇军容，弃官东归。"谓中敏忤触仇士良，就象汉之刘向忤触石显一样被捕入狱，遭受不幸。刘校尉，刘向(前77—前6)，原名更生，字子政，楚元王刘交四世孙。宣帝时任散骑谏大夫，元帝时因反对中书宦官弘恭、石显，被捕下狱。成帝时更名向，任光禄大夫，为中垒校尉。石中书，石显(？—前32)，字君房，汉济南(今山东济南)人。宣帝时以中书官为仆射。元帝时为中书令。为人外巧慧而内阴险，常持诡辩以中伤人，先后潜杀萧望之、京房及斥罢周堪、刘向等人。成帝时，迁长信中太仆，后免官，徙归故乡，途中病死。《汉书》有传。

9　消长：即增减，盛衰或变化。

10　鲁褒论：即鲁褒所作的《钱神论》。鲁褒，字元道，晋南阳(今河南南阳)人，以贫素自立，终身不仕。《晋书·鲁褒传》："元康之后，纲纪大坏，褒伤时之贪鄙，乃隐姓名，而著《钱神论》以刺之。"

11　吾庐：暗用陶渊明《读山海经》典："众鸟欣有托，吾亦爱吾庐。"

早春题真上人院

清羸已近百年身¹，古寺风烟又一春。
寰海自成戎马地²，唯师曾是太平人³。

———　开成年间作。题注："生天宝初。"真上人院，真上人所居
寺院，其人其地均未详。宋程大昌《演繁露续集》卷六："唐
天宝间，有真上人者，至杜牧之时，其人年已近百岁，故题其
寺曰……。此意最远，不言其道行，独以其年多尝见天宝时事
也。"以天宝元年（742）下延至会昌元年（841）为一百年，诗
言近百年，当在开成年间，故附编于此。诗以寰海戎马的现实
与想象中天宝承平对比，感慨自在其中。

———　1　清羸（léi）：消瘦。
　　　2　寰海：海内。戎马：谓战乱。
　　　3　师：指真上人。师是对僧人的尊称。

奉陵宫人

相如死后无词客[1]，延寿亡来绝画工[2]。
玉颜不是黄金少[3]，泪滴秋山入寿宫[4]。

　　会昌二年（842）作。《樊川文集夹注》卷二有原注："之
任黄州日作。"则会昌二年出为黄州刺史，离京前见奉陵宫人
有感而作。杜牧出守黄州，以为是李德裕排挤，其遭遇与奉陵
宫人相似。（参《复旦学报》2004 年第 3 期杨焄《论朝鲜刻本
〈樊川文集夹注〉的文献价值》）奉陵宫人，陪伴侍奉帝王陵墓
的宫人。奉陵制度始于西汉武帝茂陵，见《汉书·贡禹传》，
唐时犹遵此制。据《资治通鉴》卷二四九《唐纪》胡三省注：
"宋白曰：凡诸帝升遐，宫人无子者，悉遣诣山陵，供奉朝夕，
具盥栉，治衾枕，事死如事生。"白居易《新乐府·陵园妾》诗：
"陵园妾，颜色如花命如叶。命如叶薄将奈何，一奉寝宫年月
多。……山宫一闭无开日，未死此身不令出。"杜牧此诗，不
仅对残酷的封建制度进行批判，也对命运悲惨的妇女给予同
情。同时隐含对自己被排挤出守黄州的愤懑和无奈之情。

1　相如：司马相如，西汉著名的辞赋家。《全汉文》卷二二所
载《长门赋序》谓："（陈皇后）别在长门宫，愁闷悲思，闻蜀郡

成都司马相如,天下工为文,奉黄金百斤,为相如、文君取酒,因于解悲愁之辞。而相如为文以悟主上,陈皇后复得亲幸。"

2　"延寿"句:毛延寿,汉杜陵(今陕西西安南)人。元帝后宫既多,不得常见。使毛延寿等画工图形,按图召幸。诸宫人皆贿赂画工,独王昭君(名嫱)不肯,遂不得见。其后匈奴求美人为阏氏,昭君被遣,临行召见,貌为后宫第一。元帝穷案其事,毛延寿等画工皆弃市。事见《西京杂记》卷二。

3　玉颜:代指宫女。

4　寿宫:皇帝的陵墓。

题安州浮云寺楼寄湖州张郎中

去夏疏雨馀，同倚朱栏语[1]。
当时楼下水，今日到何处。
恨如春草多，事与孤鸿去。
楚岸柳何穷，别愁纷若絮。

———

　　会昌二年（842）春作，时杜牧出守黄州，由京城赴任，途经安州。安州，今湖北安陆。张郎中，即张文规，弘靖子，历拾遗、补阙、吏部员外郎。出为安州刺史，累迁右散骑常侍、兼御史中丞、桂管观察使。宋谈钥《嘉泰吴兴志》卷十四《郡守题名》："张文规，会昌元年七月十五日自安州刺史授，迁国子司业。"本诗表现别后相思之情，以草与絮比愁绪。恨如春草，愁若柳絮，喻情极为切至。春草长满天涯，状恨之多；柳絮纷扬空中，喻愁之复杂。此类比喻，对唐宋词颇有影响。李煜《清平乐》："离恨恰如春草，更行更远还生。"贺铸《青玉案》："若问闲情都几许？一川烟草，满城风絮，梅子黄时雨。"

———

1　"去夏"二句：谓去夏与张文规登安州浮云楼事。文规会昌

元年（841）七月十五日自安州刺史迁湖州,是其夏尚在安州,
杜牧先在蕲州看望病弟,是时由蕲州归京,途经安州,与张文
规相会。去夏即会昌元年。

自　遣

四十已云老，况逢忧窘馀[1]。

且抽持板手[2]，却展小年书[3]。

嗜酒狂嫌阮[4]，知非晚笑蘧[5]。

闻流宁叹吒[6]，待俗不亲疏。

遇事知裁剪[7]，操心识卷舒[8]。

还称二千石[9]，于我意何如？

　　会昌二年（842）作，时杜牧四十岁，在黄州刺史任。《樊川文集夹注》卷二有原注："黄州。"自遣，排遣自己的忧虑。杜牧出守黄州，乃是受宰相李德裕排挤，故一直愤懑不平；有才而未得其用，故时而消极，时而感慨，本诗就是其复杂心情的表露。"忧窘"言其不得志，以"持板手"来展"小年书"，调侃中寓愤慨。仰慕阮籍，正是胸中块磊难平；调笑蘧瑗，也流露抽身隐退之意。

1　忧窘：忧愁困迫。

2　持板：谓处理公务。古时帝王诏书或官府的文件、记录都写刻在板上，故称板，通行纸张后，仍沿称板。

3　小年书：指内容浅近的、供儿童看的书。小年，即少年或幼年。杜甫《醉歌行》:"陆机二十作文赋,汝更小年能缀文。"

4　"嗜酒"句:谓嗜好饮酒,性格狂放胜过阮籍。阮籍(210—263),字嗣宗,三国魏尉氏(今河南尉氏)人。曾为步兵校尉,世称阮步兵。博览群书,尤好老庄。或闭户读书,累月不出;或登山临水,经日忘归,每至穷途,辄恸哭而返。生活于魏晋易代之际,不满现实,纵酒谈玄。晋文帝曾欲为武帝求婚于阮籍,籍一醉达六十日,不得言而止。事见《晋书·阮籍传》。

5　"知非"句:谓自己四十岁已知非,笑蘧伯玉五十岁知非为晚。蘧即蘧瑗,字伯玉,春秋卫(今河南新乡附近)人。孔子在卫,常住其家。年五十而知四十九年非。卫大夫史鳅知其贤,屡荐于灵公,皆不用。事迹见《论语·宪问》、《韩诗外传》卷七等。

6　闻流:听到流言。

7　裁剪:原指剪裁衣料,引申为对事情的斟酌取舍。

8　卷舒:指处世的进退之道。

9　二千石:指郡守。汉代内至九卿郎将、外至郡守的俸禄等级,都是二千石。后因称郎将、郡守和知府为二千石。杜牧时为黄州刺史,故亦自称二千石。

早　雁

金河秋半虏弦开[1]，云外惊飞四散哀[2]。
仙掌月明孤影过[3]，长门灯暗数声来[4]。
须知胡骑纷纷在[5]，岂逐春风一一回。
莫厌潇湘少人处[6]，水多菰米岸莓苔[7]。

　　会昌二年（842）八月作。唐武宗会昌二年二月，回纥南
侵，突出大同川，转战于云州城门，大肆掳掠，唐王朝下诏发
陈、许、徐、汝诸处兵屯于太原、振武、天德，准备次年春天击退
回纥。这时正是早雁南飞的季节，杜牧在黄州刺史任上，想到
北方边境的人民因为回纥统治者带兵南下，仓皇逃难，颠沛流
离，写下这首忧时感事的诗，表达了对北方饱受异族蹂躏的苦
难人民的忧念和对时局的感伤。因为八月还未到深秋，所以
用《早雁》标题。全诗用比兴手法，借雁以寄慨，表面上似乎
句句写雁，实际上句句写人，句句写时局，将身世之感慨、时世
之艰难融汇于对征雁的描绘中。清贺裳《载酒园诗话》又编
说此诗"似是寄托之作"，一语正中鹄的。

　　1　金河：在今内蒙古呼和浩特市南，当时是回纥统治的地区。
虏弦开，比喻回纥南侵。虏是对敌人的蔑称。秋半：八月是秋

季当中的一个月,故称。

2　惊飞:以雁群惊飞比喻百姓四处逃散。

3　仙掌:汉武帝为求仙,在建章宫神明台上造铜仙人,舒掌捧铜盘玉杯,以承接天上的仙露,后称承露金人为仙掌。一说陕西太华山东峰曰仙人掌。

4　长门:汉宫殿名。汉司马相如《长门赋序》:"孝武皇帝陈皇后时得幸,颇妒,别在长门宫,愁闷悲思。闻蜀郡成都司马相如,天下工为文,奉黄金百斤,为相如、文君取酒,因于解悲愁之辞。而相如为文以悟主上,陈皇后复得亲幸。"后以长门借指失宠的女子居住的寂寥凄清的宫院。杜牧用此,一方面表明长门是帝京的所在,另一方面也烘托出当时凄清的气氛。

5　胡骑:指回纥的骑兵。

6　潇湘:潇水与湘水,二水流经湖南境内,在零陵县合流,向北注入洞庭湖。

7　菰米:菰实之一,一名雕胡米,古以为六谷之一。明李时珍《本草纲目》卷二三《谷二·菰米》:"菰生水中……至秋结实,乃雕胡米也,古人以为美馔。今饥岁,人犹采以当粮。"莓苔:青苔,阴湿地方生长的绿色的苔藓植物。

雪中书怀

腊雪一尺厚[1]，云冻寒顽痴[2]。
孤城大泽畔，人疏烟火微[3]。
愤悱欲谁语[4]，忧悃不能持[5]。
天子号仁圣[6]，任贤如事师[7]。
凡称曰治具[8]，小大无不施[9]。
明庭开广敞[10]，才俊受羁维[11]。
如日月纚升[12]，若鸾凤葳蕤[13]。
人才自朽下，弃去亦其宜[14]。
北虏坏亭障[15]，闻屯千里师[16]。
牵连久不解，他盗恐旁窥[17]。
臣实有长策[18]，彼可徐鞭笞[19]。
如蒙一召议，食肉寝其皮[20]。
斯乃庙堂事[21]，尔微非尔知[22]。
向来躐等语[23]，长作陷身机[24]。
行当腊欲破[25]，酒齐不可迟[26]。
且想春候暖，瓮间倾一卮[27]。

　　会昌二年（842）冬作，时杜牧为黄州刺史。本年，回纥入
侵，朝廷征各路兵马讨之。杜牧一直注重军事，主张削平藩

镇,收复河湟失地。故当朝廷征讨回纥之时,抒发经世报国之
志。因有"如蒙一召议,食肉寝其皮"之语。但杜牧毕竟远守
黄州,为朝廷"弃去",故空有报国之志,并无用武之地,这种
愤懑与感慨也在诗中明显表现出来。

1　腊:本为古代十二月的一种祭祀,后代指阴历十二月。

2　顽痴:形容冻雪凝结,顽固坚硬。

3　"孤城"二句:谓黄州处于云梦泽之畔,人烟十分稀少。杜
牧《黄州刺史谢上表》:"黄州在大江之侧,云梦泽南,古有夷
风,今尽华俗。户不满二万,税钱才三万贯。"孤城,指黄州。
大泽,指云梦泽。

4　愤悱(fěi):《论语·述而》:"不愤不启,不悱不发。"后来用
愤悱二字形容冥思苦想而言语不能表达。

5　忧愠(yùn):忧郁恼怒。

6　天子:指唐武宗李炎,年号为会昌。仁圣:仁爱圣明。此为
唐武宗尊号。《旧唐书·武宗纪》:会昌二年"四月乙丑朔,光
禄大夫、守司空、兼门下侍郎平章事李德裕……等上章,请加
尊号曰仁圣文武至神大孝皇帝"。

7　事师:侍奉老师。

8　治具:治国的措施,指各种政治法令之类。《史记·酷吏列
传》:"法令者治之具,而非制治清浊之源也。"

9　施：施行。

10　明庭：朝廷。《史记·封禅书》："黄帝乃治明廷。明廷，甘泉也。"廷与庭通。甘泉为汉武帝宫殿名，代指朝廷。

11　才俊：才能卓越的人。羁维：笼络，束缚，引申为任用。

12　緪（gēng），原注："公曾切。"通恒。《诗·小雅·天保》："如月之恒，如日之升。"笺："月上弦而就盈，日始出而就明。恒，本亦作緪。"

13　葳蕤（wēi ruí）：艳丽纷披的样子。

14　"人才"二句：谓自己才能低劣，被弃逐是理所应当的。实为愤激之语，言自己出守黄州，实际上是被朝廷弃逐。作者在《祭周相公文》中说："会昌之政，柄者为谁？忿忍阴污，多逐良善。牧实忝幸，亦在遣中。"柄者指李德裕。

15　北虏：指回纥。亭障：古代边塞的堡垒。

16　千里师：指会昌二年（842）八月，调集陈、许、徐、汝、襄阳等处军队集中于太原、振武、天德一线，防御回纥。事见《旧唐书·武宗纪》。

17　他盗：指心怀异谋的藩镇将帅。语本《史记·项羽本纪》："所以遣将守关者，备他盗之出入与非常也。"

18　长策：良好的计策。

19　彼：指回纥。鞭笞：鞭打，引申为驱使，驱逐。

20　"食肉"句：《左传·襄公二十一年》："然二子者，譬于禽兽,臣食其肉,而寝处其皮矣。"此谓将回纥彻底消灭。

21　庙堂:指朝廷。

22　尔:杜牧自指。微:官职卑微,地位低下。

23　向来:从来。躐(liè)等:超越等级,不按次序。

24　陷身机:使自己走入绝境的陷阱。机,捕鸟兽的机槛。

25　行当:将要。腊欲破:腊月快要结束。

26　酒齐:原注:"去声。"齐音剂。酒齐即酿酒。古代造酒法分为五等,称为五齐。《周礼·天官·酒正》:"辨五齐之名:一曰泛齐,二曰醴齐,三曰盎齐,四曰缇齐,五曰沉齐。"

27　瓮卮:古代盛酒的器具。瓮为酒坛,卮为酒杯。

郡斋独酌

前年鬓生雪，今年须带霜。
时节序鳞次[1]，古今同雁行。
甘英穷西海[2]，四万到洛阳。
东南我所见，北可计幽荒[3]。
中画一万国[4]，角角棋布方。
地顽压不穴，天回老不僵。
屈指百万世，过如霹雳忙[5]。
人生落其内，何者为彭殇[6]。
促束自系缚[7]，儒衣宽且长。
旗亭雪中过[8]，敢问当垆娘[9]。
我爱李侍中[10]，摽摽七尺强[11]。
白羽八札弓[12]，髀压绿檀枪[13]。
风前略横阵，紫髯分两傍[14]。
淮西万虎士[15]，怒目不敢当。
功成赐宴麟德殿[16]，猿超鹘掠广毬场[17]。
三千宫女侧头看，相排踏碎双明珰[18]。
旌竿幖幖旗燥燥[19]，意气横鞭归故乡[20]。
我爱朱处士[21]，三吴当中央[22]。
罘亚百顷稻[23]，西风吹半黄。

尚可活乡里，岂唯满囷仓[24]。

后岭翠扑扑[25]，前溪碧泱泱[26]。

雾晓起凫雁[27]，日晚下牛羊[28]。

叔舅欲饮我[29]，社瓮尔来尝[30]。

伯姊子欲归[31]，彼亦有壶浆[32]。

西阡下柳坞，东陌绕荷塘。

姻亲骨肉舍，烟火遥相望。

太守政如水[33]，长官贪似狼。

征输一云毕[34]，任尔自存亡。

我昔造其室[35]，羽仪鸾鹤翔[36]。

交横碧流上，竹映琴书床[37]。

出语无近俗，尧舜禹武汤[38]。

问今天子少，谁人为栋梁[39]？

我曰天子圣，晋公提纪纲[40]。

联兵数十万，附海正诛沧[41]。

谓言大义小不义[42]，取易卷席如探囊[43]。

犀甲吴兵斗弓弩[44]，蛇矛燕骑驰锋芒[45]。

岂知三载几百战[46]，钩车不得望其墙[47]。

答云此山外，有事同胡羌[48]。

谁将国伐叛，话与钓鱼郎[49]。

溪南重回首，一径出修篁[50]。

尔来十三岁，斯人未曾忘。

往往自抚己，泪下神苍茫[51]。

御史诏分洛[52]，举趾何猖狂[53]。

阙下谏官业[54]，拜疏无文章[55]。

寻僧解幽梦，乞酒缓愁肠。

岂为妻子计[56]，未去山林藏。

平生五色线[57]，愿补舜衣裳[58]。

弦歌教燕赵[59]，兰芷浴河湟[60]。

腥膻一扫洒[61]，凶狠皆披攘[62]。

生人但眠食[63]，寿域富农桑[64]。

孤吟志在此，自亦笑荒唐。

江郡雨初霁[65]，刀好截秋光[66]。

池边成独酌，拥鼻菊枝香[67]。

醺酣更唱太平曲[68]，仁圣天子寿无疆[69]。

―― 约会昌二年（842）作，时杜牧任黄州刺史。题注："黄州作。"郡斋，郡守的府第。黄州，即齐安郡，治所在今湖北黄冈。唐武宗会昌二年（842），杜牧因李德裕的排挤，由比部员外郎出为黄州刺史，到任后有感于自己的身世而作此诗，抒发感慨与志愿。诗从宇宙无尽、人生短促写起，说明人活在世上应该洒脱超然。接着描写李光颜与朱处士为国立功、功成身退的事迹，表示自己要为国立功，但不务虚名。最后点明自己要辅佐皇帝，实现天下太平的远大志向。全诗直抒胸臆，襟怀袒露。"平生五色线，愿补舜衣裳"，大有杜甫"致君尧舜上，再使风俗淳"的宏伟抱负。清人翁方纲说："小杜《感怀诗》，为沧州用兵作，宜与《罪言》同读。《郡斋独酌》诗，意亦在此。王荆公云：'末世篇章有逸才。'其所见者深矣。"（《石洲诗话》卷二）

1　鳞次：依序排列如鱼鳞。张华《励志》诗："四气鳞次，寒暑环周。"

2　甘英：东汉人，班超的部属。《后汉书·西域传》："（永元）六年，班超复击破焉耆，于是五十馀国悉纳质内属。其条支、安息诸国至于海濒四万里外，皆重译贡献。九年，班超遣掾甘英穷临西海而还。皆前世所不至，《山海经》所未详，莫不备其风土，传其珍怪焉。"西海：谓波斯湾。

3　幽荒：边远的地方。汉张衡《东京赋》："惠风广被，泽泊幽荒。"

4　一万国：《汉书·地理志》："昔在黄帝，作舟车以济不通，旁行天下，方制万里，画野分州，得百里之国万区。"国，是古代诸侯的封地。

5　霹雳：雷之急击者为霹雳。

6　彭殇：犹言寿夭。彭是彭祖，古之长寿者。殇，未成年而死。

7　促束：拘束不安。自缚系：自我束缚。

8　旗亭：酒楼。

9　当垆娘：当垆，指卖酒。《史记·司马相如列传》载，司马相如携卓文君私奔后，无以为生，不久重返临邛，买一酒店卖酒，而让卓文君当垆。垆，酒店里安放酒瓮、酒坛的土台子，代指酒店。

10　李侍中：李光颜，字光远，唐宪宗时名将。初为马燧裨将，讨李怀光、杨惠琳，有战功。宪宗征伐淮西，擢为忠武军节度使，将数骑入敌营中，贼乃溃败。"当此时，诸镇兵环蔡十馀屯，相顾不肯前，独光颜先败贼。"蔡平，拜检校司空。穆宗时加同中书门下平章事，进兼侍中。敬宗初，拜司徒，河东节度使。宝历二年（826）卒，年六十六。新、旧《唐书》有传。侍中，官名，唐门下省的长官。

11　摽摽（biāo biāo）：高大的样子。

12　八札弓：谓强劲之弓。《左传·成十六年》："潘尪之党，与养由基蹲甲而射之，彻七札焉。"七札，七层厚甲。札是甲的叶片。杜牧用八札，形容弓箭射力之强劲，足以穿透八层铠甲。

13　脾（bì）：通髀，义为股。绿檀枪：枪名，以绿檀木制成，故称。《樊川文集夹注》卷一引《遁甲开山图》："河东有狒头山，多青檀，可以为良弓。"

14　紫髯：紫色长须，形容李光颜英武之气。

15　淮西：唐方镇名，即淮南西道节度使，领申、光、蔡三州。安史之乱后，长期为藩帅割据，至宪宗元和十二年（817）才平定。虎士，勇力之士。

16　麟德殿：唐西京大明宫内宫殿名。也称三殿、三院。唐代皇帝接待远人或召见臣僚在此设宴。

17　猿超鹘掠：形容动作敏捷，身手不凡。猿，似猴，动作敏捷。鹘是一种猛禽，飞行迅疾，善于搏击，能俯击鸠鸽而食之。毬：即鞠丸，古代习武用具，以皮为之，中实以毛，用足踏或杖击为戏。

18　相排：互相排挤。明珰（dāng）：用珠玉串成的耳饰。

19　旌竿：即旆旗，古时将领或节度使出行时的仪仗。幖幖（biāo）：高耸的样子。煿煿（huò huò）：鲜明的样子。

20　意气：意志与气概。

21　朱处士：指朱道灵。杜牧有《赠朱道灵》诗："刘根丹篆三千字，郭璞青囊两卷书。牛渚矶南谢山北，白云深处有岩居。"处士，未仕或不仕的士人。

22　三吴：其地说法不一。一说以吴兴、吴郡、会稽为三吴，见《水经注·浙江水》；一说以吴郡、吴兴、丹阳为三吴，见《通典》一八二《州郡部》；一说以苏州、润州、湖州为三吴，见《名义考》卷三。泛指江苏南部、浙江北部一带。杜牧称三吴中央,指苏州。

23　罢亚:原注:"稻名。"

24　囷(qūn):圆形谷仓。

25　扑扑:繁盛的样子。

26　泱泱:深广的样子。

27　凫(fú):野鸭。

28　"日晚"句:《诗·王风·君子于役》:"日之夕矣,羊牛下来。"杜牧化用之。

29　叔舅:母亲的弟弟。

30　社瓮:社酒。社是古时祭祀土神之所,祭祀之日称为社日。瓮是酒坛子。

31　伯姊:长姊。

32　壶浆:酒浆,以壶盛之,故名。

33　太守:州郡的长官。

34　征输:缴纳赋税。

35　造:到,去。

36　羽仪:表率。《易·渐》:"鸿渐于陆,其羽可用为仪。"孔颖达疏:"其羽可用为物之仪表,可贵可法也。"

37　"竹映"句:庾信《拟咏怀》:"琴声遍屋里,书卷满床头。"杜牧化用其意。

38　尧舜:传说中的古代贤君;禹,夏朝的开国君主;武,周朝的开国君主;汤,商朝的开国君主。

39　栋梁:房屋的大梁,比喻担当国家重任的人才,这里喻宰相。

40　晋公:即裴度(765—839),字中立,河东闻喜(今山西闻喜)人。贞元初擢进士第,宪宗时,淮蔡不奉朝命,诸军进战数败,朝臣争请罢兵,度力请讨伐,即授门下侍郎平章事,督诸军进兵,擒蔡州刺史吴元济。以功封晋国公,入知政事。文宗时徙东都留守。

41　"联兵"二句:谓讨伐沧州李同捷。据《旧唐书·文宗纪》,文宗大和元年(827)春,李同捷擅领沧、景,七月抗朝命不受诏。八月,朝廷诏讨李同捷。大和三年(829)五月,斩李同捷,沧、景平。附海,近海。沧即沧景节度使,唐方镇,又名横海军节度使,治沧州,故治在今河北沧县东南。

42　大义:指朝廷对沧州用兵是大义之举。小:轻视。不义:指被讨伐的叛军。

43　卷席:比喻象卷席一样,全部占有。探囊:比喻事极容易办到。

44　犀甲:用犀牛皮做成的铠甲。吴兵:指南方的士兵。《楚辞·国殇》:"操吴戈兮披犀甲。"

45　蛇矛:古代兵器。燕骑:指北方的部队。

46　"岂知"句:大和元年(827)八月始讨李同捷,至三年

(829)四月平定,首尾共三年。杜牧《罪言》:"昨日诛沧,顿之三年。"

47　钩车:有钩梯的战车。

48　胡羌:泛指北方的少数民族。

49　"谁将"二句:用《春秋繁露》卷九典:"鲁君问于柳下惠曰:'我欲攻齐,何如?'柳下惠对曰:'不可。'退而有忧色曰:'吾闻之也,谋伐国者,不问于仁人也,此何为至于我?'"钓鱼郎,指朱处士。

50　修篁:修竹,长竹。

51　苍茫:模糊不清的样子。

52　御史:唐官名。分洛,即分司洛阳。唐代以洛阳为东都,其官员设置,在形式上与长安一致,御史官在洛阳有留台,亦有侍御史、殿中侍御史、监察御史等职,称为分司官。杜牧于大和九年(835)至开成二年(837)间为监察御史、分司东都。

53　举趾:举动。《左传·桓公十三年》:"莫敖必败,举趾高,心不固矣。"猖狂:无拘无束,肆意妄行。

54　阙下:本指宫阙之下,后来上书于皇帝而不敢直指,但言阙下。此处指朝廷。谏官:指左补阙。杜牧在开成三年(838)冬除左补阙,四年(839)春抵任。左补阙的职掌是向皇帝讽谏。

55   拜疏：上奏章。

56   妻子：妻子儿女。

57   五色线：王嘉《拾遗记》卷二："因祇之国，其人善织，以五色丝内于口中，手引而结之，则成文锦。"

58   补舜衣裳：《诗·大雅·烝民》："衮职有缺，维仲山甫补之。"注："有衮冕者，君上之服也；仲山甫补之，善补过也。"衮是皇帝龙袍。杜牧曾为御史、补阙，故此处暗用补衮的典故，指为皇帝补救缺失。

59   弦歌：弹琴唱歌，喻以礼乐教化人民。燕赵：唐河北三镇之地，即今河北省、山西省一带。

60   兰芷：两种香草名，比喻朝廷之教化。河湟：指湟水流入黄河的地区。肃宗后为吐蕃占领，宣宗大中三年（849）收复。

61   腥膻：臭恶的气味，比喻吐蕃统治者遗留下来的落后野蛮的风气。

62   凶狠：凶暴顽劣，比喻违抗朝命的藩镇。披攘（ráng）：屈服，倒伏。

63   生人：犹生民，老百姓。

64   寿域：《汉书·礼乐志》："驱一世之民，跻之仁寿之域。"比喻太平盛世。

65   江郡：指黄州，因濒临江边，故称。霁：雨过天晴。

66   "刀好"句：比喻秋色像锦缎一样，可以用剪刀剪裁。

67　拥鼻：扑鼻。

68　醺酣：醉酒。

69　仁圣天子：指唐武宗。见本诗"天子号仁圣"句注。

遣　怀

落拓江南载酒行[1]，楚腰肠断掌中轻[2]。
十年一觉扬州梦[3]，赢得青楼薄倖名[4]。

　　这首诗是回忆在扬州幕中放荡不羁的生活，浑如一
梦。此诗作年未详。诗有"十年一觉扬州梦"语，杜牧大
和七年始入扬州幕，下延十年为会昌二年，其时杜牧受
人排挤，出为黄州刺史，与诗中"落拓"情调吻合，姑系于
此。杜牧在扬州的冶游生活，见《赠别二首》"评析"。宋
胡仔《苕溪渔隐丛话》后集卷十五："《遣怀诗》(略)，余尝
疑此诗必有谓焉。因阅《芝田录》云：'牛奇章帅维扬，牧之
在幕中，多微服逸游，公闻之，以街子数辈潜随牧之，以防
不虞。后牧之以拾遗(按应为监察御史)召，临别，公以纵
逸为戒。牧之始犹讳之，公命取一箧，皆是街子辈报帖，云
杜书记平善。乃大感服。'方知牧之此诗，言当日逸游之事
耳。"这是一首著名的言情诗，古往今来，人们都认为此诗
格调轻薄，其实不然。俞陛云《诗境浅说》续编："此诗着
眼在'薄倖'二字。以扬郡名都，十年久客，纤腰丽质，所见
者多矣，而无一真赏者。不怨青楼之萍絮无情，而反躬自
嗟其薄倖。非特忏除绮障，亦诗人忠厚之旨。"刘永济《唐

人绝句精华》213 页称:"次句即落拓之说,诗意言人视己
轻也,非谓扬州之妓。三四句转入扬州一梦,徒赢得青楼
女妓以薄倖相称,亦以写己落拓无聊之行为也。总之才人
不得见重于时之意,发为此诗,读来但见其傲兀不平之态。
世称杜牧诗情豪迈,又谓其不为龊龊小谨,即此等诗可见
其概。"

1 落拓:放浪不羁,无拘无束。与《张好好诗》"落拓更能
无"同义。一本作"落魄",谓困顿失意。江南:指扬州。一
本作"江湖"。

2 楚腰:《韩非子·二柄》:"楚灵王好细腰,而国中多饿人。"
后因以楚腰泛称女子的细腰。肠断:形容令人销魂的程度。
一作"纤细"。掌中轻:形容美女体态的轻盈。传说西汉成帝
皇后赵飞燕"体轻,能为掌上舞"。杜牧即化用此典。

3 "十年"句:谓落拓不羁的生活,约略有十年光景。杜牧
诗提到"十年"者颇多,如《念昔游》:"十载飘然绳检外。"
《和州绝句》:"江湖醉度十年春。"《自宣城赴官上京》:"潇
洒江湖十过秋。"《题禅院》:"十岁青春不负公。"十年,一本
作"三年",盖误。

4 青楼:唐时指歌楼舞馆,后世遂专指妓院。薄倖:薄情负
心。张相《诗词曲语辞汇释》卷六:"薄倖,犹云薄情也。……

　　然普通使用之义,则为所欢之暱称,犹之冤家,恨之深正见其爱之深也。杜牧《遣怀诗》:'十年一觉扬州梦,赢得青楼薄倖名。'知已为妓女对于游婿之名称矣。"

赤 壁

折戟沉沙铁未销[1]，自将磨洗认前朝[2]。
东风不与周郎便[3]，铜雀春深锁二乔[4]。

武宗会昌二年（842），杜牧出为黄州刺史。黄州有赤壁
矶，牧曾游此，有感于周瑜赤壁之战事而作诗。诗中赤壁，并
非赤壁之战时周瑜破曹操之地，只是借黄州赤壁抒怀古之意
而已。这首诗表明杜牧对赤壁之战的看法，认为周瑜之胜出
于侥幸。如果不是东风相助，孙吴霸业将成泡影，三国鼎立的
局面就不会形成，整个历史也将重写。诗亦隐寓作者怀才不
遇的情绪。全诗豪迈俊爽，峭拔劲健，最能代表杜牧绝句的特
色。同时议论精辟，对宋诗影响很大。刘永济《唐人绝句精
华》211页："大抵诗人每喜以一琐细事来指点大事，即如此诗
二乔不曾被捉去，固是一小事，然而孙氏霸权，决于此战，正与
此小事有关。家国不保，二乔又何能安然无恙？二乔未被捉
去，则家国巩固可知。写二乔正是写家国大事。且以二乔立
意，可以增加诗之情趣。"

1　折戟：折断的戟头。戟，古兵器，长杆头上附有月牙状
利刃。

2　"自将"句：谓我把它拿起来，磨洗干净后，认出是前代的遗物。清黄叔灿《唐诗笺注》："'认'字妙，怀古情深，一字传出，下二句翻案，亦从'认'字生出。"

3　"东风"句：指火烧赤壁事。汉建安十三年(208)，曹操率领大军南下攻吴，因北方军士不习水战，故以铁索将船舰连在一起。周瑜用黄盖火攻计策，趁东南风冲近曹军，同时发火，"顷之，烟焰张天，人马烧溺死者甚众。"大败曹军于赤壁。事见《资治通鉴》卷六五。周郎，周瑜(175—210)，字公瑾，三国庐江舒(今安徽舒城)人。"瑜时年二十四，吴中皆呼为周郎。"与孙策同岁，并相友善，策死，弟权继位，瑜以中护军与长史张昭共掌众事。赤壁之战后，拜南郡太守。后进军取蜀，至巴丘而死。事见《三国志·吴书·周瑜传》。

4　铜雀：即铜雀台。汉末建安十五年(210)，曹操建铜雀、冰井、金虎三台。故址在今河北临漳县西南。铜雀台高十丈，周围殿屋一百二十间。于楼顶置大铜雀，舒翼若飞，故名铜雀台。二乔：三国时乔公的两个女儿，是东吴有名的美女。长嫁孙策，幼嫁周瑜。

齐安郡晚秋

柳岸风来影渐疏，使君家似野人居[1]。
云容水态还堪赏，啸志歌怀亦自如[2]。
雨暗残灯棋欲散，酒醒孤枕雁来初。
可怜赤壁争雄渡[3]，唯有蓑翁坐钓鱼[4]。

　　约会昌三年（843）作，时杜牧在黄州刺史任。作者守黄州，是被人排挤出朝的，因而颇有投闲置散之感。诗写外放之后的寂寞苦闷情怀，也透露出闲逸的情思。且通过古今对比，抒发人世沧桑之感。清人金圣叹《选批唐诗》卷五下："此诗写尽世间无味，三复读之，不胜叹息。"钱谦益、何焯《唐诗鼓吹评注》卷六："有不胜其感慨者，忆昔郡之赤壁，吴魏争雄其下，今者霸图寂寞，江山俨然，惟有渔翁垂钓而已，然则盛衰兴废，感慨可胜道哉！"齐安郡，即黄州，南齐置齐安郡、县，隋废郡，省县入黄冈。故址在今湖北黄冈西北。唐文人习惯称州为郡，刺史为太守，故此处言齐安郡。

1　使君：汉时刺史为使君，汉以后对州郡长官亦尊称为使君。此处是杜牧自指。野人：乡野之人，平民。

2　自如：不拘束，活动不受阻碍。

3　可怜：可叹。赤壁：指黄州赤壁矶，见上《赤壁》诗"评析"。

4　蓑翁：穿着蓑衣的渔翁。

郡楼晚眺感事怀古

半晴高树气葱茏，静卷疏帘汉水东[1]。
云薄细飞残照雨，燕轻斜让晚楼风。
名存故国川波上[2]，事逐荒城草露中。
欲学含珠何所用[3]，独凝遥思入烟空。

　　这首诗杜牧各集与《全唐诗》等均未收，出自高丽《夹注名贤十抄诗》卷上。查屏球《新补全唐诗102首》(《文史》2003年第1辑) 录入，并言："夹注本于题下注曰：'齐安郡。'齐安郡，即黄州。杜牧于黄州作有多首'郡斋诗'，《十抄诗》中即选有《齐安郡晚秋》、《郡斋秋夜即事寄斛斯处士许秀才》二首，本诗可能与这二首皆写于同一个时期。"诗人有感于郡楼暮景，触发自己的思乡情绪，以遥想中的樊川与眼前荒城对比，引发远守僻郡的感慨，怀才不遇之情，自在其中。

1　汉水：长江最大支流。源出陕西宁强县北蟠冢山，东南流经陕西南部，湖北西部和中部，至武汉市汉口入长江。
2　川波：指杜牧故乡樊川。
3　含珠：口中含珠。比喻为怀抱才能。

齐安郡后池绝句

菱透浮萍绿锦池[1]，夏莺千啭弄蔷薇。
尽日无人看微雨，鸳鸯相对浴红衣[2]。

约会昌三年（843）夏作，时杜牧为黄州刺史。诗写夏日之景，是写景的佳作。"尽日无人看微雨，鸳鸯相对浴红衣"，以动衬静，写出了后池的幽深和寂静，作者对此独注情感，其百无聊赖之情可以想见。全诗含蓄凝炼，情景交融，宛如一幅风景画。后人作词，常翻用其境。如《乐府雅词》载无名氏《九张机》："四张机，鸳鸯织就欲双飞。可怜未老头先白，春波碧草，晓寒深处，相对浴红衣。"

1　菱：一年生水生草本植物，果实有硬壳，四角或两角，俗称菱角。
2　鸳鸯：鸟名，体小于鸭，羽色绚丽，雌雄偶居不离，故常以之比喻夫妇。红衣：指鸳鸯红色的羽毛。

题齐安城楼

鸣轧江楼角一声[1]，微阳潋潋落寒汀[2]。
不用凭栏苦回首，故乡七十五长亭[3]。

约会昌三年（843）秋作，时杜牧为黄州刺史。杜牧在黄州，远离故乡长安，有时登上城楼，凭栏而望，不免触动乡思。诗人用数目字，佳者别具一格，且有助于深化诗旨，此为著名一例。

1　鸣轧：吹角的声音。角：古代乐器名，本出于西北地区游牧民族。江楼：指黄州的城楼。

2　潋潋（liàn liàn）：缓慢渐近的样子，犹冉冉。寒汀：秋季的水中小洲。

3　故乡：谓杜牧家乡长安。七十五长亭：唐制三十里置一驿，驿有亭，以供行人休憩。据《通典·州郡典》所载："齐安郡去西京二千二百五十五里。"正好是七十五个驿亭。长亭，秦汉时十里置亭，亦谓之长亭，为行人休息或饯别之处，此处指驿站。

齐安郡中偶题二首

两竿落日溪桥上，半缕轻烟柳影中。
多少绿荷相倚恨，一时回首背西风。

秋声无不搅离心，梦泽蒹葭楚雨深[1]。
自滴阶前大梧叶，干君何事动哀吟[2]？

约会昌三年（843）秋作，时杜牧为黄州刺史。这两首诗
都是即景抒情之作。第一首写黄州初秋暮景，第二首写雨景。
因为杜牧任黄州刺史是受李德裕的排挤，所以在黄州的心情
很不好，他便将这种情绪融注于所描写的草木之中。"自滴阶
前大梧叶，干君何事动哀吟"，表面上不相干，其实作者把哀情
移于梧叶之上，而达到情景交融的境地。南唐词人冯延巳有
《谒金门》词："风乍起，吹皱一池春水。"皇帝看了以后问："吹
皱一池春水，干卿底事？"可作杜牧这二句诗的注脚。翁方纲
《石洲诗话》卷二说："樊川真色真韵，殆欲吞吐中晚千万篇，
正亦何必效杜哉！小杜诗'自滴阶前大梧叶，干君何事动哀
吟'，亦在南唐'吹皱一池春水'语之前。"

1 梦泽：即云梦泽，古大泽名，面积广数百里，跨长江南北，大

致包括湖南益阳县、湘阴县以北,湖北江陵县、安陆县以南,武汉市以西地区。蒹葭(jiān jiā):蒹,荻;葭,芦苇。楚:古国名,指湖南、湖北一带。黄州古属楚国,故称。

2　干:关涉。

东兵长句十韵

上党争为天下脊[1]，邯郸四十万秦坑[2]。
狂童何者欲专地[3]，圣主无私岂玩兵[4]。
玄象森罗摇北落[5]，诗人章句咏东征[6]。
雄如马武皆弹剑[7]，少似终军亦请缨[8]。
屈指庙堂无失策[9]，垂衣尧舜待升平[10]。
羽林东下雷霆怒[11]，楚甲南来组练明[12]。
即墨龙文光照曜[13]，常山蛇阵势纵横[14]。
落雕都尉万人敌，黑矟将军一鸟轻[15]。
渐见长围云欲合[16]，可怜穷垒带犹萦[17]。
凯歌应是新年唱，便逐春风浩浩声[18]。

会昌三年（843）作。缪钺《杜牧年谱》会昌三年："此咏
讨泽潞事也。据《新唐书·武宗纪》，泽潞平在会昌四年八
月，此诗有'凯歌应是新年唱，便逐春风浩浩声'之句，盖作于
会昌三年岁暮，望次年春初泽潞可平也。"会昌三年四月，昭
义节度使刘从谏卒，三军以从谏侄刘稹为兵马留后。唐武宗
令刘稹护送刘从谏灵柩归洛阳，刘稹拒绝从命。朝廷随即下
令征讨，并于次年八月斩刘稹。

1　"上党"句：上党为潞州，唐泽潞观察使治所。此句谓上党位于太行山地带，其地最高，为天下之脊。

2　"邯郸"句：邯郸，战国时赵国之都。《史记·赵世家》：敬侯元年，赵始都邯郸。孝成王四年，发兵取上党，廉颇将军军长平；七年，廉颇免而赵括代将。秦人围赵括，赵括以军降，卒四十馀万皆坑之。

3　"狂童"句：指刘稹想割据泽潞之地。

4　"圣主"句：谓武宗对上党用兵，目的是削平藩镇，并不是穷兵黩武。玩兵，谓穷兵黩武。

5　"玄象"句：《樊川诗集夹注》卷二："《晋书·谢安传》：仰模玄象，合体辰极，而役无劳怨。《晋书·志》："北落师门一星，在羽林西南。北者，宿在北方也；落，天之藩落也……长安城北门曰北落门，以象此也。主非常以候兵。"

6　"诗人"句：以诗人歌颂周公东征来比拟武宗平泽潞。《诗序》："《东山》，周公东征也。周公东征三年而归，士大夫美之，故作是诗也。"

7　"雄如"句：谓雄壮者都像汉代马武那样，欲弹剑慷慨，为国立功。《后汉书·吴盖陈臧传论》："斯诚雄心尚武之几，先志玩兵之日。臧宫、马武之徒，抚鸣剑而抵掌，志驰于伊吾之北矣。"

8　"少似"句：谓少年也学着终军以请缨缚敌。《汉书·终军传》:"南越与汉和亲,乃遣军使南越,……军自请:'愿受长缨,必羁南越王而致之阙下。'……军死时年二十馀,故世谓之'终童'。"

9　"屈指"句:谓朝廷筹划平定泽潞,决策英明,没有失误。庙堂,指宗庙明堂。古代帝王遇大事,告于宗庙,议于明堂,故也以庙堂指朝廷。

10　"垂衣"句:武宗平定泽潞后,将像尧舜一样垂衣而天下升平。垂衣,即垂衣裳。指帝王无为而治。《论衡·自然》:"垂衣裳者,垂拱无为也。"

11　羽林:指皇帝统帅的军队。唐高宗龙朔二年,改左右屯营为左右羽林军。

12　"楚甲"句:《左传·襄公三年》:"楚子重伐吴,为简之师。克鸠兹,至于衡山。使邓廖帅组甲三百、被练三千以侵吴。"注:"组甲被练,皆战备也。组甲,漆甲成组文。被练,练袍。"

13　"即墨"句:即墨,县名,战国时齐地。汉置县,属胶东国。以城在墨水边,故称即墨。《史记·田单传》:燕使乐毅伐破齐,田单走,东保即墨。燕既尽降齐城,唯独莒、即墨未下,燕引兵围即墨,田单乃取城中,得千馀牛,为绛缯衣,画五彩龙文,束兵刃于其角,而灌脂束苇于尾,烧其端,凿城数十穴,夜纵牛出,壮士五千人随其后,牛尾热,怒而奔燕军,燕军夜大惊,牛尾炬火,光照炫耀,燕军视之,皆龙文所触,尽死伤。

14　常山蛇阵：古代的一种阵法，首尾呼应如常山之蛇，故名。《孙子·九地》："故善用兵者，譬如率然。率然者，常山之蛇也。击其首则尾至，击其尾则首至，击其中则首尾俱至。"

15　落雕都尉：用《北齐书·斛律光传》典："从世宗于洹桥校猎，见一大鸟，云表飞飏，光引弓射之，正中其颈，此鸟形如车轮，旋转而下，至地，乃大雕也。……邢子高见而叹曰：此射雕手也。当时传号落雕都督。"黑矟将军：用《魏书·于栗磾传》典：刘裕遗栗磾书，题书曰：黑矟公麾下。因授黑矟将军。"栗磾好持黑矟以自标，裕望而异之，故有是语。"

16　长围：指行军时合围以攻敌。

17　"可怜"句：与上句合在一起表现战争的场面。言军垒已穷，而城尚可保。带犹紫，即紫带。本指旋曲的带子，引申为保护。《后汉书·张衡传》载《应间》："弦高以牛饩退敌，墨翟以紫带全城。"

18　浩浩：形容放声高歌。

寄浙东韩乂评事

一笑五云溪上舟[1]，跳丸日月十经秋[2]。
鬓衰酒减欲谁泥[3]，迹辱魂惭好自尤[4]。
梦寐几回迷蛱蝶[5]，文章应广畔牢愁[6]。
无穷尘土无聊事[7]，不得清言解不休[8]。

———　约会昌三年（843）作，时杜牧在黄州刺史任。据杜牧
《荐韩乂启》，杜牧大和八年（834）自淮南有事至越，见韩乂于
镜上。本诗有"跳丸日月十经秋"句，以大和八年（834）下延
十年为会昌三年（843）。韩乂，越中（今浙江绍兴）人，大和中
入沈传师江西、宣州幕，与杜牧同事。后至越中任幕吏。为人
贞洁。评事，即大理评事。大理是大理寺，掌管刑狱的官署，
设有大理寺卿、少卿、评事等。此处是韩乂为浙东幕吏时所带
之京衔。杜牧为黄州刺史，由李德裕排挤所致，故心中颇多抑
郁不平，与友人酬赠之作不免流露出来。本诗表现自己牢骚
不平与无聊之态。

———　1　五云溪：即若耶溪。《嘉泰会稽志》卷十《水》："若耶溪在
（会稽）县南二十五里，溪北流与镜湖合。……唐徐季海尝游
溪，因叹曰：'曾子不居胜母之间，吾岂游若耶之溪？'遂改为五

云溪。"

2　跳丸日月：比喻时间速逝。韩愈《秋怀》诗："日月如跳丸。"

3　泥(nì)：软求，软缠。元稹《遣悲怀》："顾我无衣搜荩箧，泥他沽酒拔金钗。"

4　迹辱：谓功业无成。自尤：自怨自艾。又作自娱解。

5　"梦寐"句：谓要像庄子那样，超然物外。《庄子·齐物论》："昔者庄周梦为胡蝶，栩栩然胡蝶也。自喻适志与！不知周也。俄然觉，则蘧蘧然周也。不知周之梦为胡蝶与，胡蝶之梦为周与？周与胡蝶，则必有分矣。此之谓物化。"

6　畔牢愁：扬雄辞赋名。《汉书·扬雄传》："又旁《离骚》作重一篇，名曰《广骚》；又旁《惜诵》以下至《怀沙》一卷，名曰《畔牢愁》。"注："李奇曰：'畔，离也。牢，聊也。与君相离，愁而无聊也。'"

7　尘土：谓世事。

8　清言：犹清谈。《世说新语·文学篇》："(王导) 语殷(浩)曰：'身今日当与君共谈析理。' 既共清言，遂达三更。"

兰　溪

兰溪春尽碧泱泱[1]，映水兰花雨发香。
楚国大夫憔悴日[2]，应寻此路去潇湘[3]。

———

　　会昌四年（844）暮春作，时杜牧在黄州刺史任。诗有原
注："在蕲州西。"蕲州即今湖北蕲春县。兰溪即黄州兰溪镇，
镇东有竹林磴，为箬竹山群峰之一，其处多兰，其下有溪，故
称兰溪。兰溪在黄州南七十里，自麻城出，东流入长江。宋吴
曾《能改斋漫录》卷九《两兰溪县》条："兰溪在唐，为两县名。
一属蕲州，一属婺州。杜牧之诗'兰溪春尽水泱泱'，盖蕲州
之兰溪也。杜守黄州作此诗，黄承兰溪下流故耳。"诗中通过
兰溪景色的描写与古代所发生事情的联想，抒发自己报国无
门、怀才不遇的感慨。因兰溪古属楚国，所以联想到屈原有可
能由此路而去潇湘。

———

1　泱泱（yāng yāng）：水面广阔。《诗·小雅·瞻彼洛矣》：
"瞻彼洛矣，维水泱泱。"
2　楚国大夫：即屈原。《史记·屈原列传》："屈原至于江滨，
被发行吟泽畔，颜色憔悴，形容枯槁。"
3　潇湘：潇水与湘水合流处。

即事黄州作

因思上党三年战[1]，闲咏周公七月诗[2]。
竹帛未闻书死节[3]，丹青空见画灵旗[4]。
萧条井邑如鱼尾[5]，早晚干戈识虎皮[6]。
莫笑一麾东下计[7]，满江秋浪碧参差。

　　会昌四年（844）作，时杜牧在黄州刺史任。杜牧身处江城，远离朝廷，有感于上党战事而作此诗。既表现对国事艰难的关注，又自嘲一麾东下，出守远郡。末句对黄州秋景，又颇感自慰。

1　上党：地名，故治即今山西长治。三年战：指会昌三年朝廷征讨昭义军留后刘稹的战争。

2　周公七月诗：《诗·豳风》的一首，因首句是"七月流火"，故以"七月"为篇名。《毛诗序》："《七月》，陈王业也。周公遭变，故陈后稷先公风化之所由，致王业之艰难也。"杜牧借咏《七月》诗，以表现国事之艰难。

3　竹帛：竹指竹简，帛指白绢，古时用以书写文字。后来代指书册、史乘。死节：守节义而死，此处指为国捐躯。

4　丹青：古代丹册纪勋，青史纪事，故丹青犹言史籍。灵旗：

古代征伐时所用的军旗。《汉书·礼乐志》:"招摇灵旗。"注:
"画招摇于旗以征伐,故称灵旗。"

5　井邑:城乡。相传古制八家一井,后引申为乡里人口聚住
地。邑即城市。鱼尾:如鱼窥尾。此处是说城乡萧条荒凉,一
眼可望到尽头,如鱼窥尾一般。

6　虎皮:喻战争。《史记·乐书》:"倒载干戈,苞之以虎皮。"
《集解》:"郑玄曰:'包干戈以虎皮,明能以武服兵也。'"识虎
皮谓人们长期经受战争,已习以为常,对于各种情况都有所
了解。

7　一麾:《文选》颜延年《五君咏》诗:"屡荐不入官,一麾乃
出守。"麾是挥斥、排挤的意思。诗意说阮咸受到荀勖的排挤
而出为始平太守。杜牧用此典故,而把"麾"字误解为旌麾之
麾,后来沿误,就把"一麾出守"作为朝官出为外官的典故。
见宋沈括《梦溪笔谈》卷四。

题木兰庙

弯弓征战作男儿，梦里曾经与画眉。
几度思归还把酒，拂云堆上祝明妃[1]。

约会昌四年（844）作，时杜牧在黄州刺史任。木兰庙在今湖北黄冈西一百零五里木兰山。北朝乐府有《木兰诗》，叙述木兰女扮男装，代父从军，为国立功的事迹，杜牧这首诗就是谒庙时题壁之作，赞扬了木兰先国而后家的崇高精神。诗人通过对木兰复杂心理的模拟，并以王昭君作陪衬，揭示了木兰的忠勇精神，并透露出作者的敬慕之情。

1　拂云堆：神祠名。唐时朔方军北接突厥，以河为界，河北岸有拂云堆神祠，突厥如有行军之事，必先往神祠祭酹求福。张仁愿定漠北，于河北筑三受降城，以拂云堆筑中受降城。见《元和郡县图志》卷四。其地在今内蒙古五原县。明妃：即王昭君。西汉元帝宫人，名嫱，南郡秭归（今湖北秭归）人，字昭君。晋人避司马昭讳，改为明君，后人又称明妃。竟宁元年（32），匈奴呼韩邪单于入朝，求美人为阏氏，帝予昭君，以结和亲。昭君入匈奴，号宁胡阏氏。卒葬于匈奴。事见《汉书·匈奴传》。今内蒙呼和浩特市南有昭君墓。

题桃花夫人庙

细腰宫里露桃新[1]，脉脉无言度几春[2]。
至竟息亡缘底事[3]，可怜金谷坠楼人[4]。

———　会昌二年（842）至四年（844）间作，时杜牧为黄州刺史。
诗题原注："即息夫人。"息夫人姓妫，是春秋时陈侯之女，嫁
与息国君主，称息妫。楚文王闻其美貌，灭息取之。息夫人在
楚宫生二子，但始终没有说话。诗的前二句以息夫人之不语
表其哀怨，后二句以绿珠坠楼责其不死。清赵翼《瓯北诗话》
卷十一说："以绿珠之死，形息夫人之不死，高下自见。而词语
蕴藉，不显露讥讪，尤得风人之旨耳。"桃花夫人庙，《舆地纪
胜》卷四九《淮南西路·黄州》："桃花庙在黄冈县东三十里，
杜牧所谓息夫人庙也。"

———　1　细腰宫：即楚王宫。《墨子·兼爱中》："昔者楚灵王好士细
腰，故灵王之臣，皆以一饭为节，据肱然后兴，扶墙然后起。"又
《韩非子·二柄》："楚灵王好细腰，而国中多饿人。"故后世称
楚王宫为细腰宫。露桃：露井边之桃。清吴乔《围炉诗话》卷
三："息妫庙，唐时称为桃花夫人庙，故诗用'露桃'。"
2　脉脉：凝视的样子。无言：据史载，息夫人被楚文王强纳为

夫人后，生二子，但一直不与楚王言语。后来楚王问她，她回答说："吾以妇人而事二夫，纵弗能死，其又奚言！"无言又暗用《史记·李将军列传》："桃李不言，下自成蹊。"既切桃花之意，又切息夫人本事。

3　至竟：到底。底事：什么事。

4　金谷坠楼人：指绿珠。参《金谷园》诗注。

秋浦途中

萧萧山路穷秋雨[1]，浙浙溪风一岸蒲[2]。
为问寒沙新到雁[3]，来时还下杜陵无[4]。

——

  会昌四年（844）作，时杜牧由黄州刺史转池州，赴任途中。池州治所在秋浦。杜牧会昌四年（844）九月由黄州刺史迁池州刺史，时值深秋。本来任黄州刺史就是受人排挤而外放，现在不仅不能归京，还要更迁池州，赴任时心中非常痛苦，因作此诗。诗中直接表现的是自己的思乡情绪，也暗寓作者想干一番事业而壮志难酬的苦闷。后二句寄情于雁，诗思含蓄委婉。诗虽短，但曲折回环，穷极变化。

——

1 萧萧：雨声。穷秋：深秋。

2 浙浙：风声。蒲：即香蒲，供食用，叶供编织，可以作席、扇、篓等具。

3 为问：请问，试问。寒沙：深秋时带有寒意的沙滩。

4 杜陵：地名。在今陕西西安东南。古为杜伯国，秦置杜县，汉宣帝筑陵于东原上，因名杜陵。杜牧家在长安杜陵。

登九峰楼

晴江滟滟含浅沙¹，高低绕郭滞秋花。
牛歌鱼笛山月上，鹭渚鸶梁溪日斜²。
为郡异乡徒泥酒³，杜陵芳草岂无家⁴。
白头搔杀倚柱遍⁵，归棹何时闻轧鸦⁶。

　　会昌五年（845）作，时杜牧在池州刺史任。九峰楼，一作
九华楼。李思恭、丁绍轼《池州府志》卷七："旧九峰楼，唐刺
史李方玄建，考杜牧《李使君墓志》云：'楼在城东南隅。'今
九华楼或即其故址。"杜牧面对晴江滟滟的秋景，回想起杜陵
芳草的家乡，想到人已白头，功业无成，颇生百无聊赖之感。
全诗前半写景，轻倩秀丽；后半抒情，真挚蕴藉。

1　滟滟：水光浮动的样子。
2　鹭：栖息于水边的鸟，白色。鸶（qiū）：一名秃鹙，头和颈
　　上都没有毛的一种水鸟，以鱼为食。
3　泥酒：沉湎于酒。
4　杜陵：在长安城南，杜牧家乡在杜陵樊乡。
5　杀：形容极盛之词，表示程度很高。
6　轧鸦：船桨划水的声音。

酬张祜处士见寄长句四韵

七子论诗谁似公[1]，曹刘须在指挥中[2]。
荐衡昔日知文举[3]，乞火无人作蒯通[4]。
北极楼台长挂梦[5]，西江波浪远吞空[6]。
可怜故国三千里，虚唱歌辞满六宫[7]。

——　　会昌五年（845）作，时杜牧在池州刺史任。张祜原作为
《江上旅泊呈池州杜员外》："牛渚南来沙岸长，远吟佳句望池
阳。野人未必非毛遂，太守还须是孟尝。江郡风流今绝世，杜
陵才子旧为郎。不妨酒夜因闲语，别指东山是醉乡。"宋葛立
方《韵语阳秋》卷四："张祜诗云：'故国三千里，深宫二十年。'
杜牧赏之，作诗云：'可怜故国三千里，虚唱歌辞满六宫。'故
郑谷云：'张生故国三千里，知者惟应杜紫微。'诸贤品题如
是，祜之诗名安得不重乎？"

——　　1　七子：建安七子。即汉末著名文学家孔融、陈琳、王粲、徐
干、阮瑀、应玚、刘桢七人。
2　曹刘：曹植与刘桢。曹植字子建，是当时最杰出的诗人。
才思敏捷，词藻富赡。刘桢字公干，曹丕称其"妙绝时人"。后
世常曹刘并称。

3　"荐衡"句：谓令狐楚表荐张祜，就像孔融当年荐举祢衡一样。本句原注："令狐相公曾表荐处士。"

4　乞火：用蒯通的典故，蒯通是秦汉之际的辩士，后为曹参门客。《汉书·蒯通传》："里妇夜亡肉，姑以为盗，怒而逐之。妇晨去，过所善诸母。……（里母）即束缊请火于亡肉家曰：'昨暮夜，犬得肉，争斗相杀，请火治之。'亡肉家遽追呼其妇。故里母非谈说之士也；束缊乞火，非还妇之道也；然物有相感，事有适可。臣请乞火于曹相国。"后因用乞火为向人说情、推荐的典故。张祜的遭遇正好相反，故称"乞火无人作蒯通"。

5　北极：北极星，又称北辰。常常用以比喻朝廷。《论语·为政上》："为政以德，譬如北辰居其所而众星共之。"

6　西江：西来之江，即长江。

7　"可怜"二句：诗有原注："处士诗曰：'故国三千里，深宫二十年。一声河满子，双泪落君前。'"六宫，皇帝的后宫，皇后与嫔妃居地。有关此二句本事，张祜《孟才人叹一首》序云："武宗皇帝疾笃，迁便殿，孟才人以歌笙获宠者，密侍其右。上目之曰：'吾当不讳，尔何为哉？'指笙囊泣曰：'请以此就缢。'上悯然。复曰：'妾尝艺歌，请对上歌一曲以泄其愤。'上以恳许之。乃歌'一声河满子'，气亟立殒。上令医候之，曰：'脉尚温而肠已绝。'……进士高璩登第年，宴，传于禁伶，明年秋，贡士文多以为之目。大中三年，遇高于由拳，哀话于余，聊为兴叹。"诗曰："偶因歌态咏娇嚬，传唱宫中十二春。却为一声河满子，下泉须吊旧才人。"

九日齐山登高

江涵秋影雁初飞¹，与客携壶上翠微²。
尘世难逢开口笑³，菊花须插满头归⁴。
但将酩酊酬佳节⁵，不用登临恨落晖。
古往今来只如此，牛山何必独沾衣⁶。

———

　　会昌五年（845）重阳日作。张祜会昌五年（845）来池州拜访杜牧，九月九日与杜牧同登齐山，牧作此诗。齐山在今安徽贵池县东南。九月九日即重阳节，古人在这一天要登高饮菊花酒。杜牧与张祜都怀才不遇，同命相怜，故九日登齐山时，感慨万千，因而此诗是抒发愤慨之作。但杜牧却故作旷达语，抑郁的情思难以排遣，而又不得不强自排遣。全诗爽快健拔而又含思凄恻，向被推为佳作。近人吴闿生称："感慨苍茫，小杜最佳之作。"（《唐宋诗举要》卷五引）后来继作者甚多。

———

1　江涵秋影：指空中诸景映入澄静的秋江。涵，包容。
2　翠微：指齐山的翠微洞与翠微亭。翠微洞，《舆地纪胜》卷二二《江南东路·池州》："刺史李方玄会昌中摩崖刻《有侍岩记》：'有洞五：曰翠微，曰寄隐，曰子招，曰妙峰，曰紫微，而翠微特高。'即唐杜牧九日所登。"翠微亭，杜牧为刺史时所建。

宋周必大《九华山录》:"其上即翠微亭,是为山巅。杜牧之云:'江涵秋影雁初飞。'此地此时也。"(《说郛》卷六四下引)

3　"尘世"句:宋张淏《云谷杂记》卷二:"杜牧之《九日登齐山诗》云:'尘世难逢开口笑,菊花须插满头归。'开口笑字似若俗语,然却有所据。《庄子》:'人上寿百岁,中寿八十,下寿六十,除病瘦死丧忧患,其中开口而笑者,一月之中不过四五日而已矣。'于此益见牧之于诗不苟如此。"尘世,犹言人间。

4　"菊花"句:古人有重阳插花的习惯,《百菊集谱》卷三引唐《辇下岁时记》:"九日宫掖间争插菊花,民俗尤盛。"又《太平广记》卷四十引《续神仙传》:"(许碏)插花满头,把花作舞,上酒家楼醉歌,升云飞去。"杜牧即化用其意。

5　酩酊(mǐng dǐng):大醉的样子。《艺文类聚》卷四引《续晋阳秋》:"陶潜尝九月九日无酒,宅边菊丛中摘菊盈把,坐其侧,久望,见白衣至,乃王弘送酒也。即便就酌,醉而后归。"本句化用其事。

6　牛山:在山东淄博市东。《韩诗外传》卷十一:"齐景公游于牛山之上,而北望齐曰:'美哉国乎!郁郁泰山。使古而无死者,则寡人将去此而何之?'俯而泣沾襟。"又《晏子春秋·谏上》:"齐景公游于牛山,北临其国城而流涕曰:'若何滂滂去此而死乎?'"

送刘秀才归江陵

彩服鲜华觐渚宫[1]，鲈鱼新熟别江东[2]。
刘郎浦夜船侵月[3]，宋玉亭前弄袖风[4]。
落落精神终有立，飘飘才思杳无穷[5]。
谁人世上为金口[6]，借取明时一荐雄[7]。

会昌五年（845）作，时杜牧在池州刺史任。刘秀才，即刘韬，诗人张祜有《送刘韬秀才江陵归宁》诗，知杜牧与张祜同送刘韬。祜诗有"樽酒惜离文举座，郡斋谁覆中（仲）宣棋"语，知刘韬在池州，杜牧待之为宾。诗前四句想象刘韬归家情景，后四句言刘韬才华过人，不知何人能荐之朝廷，有瞩望之意。杜牧另有《见刘秀才与池州妓别》之"刘秀才"，也是刘韬。秀才，唐代应举者的通称。

1　彩服：传说春秋时老莱子孝养二亲，行年七十，仍扮成婴儿，著五色彩衣，尝取浆上堂，跌仆，因卧地为小儿啼，以博父母一笑。见《艺文类聚》卷二十引《列女传》。后来诗文中常以彩服为孝亲的典故。渚宫：江陵，因春秋时为楚国别宫，故称，故址在今湖北江陵。
2　鲈鱼：用张翰思乡事。据《晋书·张翰传》，张翰，晋吴郡

（今江苏苏州）人。齐王召为大司马东曹掾。时政事混乱，翰为避祸，急欲南归。乃托辞秋风起，思故乡菰菜、莼羹、鲈鱼脍，辞官归吴。

3　刘郎浦：在荆州石首县沙步之东，刘备娶孙夫人，婚于楚地，因名。事见《荆州记》。

4　宋玉亭：在江陵。

5　落落：形容高超不凡。飘飘：飘逸轻举的样子。杳：深远。

6　金口：即金口木舌。《论语·八佾》："天将以夫子为木铎。"木铎以金为铎，以木为舌，摇振则出声，故又称金口木舌。古代施政教时摇木铎以引起众人注意。汉扬雄《法言·学行》："天之道不在仲尼乎？仲尼驾说者也。不在兹儒乎？如将复驾其所说，则莫若使诸儒金口而木舌。"此处谓引荐刘韬。

7　"借取"句：汉扬雄《甘泉赋序》："孝成帝时，客有荐雄文似相如者，上方郊祠甘泉泰畤、汾阴后土，以求继嗣。召雄待诏承明之庭。"谓希望有人如昔人荐扬雄一样引荐刘韬。

池州清溪

弄溪终日到黄昏[1]，照数秋来白发根[2]。
何物赖君千遍洗，笔头尘土渐无痕[3]。

会昌五年（845）作，时杜牧在池州刺史任。清溪，《方舆
胜览》卷十六《池州》："清溪亭，王介甫《记》：临池州之溪上，
隶军事判官之府，京兆杜君建。夫吴、楚、荆、蜀、闽、越之徒
出入于是，而离离洞庭、鄱阳之水浮于日月之无穷。四方万里
之人飞帆鼓楫，上下于波涛之中。"是亭即建于清溪之侧。胡
震亨《唐音癸签》卷五五三评曰："咏水至此，大出人意表，奇
哉！"

1　弄溪：在溪边赏玩。
2　"照数"句：谓白发映在秋日澄澈的清溪水中，根根可数。
3　"何物"二句：谓得到你长期千万遍的梳洗，笔头上的灰尘
渐渐地消失了。大意是说由于环境的影响，自己的情怀渐渐
变得高洁，诗文也随之清新脱俗了。

贵池亭

倚云轩槛夏疑秋，下视西江一带流[1]。
乌簇晴沙残照堕，风回极浦片帆收。
惊涛隐隐遥天际，远树微微古岸头。
只此登攀心便足，何须个个到瀛洲[2]。

约会昌五年（845）作，时杜牧为池州刺史。杜牧各集均未收，见于《古今图书集成·职方典》卷八一〇《池州府部·艺文》，陈尚君《全唐诗续拾》卷二九辑入。按，此诗较早见于明何绍正、孙溥纂修《池州府志》卷七。贵池，即池州。诗的前六句写景，末二句写登攀贵池亭的感受。此时杜牧已四十五岁，经过了复杂的朝野人事关系与官场升沉，奋进之心渐退，恬适思想滋生。

1　西江：西来之江，即长江。
2　瀛州：传说仙人所居山名。《史记·秦始皇本纪》："齐人徐市等上书，言海中有三神山，名曰蓬莱、方丈、瀛洲，仙人居之。"

池州李使君没后十一日处州新命始到
后见归妓感而成诗

缙云新命诏初行[1]，才是孤魂寿器成[2]。
黄壤不知新雨露[3]，粉书空换旧铭旌[4]。
巨卿哭处云空断[5]，阿鹜归来月正明[6]。
多少四年遗爱事[7]，乡闾生子李为名[8]。

———

　　会昌五年（845）作。李使君为李方玄，《新唐书·李方玄传》："方玄字景业，第进士。裴谊奏署江西府判官。有大狱，论死者十馀囚，方玄刺审其冤，悉平贷之。累为池州刺史，钩检户籍，所以差量徭赋者，皆有科品程章，吏不得私。常曰：'沈约年八十，手写簿书，盖为此云。'终处州刺史。"杜牧另有《唐故处州刺史李君墓志铭》、《上池州李使君书》、《祭故处州李使君文》。李方玄为池州刺史在会昌元年至会昌四年。诗写李方玄在池州的功绩与池州人民对他的爱戴，表现杜牧对李方玄的怀念之情，真挚感人。

———

1　缙云：即处州。《新唐书·地理志》："江南道处州缙云郡。"
2　寿器：棺材。《后汉书·孝崇匽皇后传》："敛以东园画梓寿器。"注："称寿器者，欲其久长也。犹如寿堂、寿宫、寿陵之类也。"

3　新雨露：指皇帝新下诏书任命其为处州刺史事。

4　"粉旌"句：谓铭旌上所写的官衔因为新诏已下而更换。铭旌，灵柩前的旗幡。用绛帛粉书。品官则借衔题写曰某官某公之柩，士称显考显妣；另纸书题者姓名，粘于旌下。大敛后，以竹杠悬之依灵右。葬时去杠及题者姓名，以旌加于柩上。

5　"巨卿"句：以范式与张劭的关系喻杜牧与李方玄的友情。《后汉书·范式传》：式字巨卿，与汝南张劭为友。劭字元伯。后元伯卒，式梦见元伯呼曰：巨卿，吾以某日死。式怃然觉寤，驰往赴之。丧已发引，既至圹，将窆，而柩不肯进。乃见有素车白马，号哭而来。其母望之曰：是必范巨卿也。

6　"阿骛"句：用钟繇嫁妾事喻杜牧对李方玄后事的关心。《三国志·魏书·朱建平传》：初，荀攸、钟繇相与亲善，攸先亡，子幼。繇经纪其门户，欲嫁其妾。与人书曰：吾与公达曾共使朱建平相，建平曰：荀君虽少，然当以后事付钟君。吾时啁之曰：惟当嫁卿阿骛耳。何意此子竟早殒没，戏言遂验乎！今欲嫁阿骛，使得善处。

7　"多少"句：谓李方玄为池州刺史四年，很受州人爱戴。按李方玄会昌元年至四年为池州刺史。杜牧《李方玄墓志》："出为池州刺史，……凡四年，政之利病，无不为而去之。"遗爱，遗留及于后世之爱。《汉书叙传》："淑人君子，时同功异。没世遗爱，民有馀思。"

8　"乡闾"句：谓池州乡间百姓生子以李作为姓名。此用古代贤郡守事，《后汉书·任延传》："为九真太守，……骆越之民，无嫁娶礼法，延乃移书属县，各使男年二十至五十，女年十五至四十，皆以年齿相配，其贫无礼娉，令长吏以下各省奉禄以赈助之，同时相娶者二千馀人，……其产子者始知种姓，咸曰：使我有是子者，任君也。多名子为任。……延视事四年，征诣洛阳，……九真吏人生为立祠。"

池州春送前进士蒯希逸

芳草复芳草，断肠还断肠。
自然堪下泪，何必更残阳。
楚岸千万里[1]，燕鸿三两行[2]。
有家归不得，况举别君觞[3]。

────　这首诗作于杜牧在池州刺史任上。杜牧会昌四年（844）
九月为池州刺史，六年（846）冬转睦州。诗作于春天，故当在
五年（845）或六年（846）。前进士，唐代进士及第者的称呼。
荆希逸，字大隐，会昌三年（843）及进士第。全诗流畅自然，
抒情平淡而真挚，尤其是中间四句，清人黄周星极赞为"绝妙
好句"（《唐诗快》卷十）。

────　1　楚岸：楚地的江岸。因池州古属楚国，故称。
　　　2　燕鸿：北飞的大雁。燕，泛指北方。因为雁从北方飞来，现
　　　在又飞回北方，故称燕鸿。
　　　3　觞（shāng）：酒杯。

池州送孟迟先辈

昔子来陵阳[1]，时当苦炎热。
我虽在金台[2]，头角长垂折[3]。
奉披尘意惊[4]，立语平生豁[5]。
寺楼最骞轩[6]，坐送飞鸟没。
一樽中夜酒，半破前峰月。
烟院松飘萧[7]，风廊竹交戛[8]。
时步郭西南，缭径苔圆折。
好鸟响丁丁[9]，小溪光汃汃[10]。
篱落见娉婷[11]，机丝弄哑轧[12]。
烟湿树姿娇，雨馀山态活[13]。
仲秋往历阳[14]，同上牛矶歇[15]。
大江吞天去，一练横坤抹[16]。
千帆美满风，晓日殷鲜血。
历阳裴太守[17]，襟韵苦超越[18]。
鞈鼓画麒麟[19]，看君击狂节[20]。
离袖飐应劳[21]，恨粉啼还咽。
明年忝谏官[22]，绿树秦川阔[23]。
子提健笔来，势若夸父渴[24]。
九衢林马挝[25]，千门织车辙[26]。

秦台破心胆[27]，黥阵惊毛发[28]。

子既屈一鸣[29]，余固宜三刖[30]。

慵忧长者来[31]，病怯长街喝。

僧炉风雪夜，相对眠一褐[32]。

暖灰重拥瓶，晓粥还分钵[33]。

青云马生角[34]，黄州使持节[35]。

秦岭望樊川[36]，祇得回头别。

商山四皓祠[37]，心与捋蒲说[38]。

大泽蒹葭风，孤城狐兔窟[39]。

且复考诗书[40]，无因见簪笏[41]。

古训屹如山[42]，古风冷刮骨。

周鼎列瓶罂[43]，荆璧横抛摋[44]。

力尽不可取，忽忽狂歌发[45]。

三年未为苦，两郡非不达[46]。

秋浦倚吴江，去楫飞青鹘[47]。

溪山好画图，洞壑深闺闼[48]。

竹冈森羽林[49]，花坞团宫缬[50]。

景物非不佳，独坐如轖纰[51]。

丹鹊东飞来[52]，喃喃送君札[53]。

呼儿旋供衫[54]，走门空踏袜。

手把一枝物，桂花香带雪。

喜极至无言，笑馀翻不悦[55]。

人生直作百岁翁[56]，亦是万古一瞬中[57]。

我欲东召龙伯翁[58]，上天揭取北斗柄[59]。

蓬莱顶上斡海水[60]，水尽到底看海空。

月于何处去，日于何处来？

跳丸相趁走不住[61]，尧舜禹汤文武周孔皆为灰[62]。

酌此一杯酒，与君狂且歌。

离别岂足更关意[63]，衰老相随可奈何！

　　会昌六年（846）作，时杜牧为池州刺史。题称孟迟为先辈，则在其及进士第后，孟迟及第在会昌五年（845）。诗有"三年未为苦，两郡非不达"语，杜牧会昌四年（844）九月转池州刺史，至此首尾三年。池州，又名池阳郡，故治在今安徽贵池县。孟迟，字迟之，平昌（今山西商河北）人，会昌五年（845）进士。事迹见《唐才子传》卷六。先辈，唐时及第进士间互相推敬谓之先辈。孟迟在当时很有诗名，尤其工写绝句。本诗主要描述二人的情谊，最值得称道的是结尾的抒情。杜牧这时在池州，颇不得志，他出守外州，是朝廷党争、人事倾轧的结果。抱负不能实现，加以衰老相催，颇生无可奈何之感，故而对酒狂歌，以及时行乐。全诗跌宕起伏，情真意切，有石破天惊之语,有笑傲人世之情,心胸襟怀,高昂激越。

1　陵阳:安徽宣城。宋祝穆《方舆胜览》卷十五《宁国府》:
"陵阳山,在宣城,一峰为叠嶂楼,一峰为谯楼,一峰为景德
寺。"此处代指宣城。杜牧大和四年(830)至七年(833)在宣
州沈传师幕府为从事,开成二年(837)至三年(838)在宣州从
崔郸为判官。此处指开成中事。

2　金台:黄金台的省称,又称燕台,故址在今河北易县东南。
相传战国燕昭王筑台于此,置千金于台上,延请天下士,故名。
事见《史记·燕召公世家》。后人用此典故多指招纳贤士之
所。杜牧此时受崔郸辟在宣州幕府,故言金台。

3　头角:头顶左右突出的地方,常常用来比喻青少年的气概
与才华。垂折:精神不振作的样子。

4　奉披:有幸听说。披为披览,引申为听说。尘意:世俗的
想法。

5　立语:顷刻之间。豁:开朗的样子。

6　寺楼:即宣州开元寺楼。杜牧有《题宣州开元寺》、《宣州开
元寺南楼》等诗,可参看。骞轩:即轩骞,高飞的样子。此处
描写楼角飞檐,如鸟之高飞。

7　飘萧:飘动的样子。

8　交戛:竹被风吹而相击声。

9　丁丁：象声词。本为伐木声，《诗·小雅·伐木》："伐木丁丁。"唐人常用以形容鸟声、琴声、佩玉声等。此处指鸟鸣声。

10　汃汃（pā pā）：原注："普八切。"水流声。

11　篱落：即篱笆。用竹、苇或树枝等编成起隔离作用的栅栏。娉婷（pīng tíng）：姿态美好，此处代指少女。

12　机丝：纺织机上的线纱。哑轧：纺织机声。

13　"雨馀"句：钱钟书《谈艺录》53 页："（温飞卿）《晚归曲》有云：'湖西山浅似相笑。'生面别开，并推性灵及乎无生命知觉之山水；于庄生之'鱼乐'、'蝶梦'、太白之'山花向我笑'、少陵之'山鸟山花吾友于'以外，另拓新境，而与杜牧之《送孟迟》诗之'雨馀山态活'相发明矣。"

14　历阳：即和州，又称历阳郡，今安徽和县。

15　牛矶：牛渚山在安徽当涂县西北，山脚突出长江部为采石矶，又称牛矶或牛渚矶，是古代的重要渡口。

16　练：白色丝绢，比喻长江。谢朓《晚登三山还望京邑》："余霞散成绮，澄江静如练。"坤，八卦之一，象地。

17　裴太守：裴俦，杜牧的姊夫，时为和州刺史。唐代文人惯称刺史为太守。

18　襟韵：情怀风度。苦：极，非常。超越：高超脱俗。

19　鞔鼓：皮革制成的画有麒麟图案的鼓。鞔（mán），把皮革绷紧固定在鼓框的周围做成鼓面。

20 节：节奏，节拍。

21 飐（zhǎn）：风吹动的样子，此指挥手。

22 谏官：指左补阙，掌供奉讽谏。杜牧开成三年（838）冬除左补阙，四年（839）初春赴任。此指开成四年在京为左补阙时。

23 秦川：地名。自大散关以北，达于岐雍，夹渭川南北岸，沃野千里，以秦之故国，故称秦川。此谓以京城长安为中心的关中地带。

24 夸父：《山海经·海外北经》："夸父与日逐走，入日。渴，欲得饮，饮于河渭。河渭不足，北饮大泽。未至，道渴而死。弃其杖，化为邓林。"

25 九衢：四通八达的大道。马挝（zhuā）：马鞭子。

26 织车辙：谓车辙如织。

27 秦台：即秦镜，传说秦宫有方镜，广四尺，高五尺九寸，表里有明，人直来照之，影则倒见；以手扪心而来，则见肠胃五脏；人有疾病，掩心而照，即知病之所在。人有邪心，照之见胆张心动。事见《西京杂记》卷三。萧统《五月启》："蘋叶飘风，影乱秦台之镜。"

28 黥阵：黥布所布之阵。黥布即英布，汉六（今江苏六合）人，曾犯法黥面，故又称黥布。秦末率骊山刑徒起事，归附项羽，封九江王。楚汉相争时，萧何说之归汉，封淮南王，从刘邦击灭项羽于垓下。高祖十一年，发兵谋反，为番阳人所杀。事见《史记·黥布传》。黥布用兵善布阵，故称黥阵。

29　一鸣：《韩非子·喻老》："虽无飞，飞必冲天；虽无鸣，鸣必惊人。"《史记·滑稽列传》："此鸟不飞则已，一飞冲天；不鸣则已，一鸣惊人。"比喻平时默默无闻，突然做出惊人的表现。

30　三刖：相传春秋楚人卞和发现了一块玉璞，先后献给楚厉王、楚武王，都被看成是石头，并认为卞和欺诈，被断去双足。等到楚文王即位，和氏又抱璞哭于荆山下，楚王使人剖璞加工，果得宝玉，称为和氏璧。事见《韩非子·和氏》。刖，古代的一种酷刑，即断足。

31　慵：懒散。长者：贵显者之称。《史记·陈丞相世家》："（张）负随平至其家，家乃负郭穷巷，以敝席为门，然门外多有长者车辙。"

32　褐：粗布制成的被子。

33　钵（bō）：僧人盛饭之具。

34　青云：谓官高爵显。《史记·范雎传》："须贾顿首言死罪曰：'贾不意君能自致于青云之上。'"马生角：比喻不可能之事或极不易做到之事。王充《论衡·感虚篇》："传书言：燕太子丹朝于秦，不得去，从秦王求归。秦王执留之，与之誓曰：'使日再中，天雨粟，令乌白头，马生角，厨门木象生肉足，乃得归。'当此之时，天地祐之，日为再中，天雨粟，乌头白，马生角，厨门木象生肉足,秦王以为圣,乃归之。"

35　使持节:古使臣出使,必持符节以作凭证。魏晋时,以持节为官名。唐初,诸州刺史加号持节,总管则加使持节,但实无节。此指出守黄州。按此二句乃激愤语,因杜牧出守黄州,乃是受人排挤出朝,故深为不满。

36　秦岭:即终南山,亦称太一山、南山。樊川:水名,在长安城南,其地本杜县之樊乡,汉樊哙食邑于此,因以得名。

37　商山四皓:杜牧《题商山四皓庙》诗有"四老安刘是灭刘"之句,其议论颇异于人,故本诗又以摴蒱之戏视之。馀详该诗"评析"。

38　摴蒱(chū pú):古代的一种博戏,以掷骰子决胜负,得采有卢、雉、犊、白等称,后来泛称赌博为摴蒱。

39　"大泽"二句:谓黄州处于云梦泽畔,地僻城孤,风吹蒹葭,狐兔出没,一片荒凉。

40　诗书:《诗经》和《尚书》。

41　簪笏:古代笏以书事,簪笔以备书。臣僚奏事,执笏簪笔,即谓簪笏。此处指为朝官。

42　古训:先王的遗典。《诗·大雅·烝民》:"古训是式,威仪是力。"《正义》:"古训者,故旧之道,故为先王之遗典也。"

43　周鼎:周朝传国的九鼎。《史记·秦始皇本纪》:"始皇还,过彭城,斋戒祷祠,欲出周鼎泗水。"后用来比喻宝贵的事物。

罂（yīng）:盛流质的陶制容器,大肚小口。

44　荆璧:春秋楚人卞和得璞于荆山,剖璞得玉璧。后因以荆璧比喻优秀卓异的人材。掇（sà）:原注:"苏割切。"侧手以击。

45　忽忽:失意的样子。

46　"三年"二句:谓会昌二年（842）至四年（844）为黄州刺史,首尾三年,后又转池州刺史,不可谓不显贵。

47　秋浦:池州治所在秋浦县。今属安徽省。吴江:池州附近的江面。池州古属吴国,故称。青鹢:鸟名,此指船头所刻的青鹢鸟图案。

48　壑（hè）:山谷。闺闼（tà）:内室,引申为闺房。

49　羽林:皇帝卫军的名称。汉武帝太初元年（前104）置建章营骑,后改名羽林骑。唐设左右羽林卫,也叫羽林军,置有大将军、将军等官,掌统北衙禁兵,督摄仪仗。此处喻竹。

50　花坞（wù）:四面高起而中间凹下的花圃。缬（xié）:染花的丝织品或织物上的印染花纹。

51　韝绁:束缚之物。韝（gōu）,臂套,用皮制成,射箭、架鹰时缚于两臂束住衣袖以便动作。绁（xiè）,绳索。

52　丹鹊:鸟名。《拾遗记》卷二:"涂修国献青凤、丹鹊各一雌一雄。"

53　喃喃:鸟啼声。

54　旋(xuàn)：原注："去声。"

55　翻：反而。

56　直：就是，即使。

57　一瞬：一眨眼，比喻时间极为短促。

58　龙伯翁：古代神话中巨人国的人物。巨人国即龙伯国，其人长数十丈，举足不盈数步，而及于五山之所，一钓而连六鳌。事见《列子·汤问》。

59　北斗柄：即斗杓。北斗七星，四星象斗，三星象杓。杓即柄。

60　蓬莱：山名。古代方士传说为仙人所居。《史记·封禅书》："自威、宣、燕昭使人入海求蓬莱、方丈、瀛洲。此三神山者，其传在勃海中。"斡(wò)：旋转。

61　"跳丸"句：谓时光流逝非常迅速。韩愈《秋怀》诗："日月如跳丸。"

62　"尧舜"句：谓历史上的圣君贤士皆随时光流逝而化为灰烬。周，即周公，姓姬名旦，周文王子，辅助武王伐纣，建立周朝。武王死，成王年幼，周公摄政。平定内乱，并制定了周代的礼乐制度。孔，孔子，名丘，字仲尼。古代伟大的思想家。

63　关意：挂念，关心。

重　送

手撚金仆姑[1]，腰悬玉辘轳[2]。

爬头峰北正好去[3]，系取可汗钳作奴[4]。

六宫虽念相如赋[5]，其那防边重武夫[6]！

重送是送别时再作一首诗，亦会昌六年（846）作。盖孟迟及第后，为了实现抱负而从军入幕，杜牧已作长诗送别而未尽意，故又作诗重送，以勉励孟迟为国立功。而自己远守僻邑，壮志难酬的抑郁也寄寓其中。明杨慎《升庵诗话》卷五评曰："二诗奇崛，而用韵古。"颇能代表杜牧古诗的风格。

1　撚（niǎn）：以手拈物。金仆姑：箭名。《左传·庄公十一年》："乘丘之役，公以金仆姑，射南宫长万。"又《格致镜原》卷四一："鲁人有仆忽不见，旬日而返。主欲笞之，仆曰：'臣之姑修玄女术得道，白日上升。昨降于泰山，召臣饮，极欢，不觉遂旬日。临别赠臣以金矢一乘，曰：此矢不必善射，宛转中人，而复归于笮。主人试之，果然。因以金仆姑名之。自后鲁之良矢，皆以此名。"

2　玉辘轳：剑名。《汉书·隽不疑传》注："晋灼曰：古长剑首以玉作井鹿卢形，上刻木作山形，如莲花初生未敷时。今大剑木首,其状似此。"

3　爬头峰:地名,或作杷头烽。《资治通鉴》卷二四六:"河东节度使苻澈修杷头烽旧戍以备回鹘。"胡三省注:"杷头烽北临大碛,东望云朔,西望振武。""宋白曰:杷头烽在朔川。"朔川今属山西省。爬,原注:"音琶。"

4　系取:缚住。可汗:我国古代鲜卑、蠕蠕、突厥、回纥、蒙古等族的最高统治者叫可汗。钳:古代刑法,以铁束颈。

5　六宫:皇后嫔妃居住的地方。相如:司马相如,西汉著名的辞赋家。

6　其那:怎奈,无奈。

登池州九峰楼寄张祜

百感中来不自由[1]，角声孤起夕阳楼。
碧山终日思无尽[2]，芳草何年恨即休[3]。
睫在眼前长不见[4]，道非身外更何求[5]。
谁人得似张公子[6]，千首诗轻万户侯[7]。

　　会昌六年（846）作。杜牧会昌四年（844）九月由黄州刺
史迁池州，六年（846）九月又迁睦州。张祜会昌五年（845）
特地来池州拜访杜牧，二人相互唱酬。白居易任杭州刺史
时，张祜曾前往拜谒，并请求他推荐自己参加进士试，为其所
拒。杜牧有感于白居易非难张祜，以"谁人得似张公子，千首
诗轻万户侯"之句，为张祜鸣不平，也暗寓自己失意的牢骚。
池州，治所在秋浦，今安徽贵池县。张祜，字承吉，南阳（今河
南南阳）人，一作清河（今山东武城）人，寓居姑苏（今江苏苏
州）。元和、长庆间，为令狐楚所器重，又客于淮南。大中中卒
于丹阳隐居。事迹见《唐才子传》卷六《张祜传》。关于此诗
本事，唐范摅《云溪友议》卷中《钱塘论》有所记载。

1　不自由：不由自主。
2　碧山：指张祜隐居的青山。

3　芳草：比喻张祜象芳草一样无人赏识。

4　"睫在"句：用《史记·越王勾践世家》典："齐使者曰：'幸也越之不亡也！吾不贵其用智之如目，见豪毛而不见其睫也。今王知晋之失计，而不自知越之过，是目论也。'"《索隐》："言越王知晋之失，不自觉越之过，犹人眼能见豪毛而自不见其睫。故谓之'目论'也。"

5　"道非"句：用《孟子·尽心上》典："求之有道，得之有命，是求无益于得也，求在外也。"赵注："禄爵须知己，知己者在外，非身所专，是以云求无益于得也，求在外也。"道，规律，事理。

6　张公子：指张祜。又暗用富平侯张安世事，安世为汉张汤子，擢尚书令，迁光禄大夫。昭帝时封富平侯，"尊为公侯，食邑万户"。后与大将军霍光定策废昌邑王，立宣帝，以功拜大司马。事迹附见《汉书·张汤传》。诗句实以两张公子做比较，谓张安世以功业得名当时，以封万户侯，而张祜则以千首诗超过张安世。

7　万户侯：食邑万户之侯，形容高官厚禄。语本《史记·李将军列传》："如令子当高帝时，万户侯岂足道哉！"

残春独来南亭因寄张祜

暖云如粉草如茵，独步长堤不见人。
一岭桃花红锦黦[1]，半溪山水碧罗新。
高枝百舌犹欺鸟[2]，带叶梨花独送春。
仲蔚欲知何处在[3]，苦吟林下拂诗尘。

　　会昌六年（846）春作，时杜牧在池州刺史任。南亭，即池
州弄水亭。见《春末题池州弄水亭》诗题注。张祜会昌五年
来池州拜访杜牧，九月二人同登齐山。此诗是与张祜别后，春
日寄赠之作。清人黄叔灿《唐诗笺注》曾将杜牧此诗与《西厢
记》中《端正好》曲相比："读此诗，忽悟《西厢记》'碧云天，
黄花地'曲，一俯一仰，高唱而入。再从空际着笔，接以'西风
紧，北雁南飞'二句。下文'晓来谁染霜林醉'，又就眼前景色
引入离人叹，其笔墨高妙。此诗起中略同意趣，而独游寄张祜
之意，亦缭绕笔端。"

1　黦（yuè）：黄黑色。
2　百舌：鸟名。即反舌，以其鸣声反复如百鸟之音，故名。立
春后鸣啭不已，夏至后即无声。

3　仲蔚：即张仲蔚。晋皇甫谧《高士传》卷中："张仲蔚者,平陵人。……明天官博物,善属文,好诗赋,……闭门养性,不治荣名。"此以张仲蔚比张祜。

春末题池州弄水亭

使君四十四[1]，两佩左铜鱼[2]。
为吏非循吏[3]，论书读底书[4]。
晚花红艳静，高树绿阴初。
亭宇清无比，溪山画不如。
嘉宾能啸咏[5]，官妓巧妆梳[6]。
逐日愁皆碎，随时醉有馀。
偃须求五鼎[7]，陶只爱吾庐[8]。
趣向人皆异[9]，贤豪莫笑渠[10]。

————　　会昌六年（846）春末作，时杜牧四十四岁，为池州刺史。
弄水亭，冯集梧《樊川诗集注》卷三引《一统志》："弄水亭在
贵池县南通远门外，唐杜牧建，取李白'饮弄水中月'之句为
名。"宋袁说友《东塘集》卷十八《池州弄水亭记》："亭者，取
太白《秋浦诗》'饮弄水中月'之句，而以弄水名焉。会昌中，
刺史杜牧之为诗二章，其言草木组丽，风露光洁，山溪幽足，四
时异趣，亭不胜其景也。"此诗为五言排律，写景颇为工整，如
"晚花红艳静，高树绿阴初"，最有思致。杜牧面对如此好景，
而欲效法陶渊明隐逸之志，也暗寓自己不得志的感慨。

1　使君：汉代州郡长官称使君，后代沿袭，尊称刺史为使君。此为诗人自谓。

2　铜鱼：即铜制鱼形之符。刻字于符阴，剖而分执之。左符交给刺史，右符藏于库中。刺史到任，即以左右鱼符合契以为凭信。

3　循吏：奉职守法的官吏。

4　底：何，什么。

5　嘉宾：贵客。《诗·小雅·鹿鸣》："我有嘉宾，鼓瑟吹笙。"

6　官妓：入乐籍的女妓。唐时官场酬应会宴，有官妓侍候。可参看明王锜《寓圃杂记》卷一《官妓之革》。一作"宫妓"，误。

7　"偃须"句：谓主父偃追求的是功名富贵。偃即主父偃，汉临菑（今山东淄博东）人。武帝元光初上书言事，任郎中，一年之中四迁官，至中大夫。他平生好发人阴私，有人劝他，他说："臣结发游学四十馀年，身不得遂，亲不以为子，昆弟不收，宾客弃我，我厄日久矣。丈夫生不五鼎食，死则五鼎烹耳。"见《汉书·主父偃传》。五鼎，古祭礼，大夫用鼎盛羊、豕、肤、鱼、腊。后来用五鼎形容贵族官僚的奢侈。

8　"陶只"句：谓陶渊明只爱恬淡的田园生活。陶渊明《读山海经》："众鸟欣有托，吾亦爱吾庐。"

9　趣向：志趣，意志。

10　渠：他。

池州弄水亭

清溪望处思悠悠[1]，不独今人古亦愁。
借尔碧波明似镜，照予白发莹如鸥[2]。
江山自美骚人宅[3]，铙鼓长催过客舟[4]。
惟有角声吹不断，斜阳横起九峰楼。

　　会昌六年(846)作。按此为杜牧佚诗，今传本《樊川文集》、《外集》、《别集》等均不载，《全唐诗》及《全唐诗补编》等亦未辑入。宋张舜民《画墁集》卷七《郴行录》："癸未，出大江，逆风，循东岸挽行，可四十里，入峡口。又三四里，入池州溪口，宛转行陂泽中，可十馀里，次池州弄水亭。杜牧之所创，俯溪流，望齐山，景致清绝，人皆采为图画。亭上石刻，尽载小杜诗篇，诗云(略)。"这首诗是杜牧写景抒情诗的佳作。诗人漫游于池州弄水亭上，引发万古之愁情，想到自己老大无成，更生惆怅之感。故清澄如镜的清溪水，照着莹白如鸥的白发，不禁流露出人生如过客的感慨。

1　清溪：见《池州清溪》"评析"。
2　莹如鸥：白发如同鸥鸟之色。莹，指白发的光亮。
3　美：使动用法。言风景之美装点骚人之宅。骚人：指诗人。

萧统《文选序》:"又楚人屈原,含忠履洁。君匪从流,臣进逆耳。深思远虑,遂放湘南。耿介之意既伤,壹郁之怀靡愬。临渊有怀沙之志,吟泽有憔悴之容,骚人之文,自兹而作。"

4　铙(náo)鼓:乐器,鼓之一种。过客:过路的客人,旅客。

润州二首

句吴亭东千里秋[1]，放歌曾作昔年游。
青苔寺里无马迹，绿水桥边多酒楼[2]。
大抵南朝皆旷达[3]，可怜东晋最风流[4]。
月明更想桓伊在[5]，一笛闻吹出塞愁[6]。

谢朓诗中佳丽地[7]，夫差传里水犀军[8]。
城高铁瓮横强弩[9]，柳暗朱楼多梦云[10]。
画角爱飘江北去[11]，钓歌长向月中闻。
扬州尘土试回首[12]，不惜千金借与君。

这组诗是杜牧重游润州时的所见所感。杜牧曾于大和七年（833）春由宣州赴淮南幕时经过润州，开成年间由扬州赴宣州幕亦经润州，会昌六年（846）由池州刺史赴睦州任仍经过润州。诗有"放歌曾作昔年游"句，则为重游时作。又有"青苔寺里无马迹"等句，则为武宗会昌灭佛后作，应为会昌六年。唐时润州管县六：丹徒、丹阳、金坛、延陵、上元、句容，为江南形胜之地。前首回忆昔年曾漫游这千里清秋之地，具有无限今昔之感；后首描写润州的繁华，表现冶游的情致。二诗览古今于一瞬，更系以深沉的感慨。宋石延年《南朝》

诗:"南朝人物尽清贤,不是风流即放言。三百年间却堪笑,绝无人可定中原。"可与此诗相发明。此诗作法亦可称道,"其意则侧卸,其法则倒装,其中神理则融成一片","结仍归到现在。月明,秋也。先闻笛,后想桓伊,此却又用倒落法,以取姿致,笔端便觉洒然"(赵臣瑗《山满楼笺注唐诗七言律》)。润州,即今江苏镇江市,唐时为镇海军节度使治所。

1　句吴亭:在唐润州官舍。句吴乃因吴太伯立国事而得名,后用为地名。或作"向吴亭",误。句,同"勾"。

2　绿水桥:应为"渌水桥",跨漕渠。《至顺镇江志》卷二《桥梁》:"渌水桥,在千秋桥西。唐以来有之。唐杜牧之诗:'渌水桥边多酒楼。'宋乾道庚寅,郡守蔡洸重建,仍旧名,俗呼为高桥。《舆地纪胜》:陈辅之诗:'渌水桥边驻短篷。'"

3　南朝:东晋以后,中国分裂为南北两部分,史称南北朝。建都于金陵的宋、齐、梁、陈四个朝代,称南朝。旷达:心胸开阔,举止无检束。

4　可怜:可爱。风流:有才而不拘礼法。因东晋时人崇尚老庄,通达超脱而不拘束。

5　桓伊:字叔夏,东晋谯国铚人。历任淮南太守、豫州刺史等职,曾与谢玄大破苻秦于淝水,以功封永修县侯。桓伊善吹笛,《晋书·桓伊传》:"进号右军将军。……王徽之赴召京师,泊舟青溪侧。素不与徽之相识。伊于岸上过，……徽之便令人谓伊曰：‘闻君善吹笛，试为我一奏。’伊是时已贵显，素闻徽之名，便下车踞胡床，为作三调，弄毕，便上车去，客主不交一言。”

6　出塞：汉横吹曲名。汉武帝时，李延年因胡曲造新声二十八解，内有《出塞》《入塞》曲。见《晋书·乐志》下。

7　“谢朓”句：谓润州是谢朓诗中所描写的佳丽之地。

8　“夫差”句：谓润州自古为屯兵之地，吴王夫差时就置有水犀之军。《国语·越语上》：“今夫差衣水犀之甲者亿有三千。”韦昭注：“言多也。犀形似豕而大，今徼外所送，有山犀、有水犀。水犀之皮有珠甲，山犀则无。”

9　“城高”句：原注：“润州城，孙权筑，号为铁瓮。”《至顺镇江志》卷二《城池》：“丹徒县：子城并东西夹城共长十二里七十步，高三丈一尺。子城吴大帝所筑，周回六百三十步，内外固以砖，号铁瓮城。”宋程大昌《演繁露》卷十三：“润州城古号铁瓮，人但知其取喻以坚而已，然瓮形深狭，取以喻城，似为非类。乾道辛卯，予过润，蔡子平置宴于江亭，亭据郡治前山绝顶，而顾子城雉堞缘岗，弯环四合，其中州治诸廨在焉。圆深之形，正如卓瓮，予始知喻以为瓮者，指子城也。”

10　梦云：指美女。化用宋玉《高唐赋》：“楚襄王与宋玉游于云梦之台，……昔者先王尝游高唐，怠而昼寝，梦见一妇人曰：

'妾巫山之女也,为高唐之客,闻君游高唐,愿荐枕席。'王因幸之。去而辞曰:'妾在巫山之阳,高丘之阻,旦为朝云,暮为行雨,朝朝暮暮,阳台之下。'旦朝视之,如言,故为立庙,号曰朝云。"

11　画角:古乐器名,形如竹筒,本细尾大,以竹木或皮为之,或用铜为之。外加彩绘,故称画角。发音哀厉高亢。

12　尘土:以尘土飞扬喻扬州的繁华热闹。

寄题甘露寺北轩

曾上蓬莱宫里行[1]，北轩栏槛最留情。
孤高堪弄桓伊笛[2]，缥缈宜闻子晋笙[3]。
天接海门秋水色[4]，烟笼隋苑暮钟声[5]。
他年会着荷衣去[6]，不向山僧道姓名。

———　　这首诗是杜牧登润州甘露寺所作，因有"曾上蓬莱宫里行"语，故此为重游之作，附系于《润州二首》之后。清金圣叹《选批唐诗》卷五下称："此是寄题之一段胸中缘故也。海门秋水，横去者滔滔无极，隋苑暮钟，竖去者浩浩焉终？人生世上，建大功，垂大名，自是偶然游戏之事，乃真因此而铜架铁锁，牢不自脱，皮里有血，眼里有筋，即果胡为而至此乎？他年不道姓名，真摆断索头自在而去矣。"甘露寺，在今江苏镇江北固山上。相传三国吴甘露年间建，唐李德裕扩建。乾符间毁。宋大中祥符年间始移至北固山上。

———　　1　蓬莱宫：蓬莱是传说中仙人所居之地，在渤海中。此处喻甘露寺，以其势高横空，有如仙宫。

2　桓伊：见《润州二首》注。

3　子晋笙：周灵王太子晋，好吹笙作凤凰鸣，游于伊洛之间，道士浮丘公接以上嵩高山,成仙。事见《列仙传》卷上。

4　海门:指润州海门,即松寥山,或曰夷山,在距焦山不远的长江中。刘长卿《京口怀洛阳旧居兼寄广陵二三知己》:"气混京口云,潮吞海门石。"即此。

5　隋苑:又名西苑,隋炀帝建,故址在江苏扬州市西北。

6　荷衣:隐士所服之衣。

新定途中

无端偶效张文纪[1]，下杜乡园别五秋[2]。
重过江南更千里，万山深处一孤舟[3]。

会昌六年（846）作。新定，郡名，即睦州，治建德县（今属
浙江）。杜牧于会昌六年（846）九月由池州刺史改授睦州刺
史，睦州在池州东南，离朝廷更远，也离家乡更远，故赴任途中
而作此诗。诗写赴任时所感，用东汉张纲的典故。张纲因弹
劾权奸梁冀及其弟梁不疑，被出为广陵太守。杜牧本为朝官，
被排挤出守黄州、池州，正与张纲相似。故有"重过江南更千
里，万山深处一孤舟"之句，情调凄楚，而辞句仍很爽丽。

1　张文纪：张纲（108—143），字文纪，东汉犍为武阳（今四川
犍为）人。顺帝时任御史，上书谏纵任宦官。汉安元年（142）
奉令与杜乔、周举等八人徇行风俗，其他七人赴任，纲独埋车
轮于洛阳都亭下，曰："豺狼当路，安问狐狸！"遂上书奏劾大
将军梁冀及其弟梁不疑罪行，京师震动。后任广陵太守。事
见《后汉书·张纲传》。杜牧用张纲事谓自己乃得罪权贵而被
外放。
2　下杜：在长安附近，是杜牧的故乡。裴延翰《樊川文集序》：

"长安南下杜樊乡,郦元注《水经》,实樊川也。延翰外曾祖司
徒岐公(杜佑)之别墅在焉。"别五秋:杜牧自会昌二年(842)
四月外放为黄州刺史,转池州、睦州,至会昌六年(846)赴睦
州任,首尾五年。

3 "重过"二句:谓这次又过江南,更远行千里。万山环绕之
中,只有我一只船。杜牧《祭周相公文》:"牧于此际,更迁桐
庐。东下京江,南走千里。曲屈越嶂,如入洞穴。惊涛触舟,
几至倾没。万山环合,才千馀家。"可作此二句的注脚。

昔事文皇帝三十二韵

昔事文皇帝[1]，叨官在谏垣[2]。
奏章为得地[3]，龃齿负明恩[4]。
金虎知难动[5]，毛厘亦耻言[6]。
撩头虽欲吐[7]，到口却成吞[8]。
照胆常悬镜[9]，窥天自戴盆[10]。
周钟既窔掫[11]，黥阵亦瘢痕[12]。
凤阙觚棱影[13]，仙盘晓日暾[14]。
雨晴文石滑[15]，风暖戟衣翻[16]。
每虑号无告，长忧骇不存！
随行唯蹑蹻[17]，出语但寒暄[18]。
宫省咽喉任[19]，戈矛羽卫屯[20]。
光尘皆影附[21]，车马定西奔[22]。
亿万持衡价[23]，锱铢挟契论[24]。
堆时过北斗，积处满西园。
接棹隋河溢，连蹄蜀栈刓[25]。
漉空沧海水，搜尽卓王孙[26]。
斗巧猴雕刺[27]，夸趫索挂跟[28]。
狐威假白额[29]，枭啸得黄昏[30]。
馥馥芝兰圃[31]，森森枳棘藩[32]。

吠声嗾国猘[33]，公议怯膺门[34]。

窜逐诸丞相[35]，苍茫远帝阍[36]。

一名为吉士[37]，谁免吊湘魂[38]？

间世英明主[39]，中兴道德尊[40]。

昆冈怜积火[41]，河汉注清源[42]。

川口堤防决[43]，阴车鬼怪掀[44]。

重云开朗照，九地雪幽冤[45]。

我实刚肠者，形甘短褐髡[46]。

曾经触虿尾[47]，犹得凭熊轩[48]。

杜若芳洲翠[49]，严光钓濑喧[50]。

溪山侵越角，封壤尽吴根[51]。

客恨萦春细，乡愁压思繁。

祝尧千万寿[52]，再拜揖余樽。

———　　会昌六年（846）作。《樊川文集夹注》卷二题注："自池
州移守睦州时作。"诗中"杜若芳洲翠，严光钓濑喧。溪山侵
越角，封壤尽吴根"，均为睦州景事。《樊川诗集注》卷二："此
诗牧之在睦州时作，盖为李中敏等发也。……中敏因旱上言
郑注之奸，而李甘以沮注入相，卒于贬所。又有李款、高元裕
等，俱以取怒李训、郑注，为所斥逐。训、注既诛而中敏等先后
进用，故为追数往事，以庆目前之遭。诗首言同为谏官，每怀

嫉恶之心,继极言训、注之恶,有言者俱得罪以去,既遇英主昭
雪,而己则仍滞外郡,语固引分自慰,意实久抑求伸。"可见本
诗实写甘露之变事。甘露之变是由文宗作后台,李训、郑注策
划谋诛宦官,而最后弄巧成拙的悲剧。杜牧对于李训、郑注等
人,是持否定态度的。在甘露之变前的文宗大和年间,杜牧与
李中敏、李甘等相善,彼时凡反对郑注、李训皆被斥逐。杜牧
在睦州任所,追数往事而作是诗。这首诗是研究杜牧思想与
创作过程时,需要深入挖掘的重要篇章。

1　文皇帝:即唐文宗李昂。宝历二年(826)即位,次年改元
大和,凡九年,发生甘露之变。又改元开成,卒于开成五年
(840)。

2　"叨官"句:谓杜牧开成三年(838)在朝为左补阙事。左补
阙属谏官,掌供奉讽谏。

3　奏章:臣下向皇帝所上的文书。得地:本指得到适宜生长
的土壤,此处指才能得到所用之地。

4　龁齿:即龁舌。咬啮舌头,表示不说话,或不敢说话。《史
记·魏其武安侯列传》:"魏其必内愧,杜门龁舌自杀。"

5　金虎:比喻国君所亲厚的小人。《文选》张衡《东京赋》:
"始于宫邻,卒于金虎。"唐刘良注:"言周之末年,不能行政,政
多邪僻。……小人在位,与君子为邻,坚若金,恶若虎。卒以

此亡。"

6　毛厘：犹毫厘，形容极小。

7　"撩头"句：谓杜牧想给皇帝进谏。

8　"到口"句：谓进谏的话到了嘴边又吞了回去。

9　"照胆"句：用《西京杂记》卷三"秦镜"典，见前《池州送孟迟先辈》注27。杜牧用这一典故，表示自己的正直。

10　"窥天"句：比喻事不可为。语出司马迁《报任少卿书》："仆以为戴盆何以望天?"杜牧另有《忆游朱坡四韵》诗："如今归不得，自戴望天盆。"

11　"周钟"句：谓朝廷摇摇欲坠的形势。语出《汉书·五行志》："周景王将铸无躲之钟，泠州鸠曰：……天子省风以作乐，小者不窕，大者不摦……今钟摦矣，王心弗戓，其能久乎?"

12　黥阵：谓黥布所布之阵。黥布即英布，汉六（今江苏六合）人，曾犯法黥面，故又称黥布。秦末率骊山刑徒起事，归附项羽，封九江王。楚汉相争时，萧何说之归汉，封淮南王。黥布用兵善布阵，故称黥阵。瘢痕：谓即使如黥布之阵，朝廷小人也在吹毛求疵，找其瘢痕。汉赵壹《刺世疾邪赋》："所好则钻皮出其毛羽，所恶则洗垢求其瘢痕。"

13　凤阙：本为汉代宫阙名，这里代指皇宫、朝廷。觚棱：殿堂屋角的瓦脊成方角棱瓣之形。

14　仙盘：即汉代建章宫前的承露盘。汉武帝为求仙，在建章宫神明台上造铜仙人,舒掌捧铜盘玉杯,以承接天上的仙露,故称。曘:太阳初出之光。

15　文石:带有花纹的石头。这里指用文石所铺的道路。

16　戟衣:戟的一种装饰。

17　踟蹰:拘谨,不敢明白地表明自己的看法。

18　寒暄:问候起居寒暖。这里指说一些无关紧要的话。

19　"宫省"句:谓朝廷的官属是国家的咽喉所在。此指文官而言。

20　"戈矛"句:谓宫廷的周围屯满护卫的兵士。此指武官而言。

21　"光尘"句:比喻李训、郑注专权,其他宰相莫不顺成其言,如同尘随影附一样。

22　"车马"句:接上句文义言,谓阿谀奉承李训、郑注者的车马,皆奔向二人之门。《旧唐书·李训传》:"训愈承恩顾,每别殿奏对,他宰相莫不顺成其言,黄门禁军迎拜戢敛。训本以纤达,门庭趋附之士,率皆狂怪险异之流。"

23　"亿万"句:谓专权者在大的方面,把持着朝廷的衡柄。

24　"锱铢"句:谓专权者锱铢小事也要自己裁夺。

25　"堆时"四句:谓专权者积聚财宝,堆积如山。运输财宝时,东边船只相互连接,使得运河的水都溢出来;西边的马队,络绎不绝,使得蜀中的栈道毁坏。

26　"漉空"二句：谓当时的赋敛极为严重，即使是沧海之水也要汲空，富如卓王孙财产，也要搜尽。

27　"斗巧"句：谓朝廷官员勾心斗角。语本《韩非子》："卫人有能以棘刺之端为母猴。"

28　"夸趯"句：谓朝廷官员好大喜功。语本张衡《西京赋》："非都卢之轻趯，孰能超而究升？""突倒投而跟挂，譬陨绝而复联。"

29　"狐威"句：即狐假虎威之义，比喻假借在上有权者的威势以恐吓他人。典出《战国策·楚策》一。白额，即老虎。

30　"枭啸"句：谓搞阴谋诡计。以上二句谓郑注狐假虎威，乱搞阴谋。据《旧唐书·郑注传》，宦官王守澄知枢密，国政多专于守澄，郑注昼伏夜动，交通赂遗，初则谗邪奸巧之徒，附之以图进取，数年之后，达官权臣，争凑其门。

31　馥馥：形容芳香。芝兰：芷和兰，都是香草。

32　森森：茂盛的样子。枳棘：枳木与棘木，因其多刺而称恶木。常用于比喻恶人或小人。

33　"吠声"句：谓朝廷小人如同犬吠。国猁，即国狗，一国中之上品名狗。比喻妨贤害能之人。

34　公议：公众的议论。膺门：李膺之门。《后汉书·李膺传》："是时朝廷日乱，纲纪颓弛，膺独持风裁，以声名自高，士有被其容接者，名为登龙门。"

35 "窜逐"句：谓朝廷之上的宰相都放逐出去。

36 "苍茫"句：谓被窜逐的宰相远离朝廷，难有回朝之日。帝阍，语本屈原《离骚》："吾令帝阍开关兮，倚阊阖而望予。"

37 名吉士：即名士与吉士。名士指名望高而不仕的人；吉士指官位高，而且接近皇帝的人。刘向《新序》："事君日益，官职日益，此所谓吉士也。"

38 "谁免"句：谓被逐的命运。吊湘魂，用《汉书·贾谊传》事，贾谊既已谪去，意不自得，及渡湘水，为赋以吊屈原。

39 间世：隔代，指年代相隔之久。谓英明的君主在历史上不是经常出现的。

40 "中兴"句：谓唐文宗是唐室中兴之主，并以道德治理天下。

41 昆冈：即昆仑山。语本《文心雕龙·诸子》："暨于暴秦烈火，势炎昆冈，而烟燎之毒，不及诸子。"

42 河汉：银河，这里比喻言论迂阔，不切实际。《庄子·逍遥游》："肩吾问于连叔曰：'吾闻言于接舆，大而无当，往而不返；吾惊怖其言，犹河汉而无极也。'"唐成玄英疏："犹如上天河汉，迢递清高，寻其源流，略无穷极也。"清源：清澈的水源。

43 川口：河口，比喻人的言语。《国语·周语上》："防民之口，甚于防川。"

44 阴车：指载鬼怪之车。

45　九地:即九泉,指地下。

46　"形甘"句:谓自己甘于受劳役,为国尽力。短褐,即褐衣
竖裁,为劳役之衣,又短又狭,故称短褐。髡,剃头发。

47　虿(chài)尾:虿的尾部,有毒钩。比喻毒之所在。虿是
蝎子一类的毒虫。

48　熊轩:即熊车,有伏熊形横轼的车。汉时为公侯、列侯所
用。以上二句谓自己虽然触犯过权贵,但凭借正直之士的遮
护,不至于陷罪。

49　杜若:香草名。语本屈原《九歌》:"采芳洲兮杜若。"商辂
《蔗山笔麈》:"严陵山水,称号率有经据。如杜若、汀洲,见于
杜紫微诗云:'杜若芳洲翠,严光钓濑喧。'"

50　严光:即严子陵,东汉人,耕钓于富春山,后人名其钓处为
严陵濑。《舆地纪胜》卷八《严州》:"严子陵钓台,《元和郡县
志》:在桐庐县西三十里浙江北岸。"宋吴聿《观林诗话》:"杜
牧之云:'杜若芳洲翠,严光钓濑喧。'此以杜与严为人姓对
也。……尤为工致。"

51　越角、吴根:商辂《蔗山笔麈》:"严陵山水,称号率有经
据。……又如吴根越角,亦见杜紫微诗《昔事文皇帝》篇中云:
'溪山侵越角,封壤尽吴根。'"

52　尧:传说中古代贤明的君主,这里指当朝皇帝唐宣宗。

初春有感寄歙州邢员外

雪涨前溪水[1]，啼声已绕滩[2]。
梅衰未减态，春嫩不禁寒。
迹去梦一觉，年来事百般。
闻君亦多感，何处倚阑干。

　　大中元年（847）作，时杜牧在睦州刺史任。歙州，故治在
今安徽歙县。邢员外，即邢群，字涣思，及进士第，为浙西观察
使幕吏，以杜牧荐，入朝为监察御史。会昌五年（845），由户
部员外郎出为处州刺史。转歙州。大中三年（849）卒于东都
洛阳，年五十。事见杜牧《歙州刺史邢君墓志铭》。杜牧与邢
群是挚友，其时都受到排挤而出守外郡，郁郁不得志。二郡相
距不远，但亦不能会面，因而诗末表现深深思念之情。员外，
唐朝各部均有员外郎。邢群以户部员外郎出守，故称。

1　前溪：溪名，是分水江支流，在桐庐县西部。《景定严州续
　　志》卷九《分水县》："前溪在县南，出柳柏乡，经分水乡入安
　　定，会于天目溪。"
2　啼声：谓前溪的水流声如同啼哭一般。

正初奉酬歙州刺史邢群

翠岩千尺倚溪斜，曾得严光作钓家[1]。
越嶂远分丁字水[2]，腊梅迟见二年花。
明时刀尺君须用[3]，幽处田园我有涯。
一壑风烟阳羡里[4]，解龟休去路非赊[5]。

——　　大中二年（848）正月一日作。元方回《瀛奎律髓》卷四：
"前四句言各州之景，后四句言情，皆佳句也。"歙州刺史邢
群，见前首《初春有感寄歙州邢员外》诗"评析"。

——　　1　严光：字子陵，会稽余姚（今浙江余姚）人。少与光武帝
刘秀同游学，有高名。秀称帝，光变姓名隐遁。秀派人觅访，
征召到京，授谏议大夫，不受，退隐于富春山。《后汉书》载入
《逸民传》。严子陵钓台在今浙江桐庐县富春山，下瞰富春渚，
有东西二台，各高数百丈。见《读史方舆纪要》卷九十《严州
府》。

2　丁字水：《清一统志》卷二三四："严州府东阳江，在建德县
东南二里。……上流即衢、婺二港，至兰溪县合流，又北至县
东南入浙江，形如丁字，亦名丁字水。"商辂《蔗山笔麈》："严
陵山水，称号率有经据。……如丁溪越嶂，亦见于杜紫微诗云：

'翠岩千尺倚溪斜,曾见严光作钓家。越嶂远分丁字水,江梅迟见二年花。'"

3　刀尺:剪刀和尺。喻指做官掌权。

4　阳羡:在江苏宜兴南,自古以产茶著名,为风景胜地。杜牧在其地有别墅。宋王象之《舆地纪胜》卷六《两浙西路·常州》:"杜牧之殖产阳羡,有卜筑之意,作诗寄歙州刺史刑部(按应为邢群)有曰:'一墅风烟阳羡里,解龟归去路非赊。'时方知睦州,故有'路非赊'之语。"又陈循《寰宇通志》卷十五:"杜桥在宜兴县酒务后,本名土桥,昔人掘地有巨木板周布其下,谓为杜牧之水榭故基,因改今名。牧之诗云:'一墅风烟阳羡里,解龟归去路非赊。'即此地。"

5　解龟:解去所佩的龟印,即辞官。赊:遥远。

寄澧州张舍人笛

发匀肉管生春岭[1]，截玉钻星寄使君。
檀的染时痕半月[2]，落梅飘处响穿云[3]。
楼中威凤倾冠听[4]，沙上惊鸿掠水分。
遥想紫泥封诏罢[5]，夜深应隔禁墙闻[6]。

——　大中二年（848）作。张舍人，张次宗。《新唐书·张次宗传》："李德裕再当国，引为考功员外郎、知制诰。出澧、明二州刺史，卒。"其由舍人出守澧州当在会昌末或大中初李德裕贬谪时。其时杜牧在睦州刺史任，姑系于大中二年。

——　1　"肉管"句：谓笛之产地与资质都极好。《汉书·律历志》："黄帝使泠纶，自大夏之西，昆仑之阴，取竹之解谷生，其窍厚均者，断两节间而吹之，以为黄钟之宫。制十二筒以听凤之鸣，其雄鸣为六，雌鸣亦六，比黄钟之宫，而皆可以生之，是为律本。"
2　"檀的"句：《樊川诗集注》卷四："按，的，《说文》作'旳'，明也。《易》曰：'为的颡。'故射鹄曰的，而女当姅变，以丹注面亦曰的。此檀的似谓指甲红染如半月状，亦或谓指印笛孔，的然有痕。"

3　落梅：即《梅花落》曲子。《樊川诗集注》卷四引《乐府解题》："《梅花落》，笛中曲也。自宋鲍照以下，常为之。"穿云：形容声音高扬激昂。《苕溪渔隐丛话》后集卷二六："既奏新曲，又快作数弄，嘹然有穿云裂石之声。"

4　"楼中"句：谓此笛一奏，能有萧史引凤的功效。《太平广记》卷四引《神仙传拾遗》："萧史善吹箫，作鸾凤之响。……秦穆公有女弄玉，善吹箫，公以弄玉妻之，遂教弄玉，作凤鸣。居十数年，吹箫似凤声，凤凰来止其屋，公为作凤台，夫妇止其上，不饮不食不下数年，一旦弄玉乘凤，萧史乘龙，升天而去。"

5　紫泥封诏：即将诏书写好，盖上玉玺。因张次宗曾为中书舍人，掌诏旨制敕及玺书册命，皆按典故起草以进。

6　禁墙：即宫墙。

睦州四韵

州在钓台边¹，溪山实可怜²。
有家皆掩映，无处不潺湲³。
好树鸣幽鸟，晴楼入野烟。
残春杜陵客⁴，中酒落花前⁵。

———　大中二年（848）暮春作，时杜牧在睦州刺史任。前六句写睦州之景，突出其秀丽。末二句表现思乡之情，有王粲《登楼赋》"虽信美而非吾土兮，曾何足以少留"的意趣。清何焯评此诗说："溪山岂不佳？只韦、杜才地，不堪常置闲处耳。'残春'、'中酒'，比年事蹉跎，作用既微，笔力尤横。"（《瀛奎律髓汇评》卷四）睦州，治所在今浙江建德县。

———　1　钓台：汉严子陵垂钓处，故址在今浙江桐庐县富春山，下有富春渚，有东西二台，各数百丈。《太平寰宇记》卷九五《江南东道》："睦州桐庐县，严陵山。《舆地志》云：桐庐有严陵山，境尤胜丽，夹岸是锦峰绣岭，即子陵所隐之地，因名。……杜牧诗云'州在钓台边'也。"

2　可怜：可爱。

3　潺湲（chán yuán）：水流缓慢的样子。

4　杜陵客：杜牧自谓。杜牧家在长安万年县杜陵原，故称。

5　中酒：酒酣。《史记·樊哙列传》："项羽既飨军士，中酒，亚父谋欲杀沛公。"《汉书·樊哙传》："项羽既飨军士，中酒，亚父谋欲杀沛公。"注："张宴曰：'酒酣也。'师古曰：'饮酒之中也。不醉不醒，故谓之中。中，音竹仲反。"后多以中酒称醉酒。

送国棋王逢

玉子纹楸一路饶[1]，最宜檐雨竹萧萧。
嬴形暗去春泉长，拔势横来野火烧[2]。
守道还如周伏柱[3]，鏖兵不羡霍嫖姚[4]。
得年七十更万日，与子期于局上销[5]。

　　大中二年（848）作，时杜牧在睦州刺史任。唐苏鹗《杜
阳杂编》卷下："大中中，日本国王子来朝，……王子善围棋，
上敕顾师言待诏为对手。"王逢亦称"国棋手"，盖此时应诏征
赴京师，参与这一盛大棋会。见《旧唐书》卷十八《宣宗纪》：
"大中二年三月，日本国王子入朝贡方物，王子善棋，帝令待诏
顾师言与之对手。"

　　1　玉子纹楸：玉子指玉棋子；纹楸即用楸木所制的围棋棋盘，
亦称楸局、楸枰。《杜阳杂编》卷下："大中中，日本国王子来
朝，献宝器音乐，上设百戏珍馔以礼焉。王子善围棋，上敕顾
师言待诏为对手。王子出楸玉局，冷暖玉棋子。云本国之东
三万里有集真岛，岛上有凝霞台，台上有手谈池，池中产玉棋
子，不由制度，自然黑白分焉。冬温夏冷，故谓之冷暖玉。又
产如楸玉，状类楸木，琢之为棋局，光洁可鉴。"饶：是饶先之

意。即先让对方占先,然后反戈一击,是以退为进的方法。

2　"赢形"二句:就是饶先的结果。谓因让对方占先,故起初自己一方呈现被动状态,即"赢形"。随着饶先之局暗藏杀机,这种被动状态逐渐退去,而阵势像春泉一样向主动方面上升。拔势横来,指自己占先后,形成大片杀局,如同野火烧林一般。

3　周伏柱:指周时柱下史老子。伏柱,一本作"柱史"。相传老子曾为周柱下史,后因以柱下为老子或老子《道德经》的代称。老子为道家之祖,故诗中守道以老子为比。

4　"鏖兵"句:谓王逢对弈激烈时,如同霍嫖姚在战场鏖兵。《汉书·霍去病传》:"(元狩二年)将万骑出陇西……转战六日,过焉支山千有馀里,合短兵,鏖皋兰下。"

5　"得年"二句:盖用"人生百岁"之俗语,汉乐府中常见。七十加万日则近百岁,下句说"与子期于局上销",谓愿意一辈子与王逢对弈。

重送绝句

绝艺如君天下少，闲人似我世间无。

别后竹窗风雪夜，一灯明暗覆吴图[1]。

———

1　覆吴图：冯集梧《樊川诗集注》卷二："按《覆吴图》未
详，或云用晋杜预表请伐吴，帝与张华围棋，预表适至，张华
推枰敛手事。存参。"这一疑点，在新出土的敦煌文献中，可
以得到解答。《敦煌写本棋经》中，曾两次提到"吴图二十四
盘"，堪称本诗极好的注脚。"吴图"当来源于三国时吴国
的棋坛高手的棋局。三国时的政治家、军事家，大多计谋多
端，他们中很多人也擅长弈棋，从围棋的过程中得到作战的
启发。魏国的王粲凭着记忆，能够重新摆出原来的棋局，这
就是著名的"王粲覆局"。在吴国，围棋的流行程度更盛。
最著名的是吴主孙策与吕范的对弈。见《三国志》卷五六
《吴书·吕范传》引《江表传》。孙策与吕范对局事，宋人李
逸民所编《忘忧清乐集》还收有其谱四十三着，成为我国现
存的最古老的一局棋。孙策如此，吴国的上层人物，如诸葛
瑾、陆逊等都是围棋的好手。吴国围棋高手云集，故著名的
棋局一定很多，后人根据这些棋局整理成"吴图二十四盘"
以收入《棋经》，则是顺理成章之事。《棋经》成书于隋唐以

前，埋没于敦煌，故"吴图"就少为人知。杜牧诗用此典则更难于索解。本世纪《棋经》出世于敦煌，使这一千古之谜得以解开。

朱坡绝句三首

故国池塘倚御渠¹，江城三诏换鱼书²。
贾生辞赋恨流落³，只向长沙住岁馀⁴。

烟深苔巷唱樵儿⁵，花落寒轻倦客归⁶。
藤岸竹洲相掩映，满池春雨鹧鸪飞⁷。

乳肥春洞生鹅管⁸，沼避回岩势犬牙。
自笑卷怀头角缩⁹，归盘烟磴恰如蜗。

　　大中二年（848）作，时杜牧由睦州刺史入为司勋员外郎，赴京途中。杜牧自黄州刺史迁池州，又迁睦州，三州都是临江之地，故诗中有"江城三诏换鱼书"之句。朱坡在长安城南樊川，位于少陵原一处的平衍坡地，风景优美，杜牧的祖父杜佑在这里有别墅，后成为村落，今仍名朱坡村，在少陵原西畔。杜牧身处江城，思及故园景物，想到汉时贾谊远贬长沙，犹有召还之期，而自己远贬荒州，"三守僻左，七换星霜，拘挛莫伸，抑郁谁诉"（《上吏部高尚书状》）。以贾谊衬托自己，并抒发胸中的愤懑。

1　故国：故乡。御渠：即御沟，流过皇城的河道。

2　江城：杜牧为黄州、池州、睦州刺史，三州皆临江，故称。鱼书：唐代起军旅，易守长，发铜鱼符，附以尺牍，故兼名鱼书。

3　贾生：即贾谊（前 200—前 168），年少而才高，天子议以贾生任公卿之位，而一些保守大臣从中阻挠，于是天子亦疏之，不用其议，任以长沙王太傅。在长沙三年，有鹏鸟飞入舍中，因感伤悼，乃为赋。见《史记·贾生列传》。

4　"只向"句：原注："文帝岁馀思贾生。"据《史记·贾生列传》："后岁馀，贾生征见。孝文帝方受釐，坐宣室。上因感鬼神事，而问鬼神之本。贾生因具道所以然之状。至夜半，文帝前席。既罢，曰：'吾久不见贾生，自以为过之，今不及也。'居顷之，拜贾生为梁怀王太傅。"

5　苔巷：长满青苔的深巷。樵儿：山里砍柴的儿童。

6　倦客：久留他乡而疲惫不堪的人。

7　鹈鹕（pì tī）：水鸟名，形似鸭而略小。

8　乳肥：谓石钟乳很肥大。鹅管：指石钟乳中很薄的小洞，犹如鹅的翎管一样。

9　卷怀：谓退隐。《论语·卫灵公上》："君子哉，蘧伯玉！邦有道则仕，邦无道则可卷而怀之。"

秋晚早发新定

解印书千轴[1]，重阳酒百缸[2]。

凉风满红树，晓月下秋江。

岩壑会归去[3]，尘埃终不降[4]。

悬缨未敢濯[5]，严濑碧淙淙[6]。

———　　大中二年（848）作，时杜牧由睦州刺史入京为司勋员外郎，从睦州启程。杜牧由睦州入京，因宰相周墀援引，是其仕途的一大转折，故心情畅快。其《上周相公启》称："伏以睦州治所，在万山之中，终日昏氛，侵染衰病。自量忝官已过，不敢率然请告，唯念满岁，得保生还。不意相公拔自污泥，升于霄汉，却收斥锢，令厕班行，仍授名曹，帖以重职。当受震骇，神魂飞扬，抚己自惊，喜过成泣，药肉白骨，香返游魂，言于重恩，无以过此。"新定即睦州，故治在今浙江建德县。

———　　1　解印：解去官印，此谓免去刺史之职。书千轴：写千百首诗。轴，书画卷轴。

2　重阳：农历九月九日。古以九为阳数，九月而又九日，故称重阳。酒百缸：古时有重阳饮菊花酒的习俗，故称。

3　岩壑：山林与沟壑。喻归隐之地。会：应当，必须。

4　尘埃：喻人世间。

5　"悬缨"句：谓自己未敢解官而去。《孟子·离娄》："有孺子歌曰：'沧浪之水清兮，可以濯我缨；沧浪之水浊兮，可以濯我足。'孔子曰：'小子听之，清斯濯缨，浊斯濯足矣。自取之也。'"悬缨，谓佩带官缨。

6　严濑：即严陵濑，在浙江桐庐县南，相传汉严光耕于富春山，后人因名其处为严陵濑。《水经注·浙江水》："（孙权）割富春之地立桐庐县，自县至於潜，凡十有六濑，第二是严陵濑。濑带山，山下有石室，汉光武帝时，严子陵之所居也。故山及濑，皆即人姓名之。"严光，字子陵，会稽余姚（今浙江余姚）人。少曾与光武帝刘秀同游学，有高名。秀称帝，光变名姓隐遁。秀派人觅访，征召到京，授谏议大夫，不受，退隐于富春山。事见《后汉书·逸民传》。淙淙：流水声。

江南怀古

车书混一业无穷[1]，井邑山川今古同[2]。
戊辰年向金陵过[3]，惆怅闲吟忆庾公[4]。

——

　　大中二年（848）作，时杜牧由睦州赴官入京途经金陵。诗用庾信的典故，今古对照，既表现自己的乡国之思，又寄寓对朝政的隐忧。

——

1　车书混一：指国家制度统一。《礼记·中庸》："今天下车同轨，书同文。"后取"车书"二字泛指国家体制制度。

2　井邑：乡村与城市。相传古代八家一井，后引申为乡里人口聚住地。

3　戊辰：庾信《哀江南赋序》："粤以戊辰之年，建亥之月，大盗移国，金陵瓦解。"杜牧大中二年（848）过此，正好又逢戊辰，故有感而发。金陵：今江苏南京。

4　庾公：即庾信（513—581），字子山，北周南阳新野（今河南新野）人。初仕南朝梁，奉使西魏，被留不放还。西魏亡，仕北周，官至骠骑大将军、开府仪同三司。信虽居高位，然怀念南朝，常有乡土之思。晚年之作遂趋沉郁。以《哀江南赋》最为著名。

泊秦淮

烟笼寒水月笼沙，夜泊秦淮近酒家[1]。
商女不知亡国恨，隔江犹唱后庭花[2]。

约大中二年(848)作,时杜牧由睦州赴京,途经金陵。诗在描写水上夜色的同时,透露出深沉的感慨,是一首脍炙人口的佳作。近人陈寅恪以为:"此来自江北扬州之歌女,不解陈亡之恨,在其江南故都之地,尚唱靡靡遗音,牧之闻其歌声,因为诗以咏之耳。"(《元白诗笺证稿·新乐府·盐商妇》)可知诗的主旨是针对当时吟诗作曲流于绮靡的风气而发,侧重于听歌时一霎那的感受。秦淮,有二源,东源出句容县华山,南流。南源出溧水县东庐山,北流。二源合于方山,西经金陵城中,北入长江。相传秦始皇于山掘流,西入江,亦曰淮,因称秦淮。历代为著名的游览胜地。

1　近酒家:唐人韦庄《又玄集》卷中选此诗作"寄酒家",是一个重要异文,义似较优。杜牧不是船家,故在秦淮津渡停泊时,当不会在船中食宿,夜间一定是寄宿在酒家。但通行本都作"近",故仍之。

2　后庭花:唐教坊曲名。源于南朝陈后主所作。《隋书·五行志》："祯明初，后主作新歌，词甚哀怨，令后宫美人习而歌之。其词曰：'玉树后庭花，花开不复久。'时人以为歌谶。此其不久兆也。"《旧唐书·乐志》："前代兴亡，实由于乐。陈将亡也，为《玉树后庭花》，……行路闻之，莫不悲切，所谓亡国之音也。"

朱　坡

下杜乡园古[1]，泉声绕舍啼。

静思长惨切，薄宦与乖睽。

北阙千门外[2]，南山午谷西[3]。

倚川红叶岭，连寺绿杨堤。

迥野翘霜鹤，澄潭舞锦鸡。

涛惊堆万岫，舸急转千溪。

眉点萱牙嫩，风条柳幄迷。

岸藤梢虺尾，沙渚印麂蹄。

火燎湘桃坞[4]，波光碧绣畦。

日痕絚翠巘，陂影堕晴霓。

蜗壁斓斑藓，银筵豆蔻泥[5]。

洞云生片段，苔径缭高低。

偃蹇松公老[6]，森严竹阵齐。

小莲娃欲语，幼笋稚相携[7]。

汉馆留馀趾[8]，周台接故蹊[9]。

蟠蛟冈隐隐[10]，班雉草萋萋[11]。

树老萝纤组，岩深石启闺。

侵窗紫桂茂，拂面翠禽栖。

有计冠终挂[12]，无才笔谩提[13]。

自尘何太甚，休笑触藩羝[14]。

　　约会昌二年至大中二年（842—848）间作。"杜牧由己之不达、大志难伸而怀归故里朱坡,铺陈其风光写眷眷之情,终了为酬志仍不忍归去,无可奈何,自嘲自解。从'薄宦'及全诗情调看,盖作於三守僻左时,即会昌二年至大中二年。"（《西北师院学报》1987年第2期郭文镐《杜牧若干诗文系年考辨》）全诗凡四十句,从古下杜之地的乡园泉声起笔,前四句书怀归之情,中三十二句写朱坡风光,末四句叹自己胸怀大志而难以伸展,故自嘲自解。

　　1　下杜：在长安附近,是杜牧的故乡。裴延翰《樊川文集序》："长安南下杜樊乡,郦元注《水经》,实樊川也。延翰外曾祖司徒岐公（杜佑）别墅在焉。"
　　2　"北阙"句：谓朱坡在长安北阙之外。北阙,古代宫殿北面的门楼。《汉书·高帝纪》："至长安,萧何治未央宫,立东阙、北阙、前殿、武库、太仓。"注："未央殿虽南向,而上书奏事,谒见之徒,皆诣北阙。……是则以北阙为正门。"故后来通称帝王宫禁为北阙。
　　3　午谷：即子午谷,在陕西西安南秦岭山中。《史记·樊哙传》索隐引《三秦记》："长安正南,山名秦岭,谷名子午,一名樊川，一名御宿。"《汉书·王莽传》："通子午道，从杜陵直绝南山，经汉中。"注："师古曰：子，北方也，午，南方也。言通南北道相当，故谓之子午耳。今京城直南山，有谷通梁汉道，名子午谷。……南北直相当，此则北山者是子，南山者是午，共为子午道。"

4　"火燎"句：《西京杂记》卷一："初修上林苑，群臣远方各献名果异树……缃核桃。"

5　银筵：《樊川文集夹注》卷二作"银涎"。按《埤雅》卷二："南方积雨，蜗涎书画屋壁，悉成银迹。"可证作"银筵"误。豆蔻：多年生常绿草本植物，又名草果。分肉豆蔻、红豆蔻、白豆蔻等种。红豆蔻生于南海诸谷中，南人取其花未大开者，名含胎花，言如怀妊之身。

6　松公：即松树。《三国志·吴书·孙皓传》注："《吴书》曰：丁固为尚书，梦松树生腹上，谓人曰：'松子，十八公也，后十八岁，吾其为公乎？'果如其言。"

7　"幼笋"句：谓朱坡之地盛产竹笋。稚，稚子，即竹笋。宋释惠洪《冷斋夜话》卷二："老杜诗曰：'竹根稚子无人见，沙上凫雏并母眠。'世或不解'稚子无人见'何等语。唐人《食笋诗》曰：'稚子脱锦绷，骈头玉香滑。'则稚子为笋明矣。"

8　"汉馆"句：谓朱坡尚存汉代离宫别馆的遗址。

9　周台：周灵台遗址。《诗·大雅·灵台》："经始灵台，经之营之。"笺:"观台而曰灵者,文王化行,似神之精明,故以名焉。"杜牧《望故园赋》:"陇云秦树,风高霜早。周台汉园,斜阳暮草。"

10　隐隐:隐约不分明。

11　萋萋:草木茂盛。

12　"有计"句:谓他人有谋终挂冠归去。《后汉书·逢萌传》:"时王莽杀其子宇,萌谓友人曰:'三纲绝矣,不去,祸将及人。'即解冠挂东都城门,归,将家属浮海,客于辽东。"

13　"无才"句:谓自己志向难以实现,徒然作诗咏归。提笔,用李斯事。苏轼《诗史补注》引李斯曰:"丈夫当提笔鼓吻,取富贵易若举杯。"谩,徒然。

14　触藩:以角抵撞篱垣。《易·大壮》:"羝羊触藩,羸其角。"郭璞《游仙诗》:"进则保龙见,退为触藩羝。"此处比喻所至碰壁,进退两难。

今皇帝陛下一诏征兵不日功集河湟诸郡
次第归降臣获睹圣功辄献歌咏

捷书皆应睿谋期[1]，十万曾无一镞遗[2]。
汉武惭夸朔方地[3]，宣王休道太原师[4]。
威加塞外寒来早，恩入河源冻合迟[5]。
听取满城歌舞曲，凉州声韵喜参差[6]。

———

　　大中三年（849）作。当时吐蕃内乱，久陷于河湟地区的汉人发动起义，唐朝廷也出兵响应，数月之间，收复了三州七关，河湟地区人民归回祖国。八月，河湟地区千馀人到长安，唐宣宗在延喜门迎接，他们当众脱去胡服，换上汉装，观者皆欢呼雀跃。杜牧睹此圣功，而作此诗。全诗赞扬了宣宗收复河湟的功业，表现了作者的爱国热忱。河湟，指黄河、湟水两流域地。

———

1　睿谋：皇帝的图谋与规划。睿，明智通达。《书·洪范》："思曰睿，……睿作圣。"后常用为称颂皇帝的套语。

2　"十万"句：用贾谊《过秦论》典："秦无亡矢遗镞之费，而天下诸侯已困矣。"

3　汉武：指汉武帝，他曾于元朔二年（前127）遣将军卫青、李云出云中,至高阙,收河南地,置朔方、五原郡。事见《汉书·武帝纪》。

4　宣王:即周宣王,西周时中兴之主,在位长达四十六年。《诗·小雅·六月》:"薄伐猃狁,至于大原。"大与太通。《毛诗序》认为是歌颂宣王北伐之诗。

5　河源:黄河发源地,这里指河湟一带。

6　凉州:本为西汉置,辖境相当于今甘肃、宁夏和青海湟水流域、内蒙古纳林河、穆林河流域,为汉武帝十三刺史部之一。事见《晋书·地理志》。唐天宝间乐曲,常以边地名,若《凉州》、《伊州》、《甘州》之类。这里"凉州"指凉州地区的乐曲。

奉和白相公圣德和平致兹休运岁终功就合咏盛明呈上三相公长句四韵

行看腊破好年光[1]，万寿南山对未央[2]！
黠戛可汗修职贡[3]，文思天子复河湟[4]。
应须日御西巡狩[5]，不假星弧北射狼[6]。
吉甫裁诗歌盛业[7]，一篇江汉美宣王[8]。

　　大中三年（849）作。本年二月，吐蕃内乱，陇西人民以秦、原、安乐三州及石门等七关来归。朝廷以太仆卿陆耽为宣谕使，诏泾原、灵武、凤翔、邠宁、振武皆出兵接应。六月，泾原节度使康季荣取原州及石门等六关。七月，灵武节度使朱叔明取安乐州，邠宁节度使张君绪取萧关，凤翔节度使李玭取秦州。八月，河陇收复。年底，宰相白敏中作《贺收秦原诸州诗》，马植、魏扶、崔铉都有和作，杜牧此时正在京为司勋员外郎，故作此诗。诗写唐宣宗收复河湟的功业，末二句用尹吉甫作《江汉》诗歌颂周宣王的典故，歌颂白敏中等宰相辅佐唐宣宗的功绩。白相公，即白敏中，会昌六年入相，大中三年罢为尚书右仆射。三相公，即马植、魏扶、崔铉，与白敏中同在相位。

1 腊破：腊月已尽，春天到来。本句行看腊破，指腊月即将结束。

2 万寿南山：祝人吉祥之语，犹今日常言之"寿比南山"。南山，唐长安城南的终南山。未央：汉宫名，代指唐朝宫殿。

3 黠戛可汗：即黠戛斯的头领。黠戛斯是古代的坚昆国，其君主阿热。会昌中，阿热遣注吾合素至京师，武宗以其地穷远而能修职贡，命太仆卿赵蕃慰问其国。

4 "文思"句：元李治《敬斋古今注》卷四："杜牧之诗'文思天子复河湟'，……用《尧典》'聪明文思'语。思字旧两音，实作平声用为优。"文思天子，指唐宣宗。因为大中二年，群臣上尊号为"圣敬文思和武光孝皇帝"。

5 日御：即羲和，神话中的御日者。巡狩：本义为打猎，此指对少数民族的战争。

6 星弧：即弧星，又称天弓星，在狼星东南。古人认为，天弓星主备盗贼，常向于狼。弧矢动移不如常者，多盗贼，蕃兵大起，天下乖乱。

7 吉甫：即尹吉甫，古代著名的贤臣。

8 江汉：《诗经》的篇名，传说是尹吉甫所作，歌颂周宣王的功业。杜牧用这一典故，同时歌颂唐宣宗及辅弼大臣，可谓别具匠心。

李侍郎于阳羡里富有泉石牧亦于阳羡粗有薄
产叙旧述怀因献长句四韵

冥鸿不下非无意[1]，塞马归来是偶然[2]。
紫绶公卿今放旷[3]，白头郎吏尚留连[4]。
终南山下抛泉洞[5]，阳羡溪中买钓船。
欲与明公操履杖[6]，愿闻休去是何年。

———

大中三年（849）作，其时杜牧为司勋员外郎。李侍郎指
李褒，大中三年自前礼部侍郎授。大中三年李褒以礼部侍郎
知举时，杜牧正为司勋员外郎、史馆修撰。阳羡，《樊川诗集
注》卷二：“《元和郡县志》：常州义兴县，本秦阳羡县。倪瓒
《荆溪图序》：苏子瞻曰唐杜牧之构水榭于溪旁，至今历历可
考。”这首诗通过对李褒阳羡别墅泉石风景的羡慕，表现自己
欲退隐林泉的心理。“白头郎吏”句既是对悠游生活的向往，
也是对郎官职位的不满。

———

1　“冥鸿”句：谓自己本有退居之意，而这次回朝是出于偶然
　　的。冥鸿，高飞的鸿雁。扬雄《法言·问明》：“鸿飞冥冥，弋人
　　何篡焉。”后用以比喻避世隐居的人。
2　塞马归来：《淮南子·人间》：“近塞上之人，有善术者，马

无故亡而入胡，人皆吊之。其父曰：‘此何遽不为福乎？’居数月，其马将胡骏马而归，人皆贺之。其父曰：‘此何遽不能为祸乎？’家富良马，其子好骑，堕而折其髀，人皆吊之。其父曰：‘此何遽不为福乎？’居一年，胡人大入塞，丁壮者引弦而战，近塞之人，死者十九，此独以跛之故，父子相保。故福之为祸，祸之为福，化不可极，深不可测也。”按杜牧自会昌二年受李德裕排挤，由比部员外郎出为黄州刺史，转池州、睦州，在江城，蜗居三年，大中二年末才被召赴京任司勋员外郎。故以塞马归来自比。

3　“紫绶”句：谓李褒身居高官而为人旷达。紫绶，唐时二品、三品官员所佩的绶带。《旧唐书·舆服志》：“诸佩绶，皆双绶。……一品绿緌绶。……二品、三品紫绶。……四品青绶。……五品黑绶。”李褒为礼部侍郎，正四品下，当服青绶。盖杜牧作诗时夸语。《东观汉记》卷四称：“汉制，公侯金印紫绶。”则杜牧以公卿看待李褒。放旷，放达无拘束。

4　“白头”句：谓自身已到白头，还在郎吏之任。《汉纪·孝文皇帝纪》：“冯唐白首，屈于郎署。”杜牧以此自比。按杜牧四十岁为黄州刺史时作《郡斋独酌》诗时已说：“前年鬓生雪，今年鬓带霜。”大中三年四十七岁，宜称“白头郎吏”。

5　终南山：秦岭山峰之一，在陕西西安市南，又称南山。

6　明公：对权贵长官的尊称。

长安杂题长句六首

舢稜金碧照山高[1]，万国珪璋捧赭袍[2]。
舐笔和铅欺贾马[3]，赞功论道鄙萧曹[4]。
东南楼日珠帘卷[5]，西北天宛玉厄豪[6]。
四海一家无一事[7]，将军携镜泣霜毛。

晴云似絮惹低空[8]，紫陌微微弄袖风[9]。
韩嫣金丸莎覆绿[10]，许公鞲汗杏黏红[11]。
烟生窈窕深东第[12]，轮撼流苏下北宫[13]。
自笑苦无楼护智[14]，可怜铅椠竟何功[15]。

雨晴九陌铺江练[16]，岚嫩千峰叠海涛。
南苑草芳眠锦雉[17]，夹城云暖下霓旄[18]。
少年羁络青纹玉[19]，游女花簪紫蒂桃。
江碧柳深人尽醉[20]，一瓢颜巷日孤高[21]。

束带谬趋文石陛[22]，有章曾拜皂囊封[23]。
期严无奈睡留癖，势窘犹为酒泥慵。
偷钓侯家池上雨，醉吟隋寺日沉钟[24]。
九原可作吾谁与[25]？师友琅邪邴曼容[26]。

洪河清渭天池濬[27]，太白终南地轴横[28]。
祥云辉映汉宫紫[29]，春光绣画秦川明[30]。
草妒佳人钿朵色[31]，风回公子玉衔声[32]。
六飞南幸芙蓉苑[33]，十里飘香入夹城[34]。

丰貂长组金张辈[35]，驷马文衣许史家[36]。
白鹿原头回猎骑[37]，紫云楼下醉江花[38]。
九重树影连清汉[39]，万寿山光学翠华[40]。
谁识大君谦让德[41]？一豪名利斗蛙蟆[42]。

　　大中四年 (850) 作，时杜牧在长安为司勋员外郎。这组诗写杜牧在长安的见闻和感受。第一首总写，谓四海承平，国家统一；第二首写权贵之豪华与自己的淡泊自守，具有忧世伤时之意；第三首写长安冶游的习俗，衬出人民繁富；第四首写自己供职长安的寂寞处境；第五首写长安的形势与风光；第六首写长安的繁华，归结于皇帝的德行。整组诗都以长安的豪奢繁富与自己的寂寞自守相映衬，表现苦闷抑郁的情怀。写来又富丽堂皇，词采繁缛，堪称浑成精妙之作。长句，唐人以七言诗为长句。

　　1　觚稜 (gū léng)：殿堂屋角的瓦脊成方角稜瓣之形，故名。

宋王观国《学林》卷五:"屋角瓦脊,成方角棱瓣之形,故谓之
觚棱。班固《西都赋》云:'设壁门之凤阙,上觚棱而栖金爵。'
盖谓以铜铁为凤雀,安于阙角瓦脊之上。"

2　珪璋:诸侯朝会时所执的玉器。赭(zhě)袍:红袍,指帝王
之衣。《新唐书·车服志》:"初,隋文帝听朝之服,以赭黄文绫
袍,……唐高祖以赭黄袍、巾带为常服,……既而天子袍衫
稍用赤黄,遂禁臣民服。"

3　舐笔和铅:谓朝中文士。舐笔,用舌头舐笔毛;和铅,搅和
铅粉用来写字。贾马:贾谊和司马相如,都是西汉的辞赋家。

4　萧曹:萧何与曹参。汉初著名的丞相。

5　"东南"句:化用汉乐府《陌上桑》意:"日出东南隅,照我秦
氏楼。秦氏有好女,自名为罗敷。"

6　天宛:即大宛所产的天马。大宛,古西域三十六城国之一。
北通康居,西南邻大月氏,盛产名马。事见《史记·匈奴传》。
玉厄:原注:"《诗》曰:'鞗革金厄。'盖小环。"玉厄即玉制的
舆头。

7　四海一家:谓国家统一。

8　惹:扰乱。

9　紫陌:指帝都繁华的道路。

10　韩嫣金丸:韩嫣,西汉人,汉武帝的幸臣。《西京杂记》卷
四:"韩嫣好弹,常以金为丸,所失者,日有十馀,长安为之语曰:

'苦饥寒,逐金丸。'京师儿童每闻嫣出弹,辄随之。望丸之所落辄拾焉。"莎,草名。地下有细长的块根,可入药。

11　"许公"句:谓宇文述沾满汗水的马鞍上,更黏上几片鲜红的杏花。原注:"《北史》,宇文述封许国公,制马鞯,于后角上缺方三寸,以露白色,时谓'许公缺势。'"许公,即宇文述,曾封许国公,喜欢炫耀自己。

12　窈窕:幽远深邃的样子。按"窈窕"应为"窈窱",韩国李瀷《星湖僿说》:"杜牧诗曰:'烟生窈窱深东第,轮撼流苏下北宫。'杨慎以'窈窱'作'窈窕',非也。王延寿《灵光殿赋》曰:'旋室娟娟以窈窕,洞房窈窱以幽邃。'牧诗正出于此,而与窈窕别矣。以慎之博而尚不及此,信乎评诗之难矣。杨说见《字汇》。"东第:王侯豪族的住宅。《史记·司马相如列传》:"位为通侯,居列东第。"《索隐》:"列甲第在帝城东,故云东第也。"

13　流苏:以五彩羽毛或丝绒做成的穗子,常用作车马、帏帐的垂饰。北宫:汉宫名。汉高祖时建,武帝增修,为皇帝与贵族游幸之地。故址在今陕西西安西北。

14　楼护:字君卿,汉齐(今属山东)人。西汉末为京兆吏,善辩,与谷永(字子云)同为元帝后舅王氏五侯上客,时人号曰:"谷子云笔札,楼君卿唇舌。"后升为太守。依王莽,封息乡侯,列于九卿。事见《汉书·楼护传》。

15　铅椠(qiàn):古人书写记录的用具。铅,铅粉笔;椠,木板。《西京杂记》卷三："扬子云好事,常怀铅提椠,从诸计吏访殊方绝域四方之语,以为裨补。"

16　九陌:汉长安城中有八街、九陌。见《三辅黄图》卷一《汉长安故城》。后来泛指都城大路。铺江练:谓大道之平坦如同铺在江上的白练。谢朓《晚登三山还望京邑》诗:"馀霞散成绮,澄江静如练。"

17　南苑:即芙蓉苑,在长安城东南角曲江之南。详本书《杜秋娘》诗注。锦雉:即锦鸡。胸如小雉,胸前五色如孔雀羽,其尾羽可为冠服之饰。

18　夹城:指长安宫中的通道。《旧唐书·玄宗纪》:开元二十年六月,"遣范安及于长安广花萼楼,筑夹城至芙蓉园。"霓旌:帝王出行仪仗,以五彩制旗,有如虹霓。

19　羁:马笼头。青纹玉:青色带有花纹之玉。

20　江:即曲江,故址在今陕西西安东南。秦为宜春苑,汉为乐游原,有河水水流曲折,故又名曲江。

21　"一瓢"句:用《论语·雍也》典:"贤哉,回也! 一箪食,一瓢饮,在陋巷,人不堪其忧,回也不改其乐。"

22　束带:整饰衣冠,束紧衣带,表示恭敬。谬趋:臣下朝见皇帝的谦称。文石陛:以有纹理的石头铺成的殿阶。《汉书·梅福传》:"故愿一登文石之陛,涉赤墀之途,当户牖之法坐,尽平生之愚虑。"

23 皂囊封：黑色的封套。《后汉书·蔡邕传》注："凡章表皆启封，其言密事，得皂囊也。"

24 隋寺：即隋代所建的寺庙。冯集梧《樊川诗集注》卷一以为隋大兴善寺，可备一说。《长安志》卷七："万年县所领朱雀门街之东靖善坊大兴善寺，尽一方之地，初曰遵善寺，……寺殿崇广，为京城之最。"

25 九原可作：谓设想已死的人再生。《国语·晋语八》："赵文子与叔向游于九原曰：'死者若可作也，吾谁与归！'"九原，《礼记·檀弓下》注："晋卿大夫之墓地在九原。"后世因称墓地为九原。

26 琅邪：郡名，秦置，治所在琅邪。其地在今山东胶南、诸城一带。邴曼容，汉哀帝时人，邴汉之侄，养志自修，为官不肯过六百石，辄自免去，时有名望。事见《汉书·两龚传》。

27 洪河：指水势浩大的黄河。清渭：即渭河，黄河主干流之一，源出甘肃渭源县西北，东南流至清水，至陕西省境，横贯渭河平原，东流至潼关，入黄河。天池濬：贯通天池的河道。濬，疏通河道。因黄河发源于高原，似从天上而来，故称天池。

28 太白：即终南山，在陕西周至县南，南连武功山，在诸山中最为秀出，冬夏皆积雪，望之皓然，故名太白。

29 汉宫：汉朝的宫殿，借指长安宫殿。

30 秦川：自大散关以北达于周至岐雍，夹渭川南北岸，沃野千里,以秦之故国,故称秦川。

31　佳人:美女。钿朵:即花钿,古代美女的首饰。

32　玉衔:玉制的马嚼子,放在马的口中,用以制驭马之行止。

33　六飞:一作六龙。皇帝车驾的六匹马,马八尺称龙,因称六龙。又因马跑如飞,或称六飞。幸:帝王到某地方去称幸。芙蓉苑:即南苑,见本书《杜秋娘诗》注。

34　夹城:宫中通道。

35　丰貂:丰厚轻暖的貂裘。长组:长长的丝带。《史记·高祖本纪》:"秦王子婴素车白马,系颈以组。"金张:汉金日磾家,自武帝至平帝,七世为内侍。张汤后世,自宣帝、元帝以来为侍中、中常侍者十馀人。后因以金张为功臣世族的代称。左思《咏史》:"金张藉旧业,七叶珥汉貂。"

36　驷马:贵官所乘之马。文衣:饰有文采的华贵衣服。许史:指汉宣帝时的两家外戚:许,宣帝许皇后家;史,宣帝母家。皆显贵。《汉书·盖宽饶传》载郑昌上书:"上无许史之属,下无金张之任。"

37　白鹿原:即灞上。在陕西蓝田县西,灞水行经原上。相传周平王时有白鹿出于此,故名。

38　紫云楼:在长安曲江头。

39　九重:指宫禁,极言其深远。《楚辞》宋玉《九辩》:"岂不郁陶而思君兮,君之门以九重。"注:"君门深邃,不可至也。"

清汉：即天河。

40　万寿山：在唐长安宫城内。《新唐书·武三思传》："建营兴泰宫于万寿山,请天后岁临幸。"翠华：用翠羽饰于旗竿顶上的旗,为皇帝仪仗。

41　"谁识"句：原注："圣上不受徽号。"据《唐会要》卷一记载,宣宗大中三年,群臣以河湟既服,请加尊号,上深执谦让,三表不许。

42　蛙蟆：青蛙和虾蟆。《汉书·五行志》："元鼎五年秋,蛙与虾蟆群斗,是岁四将军众十万,征南越,开九郡。"杜牧化用其意,以称赞唐宣宗平河湟之功德。

长安送友人游湖南

子性剧弘和[1]，愚衷深褊狷[2]。
相舍嚣谤中[3]，吾过何由鲜。
楚南饶风烟，湘岸苦萦宛[4]。
山密夕阳多，人稀芳草远[5]。
青梅繁枝低，斑笋新梢短[6]。
莫哭葬鱼人[7]，酒醒且眠饭。

—— 大中四年（850）作，时杜牧在长安。湖南，唐湖南观察使的辖区，大致相当于今天的湖南省地。"山密夕阳多，人稀芳草远"是写景的佳句。作者在长安而写楚地之景，纯属想象之笔。设想友人在夕阳之下的重峦叠嶂中行走，眼见芳草连绵无际，不免使人产生寂寥之感。明丽的景色中透露出作者对友人的惜别、关怀，情绪稍有伤感而不低沉。

—— 1 剧：十分。

2 褊狷：正直但不随和。

3 嚣谤（náo）：喧哗吵闹。

4 萦宛：萦回屈曲。

5 芳草：香草，常比喻才德兼备的人。

6　斑笋：斑竹之笋。斑竹，即紫竹，竹有紫色或灰褐色的斑
纹，也称湘妃竹。古代神话谓舜南巡不返，葬于苍梧。舜妃娥
皇、女英思帝不已，泪下沾竹，竹悉成斑。事见任昉《述异记》
卷上。

7　葬鱼人：指屈原。屈原被放逐到湖南之后，对渔父说："宁
赴常流而葬乎江鱼腹中耳。"于是怀石，自投汨罗以死。事见
《史记·屈原列传》。

新转南曹未叙朝散初秋暑退出守吴兴
书此篇以自见志

捧诏汀洲去[1]，全家羽翼飞[2]。
喜抛新锦帐[3]，荣借旧朱衣[4]。
且免材为累[5]，何妨拙有机[6]。
宋株卿自守[7]，鲁酒怕旁围[8]。
清尚宁无素，光阴亦未晞[9]。
一杯宽幕席[10]，五字弄珠玑[11]。
越浦黄甘嫩，吴溪紫蟹肥[12]。
平生江海志，佩得左鱼归[13]。

　　大中四年（850）作。杜牧大中三年（849）为司勋员外郎、史馆修撰，四年初秋转吏部员外郎，不久即出守湖州。诗是刚得到出守诏书时作。南曹，唐吏部掌判选院的员外郎。朝散，即朝散大夫，隋唐时设置的散官，官阶从五品下。唐吏部员外郎例加朝散大夫。杜牧尚未来得及加朝散大夫，故言"未叙朝散"。出守吴兴，即到湖州去担任刺史。宋谈钥《嘉泰吴兴志》卷十四《郡守题名》："杜牧，大中四年十一月自大理少卿授，迁中书舍人。史传：自吏部员外郎乞为湖州刺史，逾年，以考功郎中知制诰，迁中书舍人。唐大中为刺史，遗爱

塞路,公退之馀,登临赋咏,碧澜消暑,俱有留题。"是为湖州
刺史在大中四年。《吴兴志》言十一月,当为抵任时。吴兴,
今浙江湖州。

1 捧诏:指接到出任湖州刺史任命的诏书。汀洲:本指水中
或水边的小洲,因吴兴地近太湖,故亦称汀洲。

2 羽翼飞:谓激动喜悦的心情,如同鸟之展翅高飞。

3 "喜抛"句:谓自己高兴地辞去新任命的吏部员外郎。锦
帐,汉制,尚书郎入直台中,官给锦被帏帐。应劭《汉官仪》卷
上:"尚书郎给青缣白绫,被以锦被,帏帐氈褥通中枕。"

4 "荣借"句:谓自己又穿上刺史的红色衣服。借朱衣,即借
绯。唐制,官阶五品以上著绯衣及佩银鱼袋,未到五品而特许
著绯衣的称借绯。见《唐会要》卷三一《内外官章服》。此处
指自己出任刺史。

5 "且免"句:谓将免去材名所累。用《庄子·山木》典:"弟
子问于庄子曰:'昨日山中之木,以不材得终其天年;今主人之
雁,以不材死;先生将何处?'庄子笑曰:'周将处乎材与不材之
间。材与不材之间,似之而非也,故未免乎累。"

6 "何妨"句:谓自己虽拙,但也有处世之道。有机,《庄
子·胠箧篇》:"吾闻之吾师,有机械者必有机事,有机事者必

有机心。机心存于胸中,则纯白不备;纯白不备,则神生不定;神生不定者,道之所不载也。"机心本指智巧变诈的心计,机事亦指机巧之事。杜牧用来说明自己的随机应变的方法与能力。

7　"宋株"句:意谓出守刺史犹如宋人守株待兔。《韩非子·五蠹》:"宋人有耕田者,田中有株,兔走触株,折颈而死,因释其耒而守株,冀复得兔。兔不可复得,而身为宋国笑。"聊,姑且。

8　"鲁酒"句:谓在朝廷做官可能受到无妄之灾。鲁酒,《庄子·胠箧》:"鲁酒薄而邯郸围。"《释文》引许慎注《淮南子》:"楚会诸侯,鲁赵俱献酒于楚王,鲁酒薄而赵酒厚。楚之主酒吏求酒于赵,赵不与,吏怒,乃以赵厚酒易鲁薄酒,奏之,楚王以赵酒薄,故围邯郸也。"

9　晞:天明。《诗·齐风·东方未明》:"东方未晞,颠倒裳衣。"

10　幕席:犹天地。晋刘伶《酒德颂》:"幕天席地,纵意所如。止则操卮执瓢,动则挈榼提壶。唯酒是务,焉知其馀。"

11　五字:指五言诗。珠玑:本指珠宝,比喻诗文之美。

12　"越浦"二句:谓在湖州可以品尝到鲜嫩的黄柑和肥美的螃蟹。越浦、吴溪,互文见义。湖州古属吴越地,故称。

13　"平生"二句:意谓虽还没有实现退隐的志向,但为湖州刺

史,地近海边,也算是满足愿望了。左鱼,即鱼书。唐代起军
旅、易官长,发铜鱼符,附以尺牒。鱼符刻阴文剖之,左鱼交刺
史,右鱼藏库中,刺史到任后,二鱼相合以验证。(见宋程大昌
《演繁露》卷一《左符鱼书》条)

道一大尹存之学士庭美学士简于圣明自致霄汉皆与舍弟昔年还往牧支离穷悴窃于一麾书美歌诗兼自言志因成长句四韵呈上三君子

九金神鼎重丘山[1]，五玉诸侯杂珮环[2]。
星座通霄狼鬣暗[3]，戍楼吹角虎牙闲[4]。
斗间紫气龙埋狱[5]，天上洪炉帝铸颜[6]。
若念西河旧交友[7]，鱼符应许出函关[8]。

大中四年（850）作，时杜牧出任湖州刺史，将赴任。道一大尹，即郑涓，字道一，官京兆尹，历河东节度使。大尹指京兆尹。存之学士，即毕诚，字存之，郓州须昌（今属山东）人。大和中及第，大中时召为翰林学士、中书舍人，迁刑部侍郎，官至兵部尚书、同中书门下平章事。庭美学士，郑处诲，字庭美，郑馀庆子。曾官校书郎，大中三年（851）自监察御史里行充翰林学士，迁屯田员外郎。舍弟，指杜牧之弟杜颛。一麾，此处指出任湖州刺史，参《将赴吴兴登乐游原一绝》注。清钱谦益、何焯《唐诗鼓吹评注》卷六："此诗美三君子在朝致治而冀其荐引也。首言天子一统，九州之鼎重于丘山，分别五等诸侯，皆执玉佩环而朝天子，当此时，星座明而狼鬣暗，喻君子进而小人退也。戍楼静而虎牙闲，言世道治而将士闲也。五句自言不得显达如龙剑之埋,六句望三君子麾而起之,如洪炉之铸,但恐不见念耳。若念旧交而荐拔焉,则鱼符之诏必出函关而召我矣。此诗前四句美三君子之功业,五六句言其志,末致属望之意。"

1　九金神鼎:古代象征国家政权的传国之宝。《汉书·郊祀志》:"禹收九牧之金,铸九鼎,象九州。"

2　五玉诸侯:古代五等诸侯所执五种玉石。《尚书·尧典》:"修五礼五玉。"注:"五等诸侯所执玉也。"疏:"公执桓圭,侯执信圭,伯执躬圭,子执谷璧,男执蒲璧。"珮环:即指诸侯所执的玉石。

3　星座通霄:《唐诗鼓吹评注》卷六:"星座通霄,言君子在位得行其道也。"狼鬣暗:比喻小人不得志。《晋书·天文志》:"狼一星,在东井东南。狼为野将,主侵掠。色有常,不欲动也。"

4　虎牙:本为东汉将军的名号,汉光武帝拜盖延为虎牙将军,铫期为虎牙大将军。此处泛指将军。

5　"斗间"句:谓自己不得志,就像龙剑沉埋一样。《晋书·张华传》:"初,吴之未灭也,斗牛之间常有紫气,道术者皆以吴方强盛,未可图也。惟华以为不然。及吴平之后,紫气愈明。华闻豫章人雷焕妙达纬象,乃要焕宿。……因登楼仰观。焕曰:

'仆察之久矣,惟斗牛之间颇有异气。' 华曰:'是何祥也。' 焕
曰:'宝剑之精上彻于天耳。' 华曰:'君言得之。吾少时有相者
言,吾年出六十,位登三事,当得宝剑佩之。斯言岂效与!' 因
问曰:'在何郡?' 焕曰:'在豫章丰城。' 华曰:'欲屈君为宰,密
共寻之,可乎?' 焕许之。华大喜,即补焕为丰城令。焕到县,
掘狱屋基,入地四丈馀,得一石函,光气非常,中有双剑,并刻
题:一曰龙泉,一曰太阿。其夕,斗牛间气不复见焉。"

6　洪炉:犹言天地,引申为陶冶锤炼人才的环境。《庄子·大
宗师》:"今一以天地为大炉,造化为大冶。" 铸颜:扬雄《法
言·学行》:"或曰:'人可铸与?' 曰:'孔子铸颜渊矣。'" 疏:"借
令颜渊不学,亦常人耳。遇孔子而教之,乃庶几于圣人。" 此处
泛指培养人才。

7　西河旧交友:指杜颙。《樊川文集夹注》卷二有原注:"杜
颙。" 西河,典出《礼记·檀弓上》,言子夏晚年居于西河之上,
"丧其子而丧其明,曾子吊之"。杜牧以子夏喻杜颙,以曾子
喻三学士,与诗题"皆与舍弟昔年还往"合。(参《复旦学报》
2004 年第 3 期杨焄《论朝鲜刻本〈樊川文集夹注〉的文献价
值》)

8　鱼符:唐时朝廷颁发的符信,雕木或铸铜为鱼形,刻书其
上,剖而分执之,以备符合为凭信,谓之鱼符。

将赴吴兴登乐游原一绝

清时有味是无能[1]，闲爱孤云静爱僧。
欲把一麾江海去[2]，乐游原上望昭陵[3]。

——— 大中四年（850）秋作。杜牧本年由吏部员外郎出为湖州刺史，将赴任时，登乐游原，遥望昭陵，追怀贞观之治。他即将离京，想到自己宜致身治国，故颇有魏阙之思。但又不足为世用，故只有一麾南去，任其宦海浮沉。这首诗是晚唐社会士人矛盾心理的典型反映。宋马永卿《懒真子》卷二谓此诗："杜牧之自尚书郎出为郡守之作，其意深矣。盖乐游原者，汉宣帝之寝庙在焉，昭陵即太宗之陵也。牧之之意，盖自谓不遇宣帝、太宗之时，而远为郡守也。藉使意不出此，以景趣为意，亦自不凡，况感寓之深乎？此其所以不可及也。"吴兴，三国吴所置郡名，隋废，改置湖州。今为浙江湖州。乐游原，即乐游苑，本汉宣帝建，故址在今陕西西安市郊。原为秦宜春苑，汉宣帝神爵三年（前99）修乐游庙，因以为名。其地居京城之最高，四望宽敞，京城之内，俯视指掌。"每岁晦日、上巳、重九，士女咸此登赏祓禊。"（宋张礼《游城南记》）

——— 1 "清时"句：谓身当清平，本该有为，而独自闲游，颇觉有趣，可见实是无能。此句为愤激之词,含有无法施展才能之意。有味,有闲静的趣味。

2　一麾:《文选》颜延年《五君咏·阮始平》诗:"屡荐不入官,一麾乃出守。"麾是挥斥、排挤的意思。诗意说阮咸受到荀勖的排挤,出为始平太守。杜牧用此典故,而把"麾"字误解为"旌麾"的"麾",后来沿误,就把"一麾出守"作为京朝官出为外任的典故。见宋沈括《梦溪笔谈》卷四。江海:指吴兴,因地邻太湖,又近东海,故称。

3　昭陵:唐太宗的陵墓,在陕西醴泉县东北九嵕山。旧有李世民所乘六骏石刻。王粲《七哀诗》说:"南登灞陵岸,回首望长安。"看似纪实之笔,实有寓意,因为灞陵为汉文帝的陵墓,作者登灞陵而望长安,暗示长安局势大乱,而缅怀汉文帝承平之治。杜牧此诗即袭用《七哀诗》之笔法。

登乐游原

长空澹澹孤鸟没[1]，万古销沉向此中[2]。
看取汉家何似业[3]，五陵无树起秋风[4]。

———　　这首诗与前首《将赴吴兴登乐游原一绝》约作于同时，即
大中四年(850)。乐游原在长安城南，地势很高，四望宽敞，
京都士女多来登临游赏。杜牧登上乐游原，思绪已跨越漫长
的岁月。想到千秋万代，人世沧桑，都消失在澹澹的长空中。
即使是极为强盛的汉代，也仅存留秋风萧瑟中的寂寞陵园而
已。感慨至深而出语豪宕。

———　　1　"长空"句：谢枋得《唐诗绝句注解》卷三："'长空澹澹孤鸟
没'有两说：一说是当时所见景物之凄惨；一说是计前代帝王
陵墓，在宇宙间如长空一孤鸟耳。"澹澹(dàndàn)，广大无边。
2　销沉：消亡，磨灭。
3　汉家：汉朝。似业：一作"事业"。
4　五陵：即高祖长陵、惠帝安陵、景帝阳陵、武帝茂陵、昭帝
平陵。汉代每立陵墓，均将四方富家豪族与外戚迁往居住，其
中以五陵最为著名。这五陵是汉朝全盛的象征。后来诗文中
常以五陵为豪门贵族聚居之地。秋风：语意双关。一指眼前

的秋风；一化用汉武帝《秋风辞》意："秋风起兮白云飞，草木黄落兮雁南归。兰有秀兮菊有芳，怀佳人兮不能忘。泛楼船兮济汾河，横中流兮扬素波。箫鼓鸣兮发棹歌，欢乐极兮哀情多。少壮几时兮奈老何！"

闻庆州赵纵使君与党项战中箭身死辄书长句

将军独乘铁骢马[1]，榆溪战中金仆姑[2]。

死绥却是古来有[3]，骁将自惊今日无[4]。

青史文章争点笔[5]，朱门歌舞笑捐躯[6]。

谁知我亦轻生者，不得君王丈二殳[7]。

—— 约大中四年（850）作。郁贤皓《唐刺史考全编》卷一二《庆州》："赵纵，大中四、五年？《全诗》卷五二一杜牧《闻庆州赵纵使君与党项战中箭身死辄书长句》。按大中四、五年间党项为边患，见《通鉴》。"大中五年平定党项时，杜牧曾奉敕作《贺平党项表》，此闻赵纵在党项战中身死，则当作于平党项之前。据《通鉴》，平党项在大中五年二月，故系诗于大中四年为宜。庆州，在今甘肃省庆阳县。赵纵，曾任庆州刺史。党项，我国古代的少数民族。汉西羌的一支。初居今青海、甘肃、四川边区一带。南北朝后期渐趋强大。唐贞观三年，以其地置轨州。九世纪后期，党项向东北迁移至今甘肃、宁夏、陕北一带。辽神策元年为辽太祖阿保机所并。

—— 1　铁骢马：配有铁甲的战马。骢是青白相间的马。

2　榆溪：即榆林塞，又名榆林山，在今内蒙古自治区鄂尔多斯境黄河北岸。古时为西北的边防要塞。金仆姑：箭名。见本书《重送》诗注1。

3　死绥：因退兵而当死罪。《左传》文十二年："秦以胜归，我何以报，乃皆出战，交绥。"注："古名退军为绥。"疏："《司马法》云：'将军死绥。'旧说，绥，却也。"

4　骁将：勇猛之将。骁，《樊川文集夹注》卷二作"骄"，并注："《通典》：秦末项梁起兵吴中，北至定陶，再破秦军，项羽等又斩三川守李由，益轻秦，有骄色。宋义谏曰：战胜而将骄卒惰者必败。"按此句与前句为对比，应作"骄将"为优。

5　青史：古以竹简记事，简须杀青（烤干以除去水分），后因称史册为青史。

6　朱门：红漆门。古代王侯贵族的住宅大门漆成红色，表示尊贵。因称豪门为朱门。

7　殳：古代兵器，用竹木为之，一端有棱，长一丈二尺。《诗·卫风·伯兮》："伯也执殳，为王前驱。"传："殳，长丈二而无刃。"

将赴湖州留题亭菊

陶菊手自种[1]，楚兰心有期[2]。
遥知渡江日，正是撷芳时[3]。

——— 大中四年（850）作，时杜牧为湖州刺史，将赴任。诗中拈出爱菊与兰的前代诗人陶渊明与屈原，表明自己清高雅洁，追踪前贤，不与时俗同流的情怀。

——— 1 陶菊：即菊花，因陶渊明以爱菊著名，故称。陶渊明《九日闲居》："余闲居，爱重九之名，秋菊盈园，而持醪无由。……酒能祛百虑，菊为制颓龄。"其诗文中咏菊甚多。

2 楚兰：即兰草，因楚人屈原爱之，故称。《离骚》："余既滋兰之九畹兮，又树蕙之百亩。……冀枝叶之峻茂兮，愿俟时乎吾将刈。"心有期：心中向往。

3 撷芳：即采花，也暗寓采摘屈原与陶渊明等先贤的遗芳。

叹　花

自是寻春去较迟，不须惆怅怨芳时。
可怜风摆花狼藉，绿叶成阴子满枝。

———

　　这首诗大致作于杜牧大中四年（850）为湖州刺史时。据晚唐人高彦休《阙史》记载："大和末，牧复自侍御史佐沈传师江西、宣州幕。闻湖州名郡，风物妍好，且多奇色，因甘心游之。湖州刺史某乙，牧素所厚者，颇喻其意。及牧至，每为之曲宴周游。凡优姬倡女，力所能致者，悉为出之。牧注目凝视曰：'美矣，未尽善也。'乙复候其意，牧曰：'愿得张水嬉，使州人毕观，候四面云合，某当间行寓目。冀于此际，或有阅焉。'乙大喜，如其言。至日，两岸观者如堵，追暮，竟无所得。将罢舟舣岸，于丛人中有里姥引鸦头女，年十馀岁，牧熟视曰：'此真国色，向诚虚设耳。'因使语其母，将接致舟中。姥女皆惧。牧曰：'且不即纳，当为后期。"姥曰："他年失信，复当何如？'牧曰："吾不十年，必守此郡。十年不来，乃从尔所适可也。"母许诺，因以重币结之，为盟而别。故牧归朝，颇以湖州为念。……大中三（按应作四）年，始授湖州刺史。比至郡，则已十四年矣。所约者已从人三载，而生三子。……因赋诗

以自伤。"(《太平广记》卷二七三引) 这首诗与杜牧《遣怀》
等诗风格一致,表现了晚唐文人生活放荡浪漫的一面。也可
能是有所寓意之作。

湖南正初招李郢秀才

行乐及时时已晚[1]，对酒当歌歌不成[2]。
千里暮山重叠翠，一溪寒水浅深清。
高人以饮为忙事[3]，浮世除诗尽强名[4]。
看著白蘋芽欲吐[5]，雪舟相访胜闲行[6]。

———

大中四年（850）冬至日作，时杜牧为湖州刺史。湖南，为
"湖州"之误。正初，阴历正月初一。李郢，字楚望，大中十年
（856）及进士第，历湖州、淮南、睦州、信州从事，入为侍御史。
后为越州从事卒。秀才，唐人谓应进士者为秀才。时李郢尚
未中进士，故称。这首诗是表达杜牧晚年心境的典型作品。
想行乐及时，但赶不上时光；欲对酒当歌，也很难成事。盖因
多年弃逐，一朝回朝，本应胸怀畅达，然朝中复杂，并非理想之
所，故于大中四年求守湖州。"高人以饮为忙事，浮世除诗尽
强名"，是经历人世沧桑后看破红尘之语。

———

1　行乐及时：适时清遣娱乐。《古诗十九首》："生年不满百，
常怀千岁忧。昼短苦夜长，何不秉烛游。为乐须及时，何能待
来兹。"
2　对酒当歌：用曹操《短歌行》意："对酒当歌，人生几何。譬

如朝露,去日苦多。"

3 高人:超脱世俗的人。指李郢。

4 浮世:人间,人世。旧时以为世事虚浮无定,故称。强名:
虚名。

5 看著:转眼间。白蘋:一种水中浮草,即马尿花。湖州有
白蘋洲,盛生白蘋。宋谈钥《嘉泰吴兴志》卷五:"白蘋洲在湖
州府雪溪东南,梁太守柳恽《江南曲》:'汀洲采白蘋,日暮江南
春。'后人因以名洲。""杜牧之有《题白蘋洲》诗。"

6 雪舟相访:用王子猷雪夜访友事。《世说新语·任诞篇》:
"王子猷居山阴,夜大雪,眠觉,开室命酌酒,四望皎然,因起彷
徨,咏左思《招隐诗》。忽忆戴安道,时戴在剡,即便夜乘小船
就之。经宿方至,造门不前而返。人问其故,王曰:'吾本乘兴
而行,兴尽而返,何必见戴!'"

题桐叶

去年桐落故溪上，把叶因题归燕诗。
江楼今日送归燕，正是去年题叶时。
叶落燕归真可惜，东流玄发且无期。
笑筵歌席反惆怅，朗月清风见别离。
庄叟彭殇同在梦[1]，陶潜身世两相遗[2]。
一九五色成虚语[3]，石烂松薪更莫疑。
哆哆不劳文似锦[4]，进趋何必利如锥。
钱神任尔知无敌[5]，酒圣于吾亦庶几。
江畔秋光蟾阁镜[6]，槛前山翠茂陵眉[7]。
樽香轻泛数枝菊，檐影斜侵半局棋。
休指宦游论巧拙[8]，只将愚直祷神祇[9]。
三吴烟水平生念[10]，宁向闲人道所之。

───

大中五年（851）作，时杜牧为湖州刺史。这首诗是杜牧晚年心态的具体表现，前四句怀旧，五、六句叹老，七、八句抒写离别之情，九至十二句流露退隐之志，十三至十六句表现对名利的淡漠，十七句至末尾描写对安闲生活的向往。这也是杜牧出任外郡时不得意之感的表露。形式上也别具一格，钱钟书《谈艺录》524 页："牧之《题桐叶》惟四韵散体，馀八韵皆偶体也。"

1　庄叟：庄子，战国宋蒙人，曾为漆园吏。主张清静无为，《史记》有传。彭殇：彭，彭祖，古之长寿者；殇，未成年而死。《庄子·齐物论》："莫寿于殇子，而彭祖为夭。天地与我并生，而万物与我为一。"

2　陶潜：即陶渊明（365—427），名潜，字元亮，晋浔阳（今江西浔阳）人。大司马陶侃曾孙。曾为州祭酒，后为彭泽令。因不能"为五斗米折腰"，弃官归隐，以诗酒自娱。南朝宋元嘉元年（427）卒。其《归去来兮辞》称："归去来兮，请息交以绝游，世与我而相遗。"

3　一丸五色：《宋书·乐志》："与我一丸药，光曜有五色。"

4　哆侈：口张大的样子，比喻吟诗作文。《诗·小雅·巷伯》："哆兮侈兮，成是南箕。"

5　钱神：喻钱财之力，如同神物。《晋书·鲁褒传》："元康之后，纲纪大坏，褒伤时之贪鄙，乃隐姓名，而著《钱神论》以刺之。"

6　蟾阁镜：冯集梧《樊川诗集注》卷二引《洞冥记》："望蟾阁十二丈，上有金镜，广四尺。元封中，有祇国献此镜，照魑魅不获隐形。"

7　茂陵眉：谓如同卓文君之眉。司马相如因病免官后，与卓

文君居于茂陵。文君姣好,眉色望如远山。见《史记·司马相
如列传》及《西京杂记》卷二。

8　宦游:为仕宦而奔波。

9　神祇:天地之神。

10　三吴:古今说法不一,杜牧此处指吴兴,即湖州。

入茶山下题水口草市绝句

倚溪侵岭多高树[1]，夸酒书旗有小楼。
惊起鸳鸯岂无恨，一双飞去却回头。

　　大中五年(850)作，时杜牧为湖州刺史。茶山即湖州顾渚山。清冯集梧《樊川诗集注》卷三《题茶山》诗注引《西清诗话》："唐茶品虽多，惟湖州紫笋入贡。紫笋生顾渚，在湖、常二郡之间。当采茶时，两郡守毕至，最为盛会。唐杜牧诗所谓：'溪尽停蛮棹，旗张卓翠苔。'刘禹锡：'何处人间似仙境？春山携妓采茶时。'皆以此。"水口，镇名，在顾渚，唐置茶贡院于此。大中五年杜牧即在这里督茶。现为长兴县水口乡驻地。宋雷《西吴里语》卷三："长兴有水口。唐杜牧《水口诗》：'倚溪侵岭多高树。'"草市，城外的市集。

　　1　溪：指箬溪。宋谈钥《嘉泰吴兴志》卷五："长兴县：箬溪在县东五十步，一名顾渚口，一名赵渎，即合溪之下流也。又一源出悬脚岭，至县东南门折而南，分为二，其正流名上箬，又折而东循卞山至郡城西北角沿城外入太湖，而远其分流为下箬。东经至德入太湖。而近顾野王《舆地志》云：'夹岸丛生箭箬，南岸曰上箬，北岸曰下箬，二箬皆村名。村人取下箬水酿酒，醇美胜于云阳，俗称下箬酒。'"岭：指顾渚山。

和严恽秀才落花

共惜流年留不得，且环流水醉流杯。
无情红艳年年盛，不恨凋零却恨开。

　　大中五年(851)作。严恽，字子重，吴兴(今浙江湖州)
人。《全唐诗》卷六一四皮日休《伤严子重诗序》："余为童在
乡校时，简上抄杜舍人牧之集，见有与进士严恽诗。后至吴，
一日，有客曰严某，余志其名久矣。遽怀文见造，于是乐得礼
而观之。其所为工于七字，往往有清便柔媚，时可轶骇于常
轨。其佳者曰：'春光冉冉归何处，更向花前把一杯。尽日问
花花不语，为谁零落为谁开！'余美之，讽而未尝怠。生举进
士，亦十馀计偕，余方冤之，谓乎竟有得于时也。未几，归吴
兴，后两月(咸通十一年也)，雪人至，云生以疾亡于所居矣。
噫！生徒以词闻于士大夫，竟不名而逝，岂止此而湮没耶！江
湖间多美材，士君子苟乐退而有文者死，无不为时惜，可胜言
耶？"严恽的诗，以落花兴感，表现出对于时光流逝的感伤。
杜牧的和诗境界更高一层。以落花的无情，反衬出有情人对
于时光的珍惜。但无情红艳，年年如此，而人生短暂，只有及
时行乐，"且环流水醉流杯"而已。晚年的心境，已于此淋漓
尽致地表现出来。

沈下贤

斯人清唱何人和[1]，草径苔芜不可寻。
一夕小敷山下梦[2]，水如环珮月如襟[3]。

───　大中五年(850)作，时杜牧为湖州刺史。沈下贤，即沈亚之，字下贤，吴兴(今浙江湖州)人。元和十年(815)进士，曾为德州判官，贬南康尉，终于郢州掾。工诗善文，擅长小说，游于韩愈之门，才名为时人所推。李贺、杜牧、李商隐都有拟沈下贤诗。著有《沈下贤集》。诗写沈亚之诗作风格清新，无人匹敌，但身后寂寞，无从追寻。然其文采风流，于梦中依稀可见。水声潺湲，犹如其环珮声响；月色清白，好像其胸襟高旷。亚之为人，牧之怀念，都于写景中自然流露出来。

───　1　斯人：指沈下贤。清唱：谓沈下贤所作的清新高雅的诗篇。
2　小敷山：在湖州乌程县西南二十里。徐献忠《吴兴掌故集》卷九："沈亚之故宅，在乌程西南二十里，地名小敷山，即旧志之福山也，见杜牧之吊沈下贤诗。"
3　环珮：即珮玉，本为妇女饰物，响声清脆，此处用来比喻水流之声。

书怀寄中朝往还

平生自许少尘埃[1]，为吏尘中势自回。
朱绂久惭官借与[2]，白头还叹老将来。
须知世路难轻进，岂是君门不大开[3]。
霄汉几多同学伴[4]，可怜头角尽卿材[5]。

───

大中五年（851）作，时杜牧在湖州刺史任。中朝，指朝廷。往还，指朋游故旧。

───

1　尘埃：比喻为世俗所染。屈原《渔父》："安能以皓皓之白，而蒙世俗之尘埃乎？"

2　朱绂：古代系珮玉或印章的红色丝带。官借与：即借绯。唐制，官阶五品以上著绯衣及佩银鱼袋，未到五品而特许著绯衣的称借绯。见《唐会要》卷三一《内外官章服》。

3　"岂是"句：暗用宋玉《九辩》典："岂不郁陶而思君兮，君之门以九重。猛犬狺狺而迎吠兮，关梁闭而不通。"

4　霄汉：喻朝廷身居高位者。

5　头角：头顶左右的突出处。常用来比喻人们的气概与才华。

八月十二日得替后移居霅溪馆因题长句四韵

万家相庆喜秋成，处处楼台歌板声[1]。
千岁鹤归犹有恨[2]，一年人住岂无情。
夜凉溪馆留僧话[3]，风定苏潭看月生[4]。
景物登临闲始见，愿为闲客此闲行[5]。

大中五年（851）八月作，时杜牧罢湖州刺史，内擢为考功郎中、知制诰，在湖州尚未赴任。诗写得替后的闲暇之情。得替，谓已卸湖州刺史任，新刺史已到任。按接替杜牧者为郭勤，见《嘉泰吴兴志》卷十四。霅（zhà）溪馆，在湖州乌程县东一里。

1　歌板：打击乐器，即拍板。用以定歌曲的节拍。通常用檀木制作，又叫檀板。唐玄宗时乐工黄帆绰善于奏歌板，故也称绰板。
2　千岁鹤归：《搜神后记》卷一："丁令威，本辽东人。学道于灵虚山，后化鹤归辽，集城门华表柱。时有少年举弓欲射之，鹤乃飞，徘徊空中而言曰：'有鸟有鸟丁令威，去家千年今始归。城郭如故人民非，何不学仙冢累累。'遂高上冲天。"杜牧用此典故，表现自己将要归故乡长安。

3　溪馆：即霅溪馆。

4　苏潭：即苏公潭，在湖州乌程县。宋祝穆《方舆胜览》卷四：
"苏公潭，唐苏璟为乌程尉，堕此潭间。人语云：扶出后为相。
有记见存。"按，"苏璟"应为"苏颋"。明曹学佺《大明一统名
胜志·湖州府名胜》卷五："湖州府乌程县，东南一里有苏公
潭，唐开元初苏颋为乌程尉，误坠潭中，闻人云：'扶出苏公。'
颋后拜相，封许国公。故杜牧诗有云：'夜深溪馆闻僧语，风定
苏潭看月生。'"

5　"愿为"句：明董斯张《吴兴备志》卷十四："书院，杜牧之有
云：'不是闲人闲不得'，'愿为闲客此闲行。'吴兴因建得闲亭。"

咏歌圣德远怀天宝因题关亭长句四韵

圣敬文思业太平[1]，海寰天下唱歌行。

秋来气势洪河壮，霜后精神泰华狞[2]。

广德者强朝万国[3]，用贤无敌是长城[4]。

君王若悟治安论[5]，安史何人敢弄兵[6]。

———　约大中五年（851）秋作，时杜牧自湖州除官赴京，经
关亭。关亭，《水经注·河水篇》："门水又东北历阳华之
山，……又东北历峡，谓之鸿关水，水东有城，即关亭也。"

———

1　圣敬文思：指唐宣宗。《旧唐书·宣宗纪》："大中二年正
月，宰臣率文武百僚上徽号曰圣敬文思和武光孝皇帝。"

2　泰华：山名，即太华，指西岳华山，在陕西渭南县东南。因
华山远望如华（花），故称华山；因其西有少华山，故又称太华。

3　"广德"句：谓玄宗德泽广被，使万国朝拜。

4　"用贤"句：谓玄宗时用贤任能，使国家强盛。《旧唐书·玄
宗纪论》："开元之初，贤臣当国，四门俱穆，百度惟贞。""俄而
朝野怨咨，政刑纰缪，何哉？用人之失也。"

5　治安论：指治安的策略。《汉书·贾谊传》："因陈治安之
策，试详择焉。"

6　安史：指安禄山与史思明。《新唐书·兵志》："范阳节度使安禄山反，犯京师，天子之兵，弱不能抗。其后禄山子庆绪及史思明父子继起，中国大乱。"

途中一绝

镜中丝发悲来惯，衣上征尘拂渐难。
惆怅江湖钓竿手，却遮西日向长安[1]。

———　大中五年（851）秋作，时杜牧由湖州赴任长安途中。杜
牧作诗时已四十九岁，由外郡调任朝廷为考功郎中、知制诰。
在赴任途中，想到自己长年飘泊在外，年已老大，时光流逝，而
衣上征尘，长年如此，更增添对故乡的思念。

———　1　江湖钓竿：因湖州近海，又邻太湖，故称。范成大《暮春上
塘道中》："明朝遮日长安道，惭愧江湖钓手闲。"用杜牧诗意。

隋堤柳

夹岸垂杨三百里[1]，只应图画最相宜。
自嫌流落西归疾，不见春风二月时。

大中五年（851）作，时杜牧自湖州赴长安途中。《太平广
记》卷一四四引《感定录》："唐杜牧自湖州刺史拜中书舍人，
题汴河云：'自怜流落西归疾，不见春风二月时。'自郡守入为
舍人，未为流落，至京果卒。"此言入京后官职微误，因杜牧入
京在大中五年（851），官考功郎中、知制诰，至大中六年（852）
岁中方迁中书舍人。隋堤，隋炀帝大业元年，开通济渠，自西
苑引谷水、洛水入黄河；自板渚引黄河入汴水，经泗水达淮河；
又开邗沟，自山阳至扬子入长江。渠广四十步，旁筑御道，并
植杨柳，后人谓之隋堤。

1　"夹岸"句：谓运河两岸堤上，植满垂杨，绵延三百里。《隋
书·食货志》："自板渚引河，达于淮海，谓之御河。河畔筑御
道，树以柳。"

秋晚与沈十七舍人期游樊川不至

邀侣以官解¹，泛然成独游²。
川光初媚日³，山色正矜秋⁴。
野竹疏还密⁵，岩泉咽复流⁶。
杜村连湢水⁷，晚步见垂钓。

　　大中六年（852）作，时杜牧为中书舍人。沈十七舍人，即沈询，字存之，传师子，能文辞。会昌初第进士，补渭南尉，累迁中书舍人，出为浙东观察使，除户部侍郎、判度支。十七，沈询的行第，唐代诗人相互交往，喜称行第。舍人，中书舍人，中书省的属官。掌管诏令、侍从、宣旨、接纳上奏文表等事。期，约定。樊川，在长安城南下杜樊乡。此处指杜牧祖父杜佑的别墅。杜牧甥裴延翰《樊川文集序》："长安南下杜樊乡，郦元注《水经》，实樊川也。延翰外曾祖司徒岐公之别墅在焉。上五年冬，仲舅自吴兴守拜考功郎中、知制诰，尽吴兴俸钱，创治其墅。出中书直，亟召昵密，往游其地。"

1　官解：以忙于官务作为解释的理由。
2　泛然：逍遥自在的样子。
3　川：指樊川。

4　矜：夸耀。

5　疏还密：疏密相间。

6　咽复流：形容水流声时断时续。

7　杜村：即指樊川，是唐代杜氏聚居的地方。潏（jué）水：又名沇（xuè）水，发源于秦岭，西北流入渭水。《水经注·渭水篇》："其水（即沇水）西北流，经杜县之杜京西，西北流，迳杜伯冢南。……又西北迳下杜城，即杜伯国也。……沇水亦谓潏水也。"

华清宫三十韵

绣岭明珠殿[1]，层峦下缭墙[2]。
仰窥雕槛影[3]，犹想赭袍光[4]。
昔帝登封后[5]，中原自古强[6]。
一千年际会[7]，三万里农桑。
几席延尧舜[8]，轩墀立禹汤[9]。
雷霆驰号令，星斗焕文章[10]。
钓筑乘时用[11]，芝兰在处芳[12]。
北扉闲木索[13]，南面富循良[14]。
至道思玄圃[15]，平居厌未央[16]。
钩陈裹岩谷[17]，文陛压青苍[18]。
歌吹千秋节[19]，楼台八月凉。
神仙高缥缈[20]，环珮碎丁当。
泉暖涵窗镜，云娇惹粉囊[21]。
嫩岚滋翠葆[22]，清渭照红妆[23]。
帖泰生灵寿[24]，欢娱岁序长[25]。
月闻仙曲调，霓作舞衣裳[26]。
雨露偏金穴[27]，乾坤入醉乡[28]。
玩兵师汉武[29]，回手倒干将[30]。
鲸鬣掀东海[31]，胡牙揭上阳[32]。

喧呼马嵬血³³，零落羽林枪³⁴。

倾国留无路³⁵，还魂怨有香³⁶。

蜀峰横惨澹，秦树远微茫。

鼎重山难转，天扶业更昌³⁷。

望贤馀故老³⁸，花萼旧池塘³⁹。

往事人谁问，幽襟泪独伤。

碧檐斜送日，殷叶半凋霜⁴⁰。

迸水倾瑶砌⁴¹，疏风罅玉房⁴²。

尘埃羯鼓索⁴³，片段荔枝筐⁴⁴。

鸟啄摧寒木，蜗涎蠹画梁⁴⁵。

孤烟知客恨，遥起泰陵傍⁴⁶。

　　大中六年（852）作，时杜牧为中书舍人。温庭筠《温飞卿诗集》卷九有《华清宫和杜舍人》诗，即和杜牧之作。周紫芝《竹坡诗话》以为：“杜牧之《华清宫三十韵》，无一字不可人意。其叙开元一事，意直而词隐，晔然有《骚》、《雅》之风。”安史之乱后，唐王朝由盛转衰，中唐以后，不少诗人常用讽刺手法反映这一重大题材，此诗为代表作。诗通过前后对比，表现出鲜明的时代特色，也具有较大的政治借鉴意义。华清宫，唐宫名，故址在今陕西临潼县骊山上。山有温泉。唐贞观十八年（644）置，咸亨二年（671）名温泉宫。天宝六载

(747),大加扩建,更名华清宫。宫治汤井为池,称华清池,环山筑宫室、罗城。安禄山之乱,破坏甚多。元和间重修,已罕游幸,遂渐荒废。见《唐会要》卷三十《华清宫》、《长安志》卷一五等。

1　绣岭:在陕西临潼县骊山上,有东绣岭、西绣岭。以山之左右皆峻岭,唐玄宗时植林木花卉,如云霞绣错,故名。明珠殿:唐宫殿,在长生殿南。

2　层峦:重叠的山峰。缭墙:环绕宫殿的墙垣。

3　雕槛:刻有花纹的栏杆。

4　赭(zhě)袍:红袍,指帝王之衣。此谓唐玄宗。参本书《长安杂题六首》注。

5　"昔帝"句:谓汉武帝、唐玄宗等登封泰山事。《汉书·武帝纪》:"元封元年,东巡海上,还登封泰山。"又《通志》卷四三:"大唐开元十三年十月,封祀于泰山。"登封,登山封禅。是古代帝王祭天地的典礼。在泰山上筑土为坛祭天,报天之功,称封;在泰山下梁父山上辟场祭地,报地之功,称禅。自秦汉以后,历代封建王朝都把登封作为国家大典。

6　中原:指黄河流域地区。此处代指中国。

7　际会:机遇。

8　几席:此指帝王的座席。延:引。尧舜:唐尧和虞舜。远古部落联盟的酋长，古史相传为圣明之君，后来成为称颂帝王的套语。

9　轩墀：古代宫殿前长廊和石阶，此处代指朝廷。禹汤：禹是夏朝的开国君主，汤是商朝的开国君主，此处用来比喻有才干的大臣。

10　"雷霆"二句：宋惠洪《天厨禁脔》："《华清宫》：'雷霆施号令，星斗焕文章。'……杜牧之诗。言天子之事，以号令比雷霆，必当以文章比星斗，其势不如此，不能止其词也。……此所谓转石千仞，譬如以石自千仞冈上而下，不至地不止。"号令，指唐玄宗发布的政令。星斗，指魁星，《汉书·天文志》："斗魁戴筐六星，曰文昌宫。"《晋书·天文志》："东壁二星，主文章，天下图书之秘府也。星明，王者兴，道术行，国多君子。"文章，谓礼乐法度。

11　钓筑：谓西周开国功臣吕尚和商朝大臣傅说。吕尚，姜姓，名尚，周初人，相传钓于渭滨，周文王出猎相遇，与语大悦，同载而归。立为师。后辅佐武王灭纣，封于齐。事见《史记·齐太公世家》。傅说，相传曾筑于傅岩之野，武丁访得，举以为相，出现商朝中兴的局面。因得说于傅岩，故命为傅姓，号傅说。事见《史记·殷本纪》。

12　芝兰：本为两种香草名。比喻贤才。《世说新语·言语篇》："谢太傅（安）问诸子侄：'子弟亦何预人事，而正欲使其

佳?'诸人莫有言者。车骑(谢玄)答曰:'譬如芝兰玉树,欲使
其生于阶庭耳。'"在处:处处。

13　北扉:汉时囚系犯人之所,此处代指监狱。木索:刑具。
木谓脚镣、手铐、枷锁等;索即绳索,用以械系犯人。

14　南面:古代以坐北朝南为尊位,故天子诸侯见群臣或卿大
夫见僚属,皆南面而坐。后来泛指帝王或大臣的统治为南面。
此指开元时的统治集团。循良:指奉公守法的官吏。

15　至道:即唐玄宗,因唐玄宗尊号为"至道大圣大明孝皇
帝"。玄圃:相传昆仑山顶,有金台五所,玉楼十二,为神仙所
居。《水经注·河水篇》:"昆仑之山三级:下曰樊桐,一名板松。
二曰玄圃,一名阆风;上曰层城,一名天庭;是为太帝之居。"

16　平居:平时。未央:即未央宫,西汉时的宫殿名。故址在
今陕西西安西北长安故城内西南角。汉高祖七年(前200),萧
何主持营造。倚龙首山建前殿,立东阙、北阙、武库、太仓等,
周回二十八里。东汉隋唐屡加修茸,唐末毁。见《三辅黄图》
卷三《汉宫》及宋程大昌《雍录》卷二。此处代指长安宫殿。

17　钩陈:星名,在紫微垣内,最近北极,天文家多藉以测极,
谓之极星。也用来指称后宫。《晋书·天文志》:"北极五星,
钩陈六星,皆在紫宫中。……钩陈,后宫也,大帝之正妃也,大
帝之常居也。"此处指称华清宫。

18　文陛:华清宫中饰有花纹的台阶。青苍:天空。

19　千秋节：即唐玄宗生日。玄宗生于八月初五。开元十七年（729），源乾曜、张说等请以这一天为千秋节。天宝二年（743）改名天长节，至元和二年（807）停止举行。见《唐会要》卷二九《节日》。

20　神仙：比喻舞女飘然若仙的舞姿。环珮：妇女的装饰品。

21　粉囊：装化妆粉的袋子。

22　岚：山中雾气。翠葆：用翠羽装饰的车盖。

23　清渭：即渭水。黄河主要支流之一。红妆：妇女的盛装，以色尚红，故称。此处代指妇女。

24　帖泰：谓国家安定。按"帖泰"，《樊川文集夹注》卷二作"怗泰"。据《广韵·怗韵》："怗，安也，服也，静也。"是作"怗"为优。生灵：指人民，老百姓。

25　岁序：犹言时令，泛指时间。序，时序，季节。

26　"月闻"二句：指霓裳羽衣舞及舞曲，曲属商调，时号越调。本传自西凉，名《婆罗门》，开元中河西节度使杨敬述献，经玄宗润色，于天宝十三载（754）改为《霓裳羽衣曲》，时唐宫中多奏此乐。小说家傅会谓玄宗与方士游月宫，闻仙乐，归而记之，是为《霓裳羽衣曲》。见《乐府诗集》卷八十、《碧鸡漫志》卷三。杜牧当根据小说家言，故称"月闻仙曲调"。按唐时霓裳羽衣舞，舞者所服，有如云霓，故称"霓作舞衣裳"。

27　雨露：比喻皇帝恩泽。金穴：称富有之家。此处指杨贵妃家。《后汉书·郭皇后纪》:"(郭后弟)况迁大鸿胪。帝数幸其第,会公卿诸侯亲家饮燕,赏赐金钱缣帛,丰盛莫比,京师号况家为金穴。"

28　乾坤:即天下。

29　玩兵:谓穷兵黩武。

30　干将:宝剑名。相传春秋时吴人干将与妻莫邪善铸剑,铸有二剑,锋利无比,一名干将,一名莫邪,献给吴王阖闾。事见《吴越春秋·阖闾内传》卷四。后来因以干将作为利剑的代称。此处比喻兵权。

31　鲸鬣(liè):鲸鱼。

32　胡牙:指安禄山的叛军。牙即牙旗。揭:举。上阳:宫殿名,在洛阳禁苑之东,东接皇城之西南隅,上元中置。遗址在今河南洛阳市。安禄山于天宝十四载(755)十二月丁酉,攻陷了东都洛阳。见《资治通鉴》卷二一四。

33　"喧呼"句:谓长安被侵占,玄宗南逃,至马嵬坡,六军杀死杨国忠,并逼迫玄宗缢死杨贵妃。见《资治通鉴》卷二一八。马嵬,地名,今为马嵬镇,属陕西兴平县。

34　羽林:皇帝卫军的名称。唐设左右羽林卫,置有大将军、将军等官,掌管北衙禁兵,督摄仪仗。

35　倾国:指美女。《汉书·外戚传》载李延年歌:"北方有佳人,绝世而独立。一顾倾人城,再顾倾人国。"后用来形容绝色女子。此处指杨贵妃。

36　"还魂"句：梁任昉《述异记》卷上："聚窟洲有返魂树，伐其根心，于玉釜中煮取汁，又熬之令可丸，名曰惊精香，或名震灵丸，或名反生香，或名却死香，死尸在地，闻气即活。""还魂怨有香"即化用其意。

37　"鼎重"二句：谓鼎重如山，难以移易，有上天扶助，唐王朝的事业更加昌盛。此二句写至德二载（757）九月癸卯，唐军收复京师，十月收复东京，遣太子太师韦见素迎玄宗于蜀郡事。鼎，本为古代的一种烹饪器，常见者为三足两耳。相传夏禹收九州之金铸成九鼎，遂以为传国的重器。后因称建国或建立王朝为定鼎。此处代指唐王朝政权。

38　望贤：谓玄宗常常回想起途经望贤驿时，故老情意深切，献麦献食之事，更想念旧时的宫殿。望贤，即望贤驿。据《旧唐书·玄宗纪》，天宝十五载（756），玄宗率杨贵妃及诸大臣自延秋门出，至咸阳望贤驿，官吏骇散，无复储供。玄宗在宫门树下休息，有父老献麦，百姓献食相继。

39　花萼：楼名。唐玄宗开元二年（714），以旧邸为兴庆宫，后于宫之西南建楼，其西题为"花萼相辉之楼"，南曰"勤政务本之楼"。登楼可以望见诸王诸弟府第。花萼之义，取《诗·小雅·棠棣》兄弟亲爱之义。

40　殷叶：红叶。凋霜：经霜而凋零。

41　溜水：下雨时屋檐流下的水。瑶砌：用玉砌成的台阶。

42　疏风：远处吹来的风。罅（xià）：使裂缝。玉房：玉饰的房子，此指宫殿。以上八句以过去事和眼前景来烘托玄宗内心的寂寞。

43　羯鼓：古羯族的乐器。形如漆桶，下以小牙床承之。击用二杖，音声急促高烈。唐代诸乐龟兹部、高昌部、疏勒部、天竺部皆用羯鼓。见唐南卓《羯鼓录》。《新唐书·礼乐志》："玄宗既知音律，……又好羯鼓，而宁王善吹横笛，达官大臣慕之，皆喜言音律，帝常称羯鼓，八音之领袖，诸乐不可方也。"

44　荔枝：果树名。杨贵妃喜食荔枝。《新唐书·杨贵妃传》："妃嗜荔枝，必欲生致之，乃置骑传送，走数千里，味未变，已至京师。"

45　蜗涎：蜗牛爬过留下的黏液。蠹：侵蚀。画梁：画有花纹的栋梁。

46　泰陵：唐玄宗陵墓，位于陕西蒲城县东北约十五公里的金粟山之阳，即保南乡石道村西北。

许七侍御弃官东归潇洒江南颇闻自适高秋企望题诗寄赠十韵

天子绣衣吏[1]，东吴美退居[2]。

有园同庾信[3]，避事学相如[4]。

兰畹晴香嫩[5]，筠溪翠影疏[6]。

江山九秋后[7]，风月六朝馀[8]。

锦肆开诗轴[9]，青囊结道书[10]。

霜岩红薜荔[11]，露沼白芙蕖[12]。

睡雨高梧密，棋灯小阁虚。

冻醪元亮秫[13]，寒鲙季鹰鱼[14]。

尘意迷今古，云情识卷舒[15]。

他年雪中棹[16]，阳羡访吾庐[17]。

大中六年（852）作。许浑字用晦，丹阳（今江苏丹阳）人，排行第七。诗言"天子绣衣吏，东吴美退居"，指许浑退居故里丹阳。据《唐才子传》卷七，许浑于唐宣宗大中三年（849）为监察御史，杜牧因称"许七侍御"。诗必作于大中三年后，当为大中六年秋杜牧在长安时作。诗写许浑退居故里后清闲高雅的生活状况，对许浑归隐后的生活颇为羡慕，也想退隐阳羡，悠游自适。杜牧在阳羡有别墅，当为睦州刺史时为准备日后退隐所置。

1　绣衣吏：指御史。许浑为监察御史，故称。汉武帝时，民间起事者众，御史中丞督捕犹不能止，因使光禄大夫范昆等衣绣衣，持斧仗节，兴兵镇压，称绣衣直指。

2　东吴：指许浑隐居之地润州丹阳。丹阳三国时属东吴统辖之地，故称。

3　"有园"句：庾信滞留北方时，思归故乡而不可得，发为哀怨之辞，写了《小园赋》，称"余有数亩敝庐，寂寞人外"。此以庾信的小园类比许浑的田园。

4　"避事"句：言许浑学习司马相如以避世自处。《汉书·严助传》："司马相如称疾避事。"

5　兰畹：即兰圃。田三十亩为畹。

6　筠溪：两边长有筠竹的溪流。

7　九秋：指秋季九十天。

8　六朝：指建都于建康的东吴、东晋、宋、齐、梁、陈六朝。

9　锦肆：贸易锦绣的集市。《樊川诗集夹注》卷二引《珠林传》："曹公曰：吾昔使人至蜀，买锦于锦肆。"

10　青囊：指卜筮人盛书之囊，也借指卜筮之术。《晋书·郭璞传》："好古文奇字，妙于阴阳历算。有郭公者，客居河东，精于卜筮。璞从之受业。公以《青囊中书》九卷与之，由是遂洞五行、天文、卜筮之术。"此指许浑退居后潜心于道书,崇尚道家清静无为。

11　薜荔:香草名。

12　芙蕖:荷花。

13　"冻醪"句:《晋书·陶潜传》:陶潜字元亮,为彭泽令,在县公田悉令种秫谷,曰:"令吾常醉于酒足矣。"此谓许浑退居后,如同陶潜那样避世饮酒。

14　"寒鲙"句:据《晋书·张翰传》,张翰,字季鹰,晋吴郡(今江苏苏州)人。齐王召为大司马东曹掾。时政事混乱,翰为避祸,急欲南归。乃托辞秋风起,思故乡菰菜、莼羹、鲈鱼鲙,辞官归吴。此以张翰思故乡以比许浑退归故里。

15　"尘意"二句:谓许浑退居后,对于世事的变化,洞彻于心。《樊川诗集注》卷二引《关尹子》:"云之卷舒,禽之飞翔,皆在虚空中,所以变化不穷,圣人之道则然。"

16　雪中棹:用《世说新语·任诞篇》典:"王子猷居山阴,夜大雪,眠觉,开室命酌酒,四望皎然,因起彷徨,咏左思《招隐诗》。忽忆戴安道,时戴在剡,即便夜乘小船就之。经宿方至,造门不前而返。人问其故,王曰:'吾本乘兴而行,兴尽而返,何必见戴!'"

17　"阳羡"句:杜牧原注:"于义兴县近有水榭。"

独　酌

长空碧杳杳[1]，万古一飞鸟。

生前酒伴闲，愁醉闲多少。

烟深隋家寺[2]，殷叶暗相照。

独佩一壶游，秋毫泰山小[3]。

———

1　杳杳：深远的样子。

2　隋家寺：隋朝所建的寺庙。冯集梧《樊川诗集注》卷一以为即长安万年县朱雀街之东靖善坊大兴善寺。见本书《长安杂题六首》注。

3　"秋毫"句：谓秋天的毫毛与泰山难分大小。《庄子·齐物论》："天下莫大于秋豪之末，而太山为小。……天地与我并生，而万物与我为一。"意谓天地万物都是相对的。秋毫虽小，但还有更小的东西；泰山虽大，但还有比泰山更大的东西。人处于世间，也就不要斤斤计较于大小、是非、物我等。

惜　春

春半年已除，其馀强为有。
即此醉残花，便同尝腊酒¹。
怅望送春杯，殷勤扫花帚。
谁为驻东流，年年长在手。

1　腊酒：阴历十二月所酿之酒。腊本为祭名，周时腊与
蜡各为一祭，腊祭祖先，蜡祭百神。秦汉改为腊。汉腊行于阴
历十二月，故后世称十二月为腊月。

过骊山作

始皇东游出周鼎¹，刘项纵观皆引颈²。
削平天下实辛勤³，却为道旁穷百姓⁴。
黔首不愚尔益愚⁵，千里函关囚独夫⁶。
牧童火入九泉底，烧作灰时犹未枯⁷。

—— 这首诗是杜牧路过骊山秦始皇墓时有感而作。骊山在今陕西省临潼县东南，距西安七十馀里，秦始皇的陵墓就座落在此处。南倚骊山，北临渭水，景色秀丽，气势雄伟。据《史记·秦始皇本纪》记载，始皇即帝位后，征发七十万人，修筑陵墓，"坟高五十馀丈，周回五里馀"，墓中藏满奇珍异宝，并以水银灌注为江河大海，以宝石珍珠镶嵌成日月星辰。上具天文，下具地理，以人鱼膏为烛，点燃后长久不灭。确实是极为豪华而又坚固的地下宫殿。秦始皇下葬后，秦二世为了"防泄大事"，把筑墓工匠全部埋在墓道之中；宫中凡未生育的宫女，全部殉葬。杜牧这首诗，主要评说秦始皇的是非功过。通过对秦始皇荒淫奢侈生活的描写，借古讽今，对唐朝统治者提出警告。与杜牧其他诗相比，末二句显得太刻露、苛酷，应当是少年气盛时的作品。

1　"始皇"句：指秦始皇统一六国后，曾五次巡游。东行郡县，过彭城，想从泗水中捞出周鼎，使千人潜水寻求，没有找到。因为周鼎是周朝的传国重器，共九个，是天子权力的象征。事见《史记·秦始皇本纪》。

2　刘项：谓刘邦、项羽。刘邦微时，曾在咸阳纵观秦始皇帝出巡，叹息说："嗟乎！大丈夫当如是也！"始皇出巡会稽，渡浙江，项羽与叔父项梁一起观看，项羽说："彼可取而代也。"事见《史记·高祖本纪》与《项羽本纪》。引颈：探头观望。

3　"削平"句：谓秦始皇为了统一天下，勤苦经营。秦为了统一天下，从献公、孝公开始蚕食诸侯，到始皇统一六国，辛辛苦苦，用了一百多年时间，故司马迁慨叹说："盖一统若斯之难也！"（《史记·秦楚之际月表》）

4　道旁穷百姓：指刘邦。秦朝建立后，仅十五年，就被农民起义推翻。天下被布衣起家的刘邦所夺取。故称"却为天下穷百姓"。

5　黔首：老百姓，因为秦时"更名民曰黔首"。始皇统一中国后采用"焚书坑儒"的残酷行径，以实施愚民政策。唐代诗人章碣的《焚书坑》诗写道："竹帛烟消帝业虚，关河空锁祖龙居。坑灰未冷山东乱，刘项元来不读书。"

6　函关：函谷关，在今河南省灵宝县西南。"函谷关城，路在谷中，深险如函，故以为名。"（《元和郡县图志》卷二）独夫：

指众叛亲离、无人拥护的君主。朱熹在《四书集注》卷二曾作
解释:"四海归之,则为天子;天下叛之,则为独夫。"

7 "牧童"二句:说明灭亡之速。据《汉书·刘向传》记载,秦
始皇帝葬于骊山之旁,坟高五十馀丈,周回五里有馀。天下百
姓对筑陵之役,颇感困苦,故时有谋反。骊山之役未完,陈胜
将领周章即率军至其下。项羽又烧毁宫室营宇,还有人见项
羽掘墓。后来,一牧童所亡之羊进入墓穴,牧童拿火把照亮墓
穴以寻羊,失火烧掉棺椁。刘向叹曰:"自古及今,葬未有盛如
始皇者也。数年之间,外被项籍之灾,内罹牧竖之祸,岂不哀
哉!"

河　湟

元载相公曾借箸[1]，宪宗皇帝亦留神[2]。
旋见衣冠就东市[3]，忽遗弓剑不西巡[4]。
牧羊驱马皆戎服[5]，白发丹心尽汉臣[6]。
唯有凉州歌舞曲[7]，流传天下乐闲人。

———

　　这首诗是有感于河湟人民受异族奴役而深表同情之作，透露出对祖国大好河山沦落敌手的关切，也希望朝廷能尽快收复河湟。河湟，指湟水流入黄河一带地区。唐肃宗后，长期被吐蕃侵占，宣宗时收复。

———

1　元载：字公辅，代宗时为相。曾任西州刺史。大历八年(773)，他曾了解河西、陇右情况，并上书代宗，附上地图，以谋划收复河湟，并提出西北边防的措施。但代宗犹豫不决。事见《新唐书·元载传》。借箸：秦末楚汉战争时，郦食其劝刘邦立六国后代，共同攻楚。刘邦正在吃饭，张良入见，以为计不可行，说：“臣请借前箸以筹之。”事见《汉书·张良传》。注引张晏曰：“求借所食之箸用指画也。”意为借刘邦吃饭用的筷子，以指画当时形势。此处谓元载代唐代宗谋画收复河湟。
2　“宪宗”句：谓宪宗皇帝也对河湟之事很关心。《新唐书·吐蕃传》："宪宗常览天下图，见河湟旧封，赫然思经略之，未暇也。"留神，指留意西北边事。

3　"旋见"句：谓元载被处死。衣冠就东市，用西汉晁错事。晁错（前200—前154），汉颍川（今河南颍川）人。景帝即位，贵幸用事，迁为御史大夫，请削诸侯封地以尊京师。"吴楚七国果反，以诛错为名。及窦婴、袁盎进说，上令晁错衣朝衣，斩东市。"又据《新唐书·元载传》："大历十二年三月，帝遣左金吾大将军吴凑，收载下狱，下诏赐自尽。"

4　"忽遗"句：谓唐宪宗突然去世。遗弓剑，指皇帝死亡。传说黄帝铸鼎于荆山下，鼎成，有龙下迎，黄帝乘之升天，群臣后宫从上者七十馀人。其馀小臣不得上龙身，乃持龙髯，而龙髯拔落，并堕黄帝之弓，百姓遂抱其弓与龙髯而哭号。见《史记·封禅书》。后用为哀悼皇帝的典故。此处指唐宪宗之死。宪宗元和十五年（820）被宦官陈宏志所杀。《新唐书·吐蕃传》："帝（指宣宗）曰：'宪宗尝念河湟，业未就而殒落。'"

5　"牧羊"句：意谓汉人在河湟地区受吐蕃的奴役。戎，是古代对西方少数民族的通称。《新唐书·吐蕃传》："沙州人皆胡服臣虏，每岁时祀父祖，衣中国之服，号恸而藏之。"

6　汉臣：用《汉书·苏武传》事，喻河湟人民不忘故国。苏武出使匈奴被扣留，持汉节牧羊十九年，等到归汉时，须发尽白。唐沈亚之《对贤良方正直言极谏策》："臣尝仕于边，又尝与戎降人言,自瀚海以东神鸟、敦煌、张掖、酒泉,东至于金城、会宁,东南至于上邽、清水,凡五十郡六镇十五军,皆唐人子孙,生为戎奴婢,田牧种作,或聚居城落之间,或散处野泽之中。及霜露既降,以为岁时,必东望啼嘘。其感故国之思如此。"（《全唐文》卷七三四）

7 凉州:唐河湟地区州名。歌舞曲,指以凉州命名的乐曲。

过勤政楼

千秋佳节名空在[1]，承露丝囊世已无[2]。
唯有紫苔偏称意[3]，年年因雨上金铺[4]。

———　勤政楼：唐兴庆宫楼名。唐玄宗开元二年（714），以旧邸为兴庆宫，后于宫之西南建楼，其西题为"花萼相辉之楼"，南曰"勤政务本之楼"。俞陛云《诗境浅说》续编："开元之勤政楼，在长庆时白乐天过之，已驻马徘徊，及杜牧重游，宜益见颓废。诗言问其名则空称佳节，求其物已无复珠囊，昔年壮丽金铺，经春雨年年，已苔花绣满矣。后人过萤苑诗云：'闪闪寒磷犹得意，夜深来往豆花丛。'与此诗后二句同意。因废苑荒凉，为萤火、苍苔滋生之地，客子所伤心者，正萤与苔所称意，其荒寂可知矣。"

———　1　千秋佳节：即千秋节，玄宗生日。
2　承露丝囊：唐开元十七年（729）定玄宗生日为千秋节，是日百官献承露囊，囊以丝结成。民间也仿制为节日礼品，互相遗赠。见唐封演《封氏闻见记》卷四《降诞》。承露，意谓接受皇帝的恩惠。
3　紫苔：青苔。称意：得意，此指随意滋生。

4　金铺：门上兽面形铜制环纽，口中衔环，用以装饰、启闭门户。宋马永卿《懒真子》卷二："杜牧《华萼楼》诗（按应作《过勤政楼》）云：'千秋佳节名空在，承露丝囊世已无。唯有紫苔偏称意，年年因得上金铺。'金铺，出《甘泉赋》，云：'排玉户而飏金铺。'注云：'金铺，门首也。言风之所至，排门扬铺，击鼓锼纽。'盖此楼久无人登，而苔藓生其门上矣。"

题魏文贞

蟪蛄宁与雪霜期[1]，贤哲难教俗士知[2]。
可怜贞观太平后[3]，天且不留封德彝[4]。

—— 题一作《过魏文贞宅》。魏文贞，即魏征（580—643），字玄成，曲城（今属河北）人，徙家内黄（今属河南）。秦王李世民杀建成，引征为詹事主簿，累迁谏议大夫、秘书监。官至侍中、太子太师，封郑国公。遇事敢谏，前后陈谏二百馀事，为太宗所畏。卒谥文贞。新、旧《唐书》有传。诗由追怀贞观之治，反衬出当时局势之不如人意。

—— 1 蟪蛄：蝉的一种，黄绿色，翅有黑白条纹，夏末自早至暮，鸣声不息，春生夏死，夏生秋死。《庄子·逍遥游》："朝菌不知晦朔，蟪蛄不知春秋。"

2 "贤哲"句：谓贤智之人很难被俗人理解。意谓魏征与封德彝不能相提并论。唐太宗即位四年，尝叹隋末大乱以后，天下一时难以治理好。魏征不同意，认为："大乱之易治，譬如饥人之易食也。"又言："贤哲之治，其应如响，期月而可，盖不其难。"当时封德彝大加反对，说魏征"书生好虚论，徒乱国家，不可听"。事见新、旧《唐书·魏征传》。

3　贞观太平：贞观时唐太宗进贤纳谏，以致天下太平，号称"贞观之治"。贞观，唐太宗年号，公元六二七至六四九年。

4　封德彝：名伦，以字显，太宗大臣。初仕隋，后归唐，仕至尚书右仆射。封德彝死后，太宗对大臣说："此（魏）征劝我行仁义，既效矣，惜不令封德彝见之！"事见新、旧《唐书·魏征传》。

过华清宫绝句三首

长安回望绣成堆[1]，山顶千门次第开[2]。
一骑红尘妃子笑，无人知是荔枝来[3]。

新丰绿树起黄埃[4]，数骑渔阳探使回[5]。
霓裳一曲千峰上，舞破中原始下来[6]。

万国笙歌醉太平，倚天楼殿月分明[7]。
云中乱拍禄山舞[8]，风过重峦下笑声。

———　　杜牧这组诗，是过骊山华清宫时，借历史陈迹而对安史之乱这一影响唐朝命运的重大历史事件引发的思考。他追原祸始，对荒淫误国的唐玄宗大加鞭挞，对奢侈贪婪的杨贵妃深刻讽刺，对谋反叛乱的安禄山无情抨击，目的也是给当朝皇帝如唐敬宗之流敲响警钟。华清宫，见本书《华清宫三十韵》"评析"。

———　　1　绣：绣岭，东绣岭在骊山之右，西绣岭在骊山之左。因唐玄宗时植草木花卉如锦绣，故名。

2　"山顶"句：谓华清宫高耸入云，宫门鳞次栉比。次第，一个接着一个,一齐。张相《诗词曲语辞汇释》卷四:"次第,多数之辞。……杜牧《过华清宫诗》:'长安回望绣成堆,山顶千门次第开。'此犹言一一开或一齐开也。"

3　"一骑"二句:谓一骑飞来,扬起尘土,贵妃会心而笑,只有她知是送荔枝来了。

4　新丰:唐县名,在今陕西临潼东北新丰镇,去华清宫不远。

5　渔阳,天宝元年(742)改蓟州为渔阳郡,在今河北蓟县、平谷一带,是当时安禄山的驻地。探使回:原注:"帝使中使辅璆琳探禄山反否,璆琳受禄山金,言禄山不反。"探使即指辅璆琳等人。

6　"霓裳"二句:谓骊山千峰之上,还奏着《霓裳羽衣曲》,一直到中原残破,方肯罢休。

7　"万国"二句:在全国各地到处灯红酒绿、歌舞升平的景象中,巍峨的骊山宫殿,直耸云霄,被月光照得彻夜通明。万国,当时中国是万邦朝会的大国,故称。

8　云中:因骊山高耸入云,故称。乱拍:指安禄山舞时,宫人按节击掌,因其舞节奏太快,宫人赶不上,故乱了节拍。禄山舞:据新、旧《唐书·安禄山传》记载,杨贵妃有宠,安禄山请求为贵妃养儿,玄宗答应了他。禄山晚年更加肥壮,腹垂过膝,重达三百三十斤。行走时须人搀扶。但却能在玄宗前跳胡旋舞,疾如旋风。

街西长句

碧池新涨浴娇鸦¹，分锁长安富贵家。
游骑偶同人斗酒，名园相倚杏交花。
银鞦騕褭嘶宛马²，绣鞅璁珑走钿车³。
一曲将军何处笛⁴，连云芳树日初斜。

——　街西，唐长安皇城之南大街曰朱雀街，街东五十四坊，万年县领之；街西五十四坊，长安县领之。见《旧唐书·地理志》。街西即指长安西街。清钱谦益、何焯《唐诗鼓吹评注》卷六："此言长安街西碧池绿水初涨，可浴娇鸦，而此水分流，则襟带于长安富贵之家已，于是游客来过而斗酒，名园相倚而交花，而侯王之辈，亦且乘宛马走钿车也。此可见街西人物之繁华矣。乃当芳树连云，斜阳欲坠，忽不知笛声何自而来，悠悠情事，此时当复何如哉！"

——　1　"碧池"句：清钱谦益、何焯《唐诗鼓吹评注》卷六："杜牧《阿房宫赋》云：'渭流涨腻，弃脂水也。'与此意同。"

2　银鞦：络于牛马股后的银色车带。騕褭（yǎo niǎo）：良马名。宛马：大宛国所产之马。

3　绣鞅，套在马颈用以负轭的绣有图案的皮带。璁（cōng）

珑：明洁的样子。

4　"一曲"句：《晋书·桓伊传》："进号右军将军。……王徽之赴召京师，泊舟青溪侧。素不与徽之相识。伊于岸上过，船中客称伊小字曰：'此桓野王也。'徽之便令人谓伊曰：'闻君善吹笛，试为我一奏。'伊是时已显贵，素闻徽之名，便下车踞胡床，为作三调，弄毕，便上车去，客主不交一言。"

读韩杜集

杜诗韩集愁来读[1]，似倩麻姑痒处搔[2]。
天外凤凰谁得髓，无人解合续弦胶[3]。

韩即韩愈，杜即杜甫，中唐、盛唐时期的大文学家。杜牧
诗文深受杜甫、韩愈的影响，这首诗就是杜牧写读韩杜集的感
受，表现了对韩、杜文学成就的推崇。诗的前二句是正面抒写
自己的感受。后二句是侧面描写，用奇特的比喻，说明无人能
够继续杜甫与韩愈在诗文上的高度成就。全诗四句，两处用
典，但不见生涩，可见杜牧作绝句的功力。

1　韩集：一作"韩笔"。宋陆游《老学庵笔记》卷九："南朝词
人谓文为笔，故《沈约传》云：'谢玄晖善为诗，任彦昇工于笔，
约兼而有之。'"

2　倩：请。麻姑：传说中女仙。东汉桓帝时，仙人王远降于蔡
经家，召麻姑至，年十八九，甚美。自云："接待以来，已见东海
三为桑田。向到蓬莱，水又浅于往者会时略半也，岂将复还为
陵陆乎？"蔡经见麻姑手指纤细似鸟爪，自念："背大痒时，得此
爪以爬背，当佳。"事见《太平广记》卷六十引葛洪《神仙传》。
搔：一本作"抓"。

3　"天外"二句：谓韩、杜之作无人接响，如同凤髓难求，没有
办法把折断的弓弦续上。续弦胶，古代神话，称凤麟洲以凤啄
麟角合煮作胶，名续弦胶，又名集弦胶、连金泥，弓弦或刀剑断
折，著胶即可连接。见旧题汉东方朔《十洲记》、晋张华《博物
志》卷二。杜牧不言"凤啄"，而言"凤髓"，是死典活用，别具
韵味。

赠李处士长句四韵

玉函怪牒锁灵篆[1]，紫洞香风吹碧桃[2]。
老翁四目牙爪利[3]，掷火万里精神高[4]。
霭霭祥云随步武[5]，累累秋冢叹蓬蒿[6]。
三山朝去应非久[7]，姹女当窗绣羽袍[8]。

———　李处士未详何人。杜牧在诗中以老子李耳及道家掌故，形容李处士是一位清静无为、修炼得道的高人。本诗是表现杜牧思想的重要篇章。处士，未仕或不仕的人。

———　1　"玉函"句：谓李处士醉心道家的书籍。玉函，玉制的书套。王嘉《拾遗记》卷三："浮提之国献神通善书二人，……佐老子撰《道德经》，垂十万言，写以玉牒，编以金绳，贮以玉函。"怪牒，指一种特殊的书籍。《后汉书·方术传》："神经怪牒，玉策金绳，关扃于明灵之府，封縢于瑶坛之上者，靡得而窥也。"灵篆，指书写的篆书文字。《晋书·文苑传》："温洛祯图，绿字符其丕绩；苑山灵篆，金简成其帝载。"
2　"紫洞"句：谓李处士所居为学道清静之地。紫洞，相传为老子所居；碧桃，传说为老子所食。《尹喜内传》："老子西游，省太真之母，共食碧桃于紫洞。"

3　老翁四目：即四目老翁，《云笈七签》卷四五："苍舌绿齿，四目老翁。"宋龚颐正《芥隐笔记》："杜牧之诗：'老翁四百牙爪利，掷火万里精神高。'盖用《天蓬咒》：'苍舌绿齿，四目老翁。'而今本误以目为百尔。"

4　"掷火"句：朝鲜刊《樊川诗集夹注》卷二引《灵宝度人经》："掷火万里，流铃八冲。"注："严东曰：左右流金火铃，一掷万里，流光焕烂，交错八冲，充满虚空之中，消魔灭鬼也。又薛幽栖曰：掷火流铃者，流金火铃也。掷之有声，闻乎太极，光振千里，故彻万里以交焕，达八方以冲击，则真人常持之以制御魔精。"

5　"霭霭"句：谓李处士如同老子一样，行动时都有祥云跟随。《老子内传》："太上老君姓李氏，名耳，字伯阳。常有五色祥云绕其形。"

6　"累累"句：用丁令威学仙事。《搜神后记》卷一："丁令威，本辽东人。学道于灵虚山，后化鹤归辽，集城门华表柱。时有少年举弓欲射之，鹤乃飞，徘徊空中而言曰：'有鸟有鸟丁令威，去家千年今始归。城郭如故人民非，何不学仙冢累累。'遂高上冲天。"

7　三山：指蓬莱、方丈、瀛洲，道家崇尚的仙境。《史记·封禅书》："蓬莱、方丈、瀛洲，上三神山者，其传在渤海中，去人不远。"

8　姹女：美女。羽袍：道士所服之衣。

自　贻

杜陵萧次君[1]，迁少去官频。
寂寞怜吾道，依稀似古人。
饰心无彩绘，到骨是风尘[2]。
自嫌无匹素[3]，刀尺不由身[4]。

—— 自贻，写诗自赠。

—— 1　萧次君：名育，萧望之子，西汉人，原籍兰陵（今山东兰陵），
迁居杜陵（今陕西西安南），故自称"杜陵男子""为人严猛尚
威，居官数免，稀迁"。见《汉书·萧育传》。
2　风尘：风起尘扬，天地昏浊，比喻世俗的扰攘与仕宦的
奔波。
3　素：白色的丝绢。
4　刀尺：剪刀和尺，比喻衡量升降人材的权力。

李和鼎

鹏鸟飞来庚子直，谪去日蚀辛卯年[1]。
由来枉死贤才事[2]，消长相持势自然。

———　　李甘，字和鼎，长庆末进士，累擢侍御史。郑注侍讲禁中，求宰相，朝廷哗言将用之，李甘公开说："宰相代天治物者，当先德望，后文艺，注何人，欲得宰相？白麻出，我必坏之。"既而有诏书，以李甘轻躁，贬封州司马。新、旧《唐书》有传。

———　　1　"鹏鸟"二句：谓李甘如同贾谊一样，遭到贬谪。《史记·贾生列传》："贾生为长沙王太傅，三年，有鸮飞入贾生舍，止于坐隅。楚人命鸮曰'服'。贾生既以適居长沙，长沙卑湿，自以为寿不得长，伤悼之，乃为赋以自广。"鹏(fú)鸟，古书上说像猫头鹰一样的鸟。
　　2　枉死：因冤枉而死。

出宫人二首

闲吹玉殿昭华管[1]，醉折梨园缥蒂花[2]。
十年一梦归人世，绛楼犹封系臂纱[3]。

平阳拊背穿驰道[4]，铜雀分香下壁门[5]。
几向缀珠深殿里，妒抛羞态卧黄昏。

———— 这组诗深刻地揭示了宫人内心的寂寞与痛苦，也给封建
制度以有力的抨击。明周珽《唐诗选脉会通评林》："热极者
肠，冷极者意。热极令人欲叫，冷极令人自叹。前追思昔时之
虚宠，后叹想今日之空花。盖人生幻世，荣瘁喧寂，总属梦中，
何独宫人然？退而犹恋系臂之纱，尤是世人常态。"

———— 1 昭华管：乐器名，即玉管。传说秦咸阳宫有玉管长二尺三
寸，二十六孔，吹之则见车马山林隐辚相次，吹息亦不复见。
铭曰："昭华之管。"事见《西京杂记》卷三。
2 梨园：唐玄宗曾选乐工三百人、宫女数百人，教授乐曲于
梨园，亲自订正声误，号"皇帝梨园子弟"。梨园故址在长安
禁苑中。见《新唐书·礼乐志》。缥蒂花：《西京杂记》卷一：
"初修上林苑，群臣远方各献名果异树，亦有制为美名，以标奇

丽，……缥蒂梨。"

3　"绛楼"句：谓绛楼之上，还封存着系臂的红纱。意谓皇帝出了这些宫女，还要强迫另一些女子入宫。系臂纱，晋武帝既平蜀吴，追求声色，民间女子有姿色者，吏以绯彩结女臂，强纳入宫，虽豪家往往不免。见《晋书·胡贵嫔传》。

4　平阳拊背：《史记·外戚世家》："卫皇后字子夫，……出平阳侯邑，……主因奏子夫奉送入宫，子夫上车，平阳主拊其背曰：'行矣，强饭，勉之！即贵，无相忘。'"拊背，轻拍肩背。

5　铜雀分香：铜雀，即铜雀台。汉末建安十五年（210）冬曹操所建。周围殿屋一百二十间，连接榱栋，侵彻云汉。铸大孔雀置于楼顶，舒翼奋尾，势若飞动，因名铜雀台。故址在今河北省临漳县西南古邺城的西北隅，与金虎、冰井合称三台。分香，即分香卖履。东汉末，曹操造铜雀台，临终时吩咐诸妾："汝等时时登铜雀台，望吾西陵墓田。"又说："馀香可分与诸夫人。诸舍中无为，学作履组卖也。"事见《文选》晋陆机《吊魏武帝文序》。后以分香卖履喻临死不忘妻妾。

长安秋望

楼倚霜树外，镜天无一毫。
南山与秋色，气势两相高[1]。

这首诗写长安远望中的秋景。全诗紧扣"望"字，从地上、空中、山色三个不同的角度选景，意境高远，格调清新，臻于诗中有画、画中有诗的境地。

1　"南山"二句：钱钟书《管锥编》第四册1316页："《世说·言语》顾恺之说会稽山水：'千岩竞秀，万壑争流。'只状其形于外者为争竞，鲍（指鲍照《登大雷岸与妹书》）并示其动于中者为负气，精采愈出。……后人如杜牧《长安秋望》：'南山与秋色，气势两相高。'僧祖可句：'乱山争夕阳。'沾丏非一。"南山：即终南山。秦岭山峰之一，在陕西西安市南。

杏　园

夜来微雨洗芳尘，公子骅骝步贴匀[1]。
莫怪杏园憔悴去[2]，满城多少插花人。

—— 杏园故址在今陕西西安市郊大雁塔。秦时为宜春下苑地，唐时与慈恩寺南北相直，在曲江池西南，为新进士游览之地。

—— 1　骅骝：赤色骏马。
2　去：语助词，犹了。张相《诗词曲语辞汇释》卷三："去，语助辞，犹来也、啊也、着也、了也。……其犹了字者，杜牧《杏园诗》：'莫怪杏园憔悴去，满城多少插花人。'此犹云憔悴了。"

江南春绝句

千里莺啼绿映红，水村山郭酒旗风。
南朝四百八十寺，多少楼台烟雨中[1]。

　　本诗题曰"江南春"，则着意描写千里江南的锦绣春色，抒发诗人吊古伤今的感慨。清何文焕《历代诗话考索》："题云《江南春》，江南方广千里，千里之中，莺啼而绿映红焉。水村山郭，无处无酒旗。四百八十寺，楼台多在烟雨中也。此诗之意既广，不得专指一处，故总而命曰《江南春》，诗家善立题者也。"诗的前二句写景，后二句言情。由大好的春色而引起吊古伤今的感慨，也隐约透露出诗人对人生青春不常驻的叹息。是一首感伤情调比较浓重的抒情诗。前半从横的方面写出了江南春景的广阔无边与丰富多彩，后半则从纵的方面有感于昔日的繁盛，今日的衰败，是大好春色的一种反跌。正因如此，才在峭健中又有风流华美，体现出俊爽的风格，成为杜牧的代表作品。

1　"南朝"二句：极言南朝寺庙之多。《南史·郭祖深传》："时帝（梁武帝）大弘释典，将以易俗，故祖深尤言其事，条以为：都下佛寺五百馀所，穷极宏丽，僧尼十馀万，资产丰沃。所在郡县，不可胜言。"楼台，指寺院的建筑。

初冬夜饮

淮阳多病偶求欢[1]，客袖侵霜与烛盘。
砌下梨花一堆雪，明年谁此凭栏干。

1　淮阳：指汲黯，字长孺，汉濮阳（今河南濮阳）人。武帝时为东海郡太守，后召为九卿，敢于面折廷诤，武帝外虽敬重，内颇不悦。黯多病，卧阁内不出。"召黯拜为淮阳太守，黯伏谢不受印绶，诏数强予，然后奉诏。召上殿，黯泣曰：'臣自以为填沟壑，不复见陛下，不意陛下复收之。臣常有狗马之心，今病，力不能任郡事。'"见《汉书·汲黯传》。

梅

轻盈照溪水，掩敛下瑶台[1]。

妒雪聊相比，欺春不逐来。

偶同佳客见，似为冻醪开。

若在秦楼畔，堪为弄玉媒[2]。

1　瑶台：美玉砌成的台阶。

2　"若在"二句：用秦穆公女弄玉事。据《神仙传拾遗》："萧史善吹箫，作鸾凤之响。……秦穆公有女弄玉，善吹箫，公以弄玉妻之，遂教弄玉作凤鸣。居十数年，吹箫似凤声，凤凰来止其屋，公为作凤台，夫妇止其上，不饮不食不下数年，一旦弄玉乘凤，萧史乘龙，升天而去。"（《太平广记》卷四引）

柳长句

日落水流西复东，春光不尽柳何穷。
巫娥庙里低含雨[1]，宋玉宅前斜带风[2]。
莫将榆荚共争翠[3]，深感杏花相映红。
灞上汉南千万树[4]，几人游宦别离中[5]。

　　这首诗是杜牧借咏柳以抒发感慨之作。清金圣叹《批选唐诗》卷五下称："此诗乃先生以长一净眼，看尽一切众生，于生死海中，头出头没，浩无尽止，故借柳以发之也。春光不尽，言世界无有了期。柳何穷，言便烦恼无有了期。巫娥庙里、宋玉宅前，言一切众生，牛猪狗猴，无数戏场。低含雨、斜带风，言一切众生，恩怨哭笑，无数丑态也。"

1　巫娥：即巫山神女。

2　宋玉：战国楚人。曾为楚顷襄王大夫。作赋十六篇，现存《神女赋》等六篇。清冯集梧《樊川诗集注》卷三引《渚宫故事》："宋玉旧宅在江陵城北三里。"

3　榆荚：榆树的果实。榆树未生叶前先生荚，形似钱而小，联缀成串，也称榆钱。

4 灞上：灞水之上。灞水为渭河支流，为关中八川之一，在陕西中部。灞是水上地名。汉南：汉水之南。

5 游宦：异乡为官，迁转不定。

柳绝句

数树新开翠影齐，倚风情态被春迷。
依依故国樊川恨[1]，半掩村桥半拂溪。

---

1 樊川：在长安城南。杜牧故乡即在此。

村舍燕

汉宫一百四十五，多下珠帘闭琐窗[1]。
何处营巢夏将半，茅檐烟里语双双。

———　刘永济《唐诗绝句精华》211页："此诗似有李义府《咏鸟》诗所谓'上林无限树，不借一枝栖'之意，但末句写得有情，不作失意语。昔人谓牧之俊爽，如此诗是也。"

———　1 "汉宫"二句：谓汉朝宫殿有一百四十五幢，但大多垂下珠帘，关上窗户。意谓燕子无法在宫殿里营巢，只好到村舍去。汉宫，张衡《西京赋》："封畿千里，统以京尹。郡国宫馆，百四十五。"

题禅院

觥船一棹百分空，十岁青春不负公[1]。
今日鬓丝禅榻畔[2]，茶烟轻飐落花风[3]。

　　题一作《醉后题僧院》。写杜牧恬淡闲适的情趣，当是晚年所作。诗谓十载以来，芳时买醉，未尝辜负时光。今日身当禅床之上，见风吹花落，茶烟轻飐，饮此一杯，以消酒渴，亦谓清福。诗情旷达，境界清幽。尤其是"以两种极端不同之境界，作强烈之对照，更不着一感慨语，而感慨全从虚处见出。明是感叹现在之牢落，过去之风华，但于追念之中，不露惋惜，仍写得似若踌躇满志；感叹之中，不露酸辛，仍写似若恬淡自甘，此其妙也。"（沈祖棻《唐人七绝诗浅释》296 页）。

1　"觥船"二句：谓在开怀畅饮中度过十岁青春。觥船，船形的大酒杯。棹，船桨。《晋书·毕卓传》："尝谓人曰：'得酒满数百斛船，四时甘味置两头，右手持酒杯，左手持蟹螯，拍浮酒船中，便足了一生矣。'"杜牧化用其意。

2　鬓丝：谓鬓发已花白。

3　飐：飘。

哭李给事中敏

阳陵郭门外[1]，坡陁丈五坟[2]。
九泉如结友，兹地好埋君[3]。

李给事中敏：即李中敏，字藏之，元和中擢进士第，曾与杜牧同入沈传师江西幕府，入拜侍御史。性刚峭，与杜牧、李甘相善，其文辞气节大抵相上下。新、旧《唐书》有传。中敏为给事中，故称"李给事"。给事，即给事中，属门下省，常在皇帝侧以备顾问。因执事在殿中，故称给事中。

---

1 阳陵：汉左冯翊有弋阳县，汉景帝刘启前四年（前153）豫于此筑陵墓，称阳陵，并更县名。故址在今陕西高陵县西南。

2 坡陁：不平坦。

3 原注："朱云葬阳陵郭外。"朱云，字游，汉鲁（今属山东）人。少任侠。元帝时为槐里令，数忤权贵，以是获罪被刑。成帝时复上书，愿借尚方剑，斩佞臣张禹，帝怒欲杀之，御史将云去，云攀折殿槛，以辛庆忌救得免。后当治槛，帝命勿易，以旌直臣。朱云临终留下遗言："以身服敛，棺周于身，土周于椁，为丈五坟，葬平陵东郭外。"事见《汉书》本传。平陵是汉昭帝刘弗陵的陵墓，在今咸阳西北，盖杜牧误记平陵为阳陵。

屏风绝句

屏风周昉画纤腰[1]，岁久丹青色半销[2]。
斜倚玉窗鸾发女[3]，拂尘犹自妒娇娆[4]。

这是一首题周昉屏风画的诗。周昉最擅长用画表现上层妇女的日常生活，故用之屏风较多。此诗前二句是正面描写，后二句是侧面描写。由倚窗少妇见到画中之人，顿生嫉妒之心，而衬托出画之高妙。这是深一层的写法。读者可以想见，周昉"丹青色半销"的旧画尚且如此，则当其初画成时，魅力更可想而知。屏风，室内陈设，用以挡风或遮蔽的器具，上面常有字画。

1　周昉：字景玄，京兆人。唐朝著名的画家。其画现存有《簪花仕女图》、《纨扇仕女图》、《调琴啜饮图》等。纤腰：代指女子。
2　丹青：指画像，图画。
3　鸾发：鸾髻。
4　娇娆：柔美妩媚。

怀钟陵旧游四首

其三

十顷平湖堤柳合，岸秋兰芷绿纤纤[1]。

一声明月采莲女，四面朱楼卷画帘。

白鹭烟分光的的[2]，微涟风定翠沺沺[3]。

斜晖更落西山影，千步虹桥气象兼[4]。

——　这组诗是杜牧怀念江西幕中旧友之作。这里所选第三首，主要回忆当时游湖的情景。清黄叔灿《唐诗笺注》："此赋湖上景色，宛成图画，风流俊逸，真是牧之本色。'斜辉'一联，炼句亦奇。"钟陵，即洪州南昌，今江西南昌市。因唐宝应元年（762）曾改为钟陵县，故称。

——　1　兰芷：兰草和白芷，皆香草。纤纤：细微的样子。

2　的的：明白，鲜明。

3　沺沺(tián)：形容水流平静。原注："徒兼切。"冯集梧《樊川诗集注》卷四："按，字书无沺，《广韵》：'沺，徒兼切，水声。'左思《吴都赋》：'澶沺漠而无涯。'注：'澶沺，安流貌。沺音恬。'疑此沺即沺也。"

4　虹桥：拱桥。

台城曲二首

其一

整整复斜斜[1]，隋旆簇晚沙。
门外韩擒虎[2]，楼头张丽华[3]。
谁怜容足地，却羡井中蛙[4]。

　　这首诗是杜牧经过台城时怀古之作，描写陈后主荒淫昏庸以至亡国的悲剧。台城，一名苑城，本战国吴后苑城，晋成帝咸和中作新宫，名建康宫，晋宋间谓朝廷禁省为台，故号台城。参见宋洪迈《容斋续笔》卷五《台城少城》。故址在今江苏南京市玄武湖侧。

1　整整、斜斜：形容战旗簇拥纷乱的样子。
2　韩擒虎：原名豹，字子通，隋河南东垣人。以胆略见称，屡立战功。开皇初为庐州总管，文帝委以平陈之任。开皇九年，大举伐陈，擒虎为先锋，以轻骑五百，直取金陵，生俘陈后主。陈平，进位上柱国。《隋书》有传。
3　张丽华：陈后主妃，以美色见宠。后主荒淫厚敛，国力衰微，隋兵入陈，与后主自投入宫内景阳井，为隋军搜出，被杀。《隋书》附《沈皇后传》。

4 "谁怜"二句：谓有谁会同情他们象青蛙那样投入景阳井中去藏身呢？容足，立足。井中蛙，据《资治通鉴》卷一七七《隋纪》记载，后主与张贵妃等入井，"既而军人窥井，呼之，不应。欲下石，乃闻叫声。以绳引之，惊其太重，及出，乃与张贵妃、孔贵嫔同束而上。"胡三省注："景阳井在法华寺。或云，白莲阁下有小池，而方丈馀。或云在保宁寺览辉亭侧。《旧传》云：栏有石脉，以帛试之，作胭脂痕，一名胭脂井，又名辱井。"

汴河阻冻

千里长河初冻时，玉珂瑶珮响参差[1]。
浮生恰似冰底水，日夜东流人不知。

———

这首诗通过对汴河冬景的描写，联想到人生的短暂，颇具哲理意味。比喻新奇。人生岁月就好像冰下的河水一样，日夜在不停地流逝，但人们毫无知觉。汴河，唐宋时人们称通济渠为汴河，今汴河故道由河南省郑州、开封，流经江苏合泗水入淮河。

———

1　"玉珂"句：谓结冰的汴河如同玉珂环珮，响声不断。玉珂，马勒，以贝饰之，色白似玉，振动则有声。瑶珮，玉饰品。参差，不齐的样子，此指水流声或大或小。

郑瓘协律

广文遗韵留樗散[1]，鸡犬图书共一船[2]。
自说江湖不归事，阻风中酒过年年[3]。

——— 郑瓘，郑虔之孙，临海（今浙江台州）人。《樊川文集夹
注》卷四有原注："广文孙子。"《台临康谷郑氏宗谱上中下世
传》卷三："协律郎瓘，字萤之。""杜牧之常与之交游，初仕唐
为协律郎。""二十五岁游康谷，蒋义山以女妻之。"协律即协
律郎，掌调和律吕，正八品上。这首诗表现对郑瓘具有郑虔流
风遗韵的赞叹与怀才不遇的同情。清翁方纲《石洲诗话》卷
二称："'自说江湖不归事，阻风中酒过年年。'直自开、宝以后
百馀年无人能道。而五代、南北宋以后，亦更不能道矣。此真
悟彻汉魏六朝之底蕴者也。"

——— 1 广文：即郑虔，字弱斋，荥阳（今河南荥阳）人。工书画，曾
将其诗画呈献，皇帝署曰："郑虔三绝。"天宝初为协律郎，以
私撰国史，坐谪十年，还京为广文馆博士。安禄山反，授水部
郎中，事平免死，贬台州司户参军。樗（chū）散：本指樗木散
材那样被闲置的无用之材，比喻不合世用。《庄子·逍遥游》：
"吾有大树，人谓之樗，其大本擁肿而不中绳墨，其小枝卷曲而

不中规矩,立之途,匠者不顾。"疏:"樗,栲漆之类,嗅之甚臭,恶木者也。"又《人间世》:"散木也,以为舟则沉,以为棺椁则速腐,以为器则速毁,以为门户则液樠,以为柱则蠹,是不材之木也。"杜甫《送郑十八虔贬台州司户》:"郑公樗散鬓成丝,酒后常称老画师。"

2　"鸡犬"句:谓郑瓘把鸡狗和图书共载一船。这里进一步说明郑瓘萧闲散淡的风韵。

3　中酒:酒酣。《汉书·樊哙传》:"项羽既飨军士,中酒,亚父谋欲杀沛公。"注:"张晏曰:'酒酣也。'师古曰:'饮酒之中也。不醉不醒,故谓之中。'"这里指醉酒。

早　秋

疏雨洗空旷，秋标惊意新。
大热去酷吏[1]，清风来故人[2]。
樽酒酌未酌，晚花嚬不嚬。
铢秤与缕雪[3]，谁觉老陈陈[4]。

1　"大热"句：谓大暑之天气已去，如同酷吏之去一般。

2　"清风"句：谓早秋清风徐来，如同与故人相会。元方回《瀛奎律髓》卷十二："大暑如酷吏之去，清风如故人之来。倒装一字，便极高妙。晚唐无此句也。牧之才高，竟欲异众，心鄙元白，良有以哉！尾句怪。"

3　"铢秤"句：《樊川诗集注》卷四："《汉书·枚乘传》：'铢铢而称之，至石必差。'余未详。"

4　陈陈：谓不断增加。

题村舍

三树稚桑春未到，扶床乳女午啼饥。
潜销暗铄归何处[1]，万指侯家自不知[2]。

1　潜销暗铄：不知不觉地销熔掉。指农民的收获不知不觉没有了。意谓当时苛捐杂税严重。销、铄均为熔化金属之意。

2　万指侯家：具有成千奴婢的侯家。万指，形容役使人数众多。一人有十个手指，万指即一千人。《汉书》卷九一《货殖传》："童手指千。"唐颜师古注："手指谓有巧伎者。指千则人百。"

送隐者一绝

无媒径路草萧萧[1]，自古云林远市朝[2]。
公道世间唯白发，贵人头上不曾饶[3]。

———　　这首诗是杜牧送隐者时所发的感慨，言世间最公平合理
的只有白发，因为在贵人头上也不放过，除此之外，就没有公
道可言。诗从侧面对社会不合理现象加以抨击。

———
1　萧萧：摇动的样子。
2　市朝：市，交易买卖的场所；朝，官府治事的处所。因以市
朝指争名夺利的场所。
3　饶：恕。张相《诗词曲语辞汇释》卷一："饶，犹恕也。杜
牧《送隐者诗》：'公道世间唯白发，贵人头上不曾饶。'均为
饶恕义。"

寄　远

前山极远碧云合[1]，清夜一声白雪微[2]。
欲寄相思千里月[3]，溪边残照雨霏霏[4]。

1　碧云合：江淹《休上人怨别》诗："日暮碧云合，佳人殊未来。"杜牧化用其意，表现远别思念之意。

2　白雪：古曲调名。《乐府诗集》卷五七《白雪歌序》："《琴集》曰：白雪，师旷所作，商调曲也。"

3　千里月：宋刘埙《隐居通议》卷九："或谓千里月，疑是'目'字误作'月'，因下句是残照，无缘用'月'字也。但千里目与义未顺，千里相隔，惟月共照，今残照之时，惟霏霏之雨，欲寄相思于月不可得矣。月字为是。"按本句暗用宋玉《九辩》句："愿寄言夫流星兮，羌倏忽而难当。卒壅蔽此浮云兮，下暗漠而无光。"

4　霏霏：雨雪纷飞的样子。

有　寄

云阔烟深树，江澄水浴秋。
美人何处在[1]，明月万山头。

———
1　美人：指作者所思念的友人。

雨

连云接塞添迢递[1]，洒幕侵灯送寂寥。
一夜不眠孤客耳，主人窗外有芭蕉。

这首诗巧妙地选取雨打芭蕉使人彻夜不眠这一特定景象，含蓄地表现自己作客他乡，寂寞无聊与忧愁感伤的心情。有声有色，有景有情。前二句写雨之形，后二句写雨之声。

1　迢递：高远的样子。

宫词二首

其二

监宫引出暂开门[1]，随例须朝不是恩[2]。
银钥却收金锁合，月明花落又黄昏。

　　这首诗描写失宠宫女的幽怨之情。清徐增《而庵说唐诗》："'暂'字妙，惟闭门是常，故开门云'暂'也。开门虽暂时，毕竟是得见天光，宫人必相私冀曰：'吾今番得见君王，或重承宠渥不可知。'于是即急急回绝他云：此朝是例，不是恩也。恩与怨对，反弄出怨来。……须臾朝过，依旧重入长门，监宫却将银钥收管，金锁早已合上矣。不消更说到下句，此句已极难堪。此门既入，不知于何日再出来。……'月明花落更黄昏'，平素凄凉景况，已消受得惯矣，独是今日朝君，无穷妄想，竟成虚话，又得见君王一面，越形出凄凉不堪。日里夜间，一总不论，乃于欲睡未睡之际，满宫明月，一院落花，上天下地，团团怨海。向之所最苦者此境，今又依然在此矣。妙极！"

1　监宫：指监管宫女的宦官。按当即监护使，拓本《颗娘墓志》："春宫颗娘，年五十葬万年县长乐乡王柴村。乾符六年四

月廿九日。监护使段齐遂,副使张希阮。"王锋钧《晚唐宫女
颗娘墓志》:"监护使应是专门负责管理宫女的宦官。"(《考古
与文物》2003 年第 2 期)

2　随例须朝:按惯例朝见君主。

月

三十六宫秋夜深[1]，昭阳歌断信沉沉[2]。
唯应独伴陈皇后[3]，照见长门望幸心[4]。

1　三十六宫：形容宫殿之多。班固《西都赋》："离宫别馆，三十六所。"骆宾王《帝京篇》："秦地重关一百二，汉家离宫三十六。"

2　昭阳：即昭阳殿。汉武帝时后宫八区有昭阳殿，成帝时赵飞燕居之，贵倾后宫。见《三辅黄图》卷三《未央宫》。后世常以昭阳代皇后之宫。歌断：歌声停歇。沉沉：深沉的样子。此处表示无声无息。

3　陈皇后：汉武帝刘彻的姑母长公主之女，姓陈。刘彻四岁时封胶东王，长公主抱置膝上，问："儿欲得妇否？"指其女阿娇，又问："阿娇好否？"答："若得阿娇作妇，当作金屋贮之。"及即帝位，立为皇后。失宠后废居长门宫。见《汉武帝故事》及《汉书·外戚传》。

4　长门：汉宫名。本窦太后长门园，武帝更名长门宫。时陈皇后失宠于武帝，别在长门宫，使人奉黄金百斤，令司马相如为《长门赋》。以感动汉武帝。

闺情代作

梧桐叶落雁初归，迢递无因寄远衣[1]。
月照石泉金点冷[2]，凤酣箫管玉声微[3]。
佳人力杵秋风处[4]，荡子从征梦寐希[5]。
遥望戍楼天欲晓[6]，满城鼙鼓白云飞[7]。

杜牧此诗是代拟之作。清钱谦益、何焯《唐诗鼓吹评注》卷六："此良人从征，代拟闺情而作也。首言秋时寄衣，路远莫致，但见月映流泉，光如金点，玉箫声远，凤吹低迷而已。夫以寄衣及远，故佳人力杵于秋风之外，而既伤迢递，则荡子从征还家之梦亦稀也。然我之所思忆良人者，无时可已，当晓望之际，惟听高城鼓漏之声，而白云飞绕于戍楼尔，此时闺情其何似哉！"

1　迢递：遥远的样子。
2　金点：指月照石泉，光如金点。此以金点喻深秋月色之寒。
3　凤酣箫管：指萧史以箫作鸾凤之音事，《列仙传》卷上："萧史者，秦缪公时人也。善吹箫。能致孔雀、白鹤于庭。缪公有女字弄玉，好之，公遂以女妻焉，日教弄玉作凤鸣。居数年，吹似凤声，凤凰来止其屋，公为作凤台，夫妇止其上，不下数年。

一旦皆随凤凰飞去。"此以玉箫声微喻思妇心情的哀楚。

4　力杵：用力捣衣。

5　荡子：飘荡不归的男子。此处指征夫。

6　戍楼：边防驻军的瞭望楼。

7　鼕（dōng）鼓：即鼕鼕鼓，警夜的街鼓。后唐马缟《中华古今注》卷上："唐旧制，京城内金吾昏晓传呼，以戒行者。马周请置六街鼓，号之曰'鼕鼕鼓'。"

山　行

远上寒山石径斜，白云生处有人家。
停车坐爱枫林晚[1]，霜叶红于二月花。

——　这是一首写景佳作，笔墨洗炼，色彩鲜明，语言简洁，情景逼真。瞿蜕园《学诗浅说》称："这诗不过是写山行所见的好景，但若没有第四句这样透进一层的话，说出别人形容不出的意思，这就不成为好诗了。这句中的'于'字是很重要的，这就是比别人深一层的作法。若作'霜叶红如二月花'，就差近平凡了。"

——　1　坐：因为，由于。张相《诗词曲语辞汇释》卷四："坐，犹因也，为也。……杜牧《山行诗》：'停车坐爱枫林晚，霜叶红于二月花。'言为爱红叶而停车也。"

書　怀

满眼青山未得过，镜中无那鬓丝何[1]。
只言旋老转无事，欲到中年事更多。

———

这首诗一方面抒发了作者对韶光易逝的感伤，也表现了人到中年，面对各种事务而无所适从的惆怅心情。诗将中年人普遍经历但又不易说出的感受维妙维肖地表现出来。

———

1　无那：无奈，没办法。

赠猎骑

已落双雕血尚新[1]，鸣鞭走马又翻身[2]。
凭君莫射南来雁[3]，恐有家书寄远人。

1　落双雕：射落成双的雕。雕是一种猛禽，飞得很快，不易射中，故世称善射者为"射雕手"。此言猎人射技的高超。

2　鸣鞭：挥鞭作响。走马：跑马。翻身：指翻身射箭。

3　凭君：请求您，希望您。张相《诗词曲语辞汇释》卷五："凭，犹仗也，亦犹烦也，请也。……杜牧《赠猎骑诗》：'凭君莫射南来雁，恐有家书寄远人。'此犹云请君。"南来雁：从南方归来的大雁。古人认为鸿雁为信使，故以"莫射南来雁"，表达远人思乡的情怀。

秋 夕

红烛秋光冷画屏¹，轻罗小扇扑流萤²。
天阶夜色凉如水³，坐看牵牛织女星⁴。

———

　　题一作《七夕》。这首诗又收入王建宫词一百首中，误。杜牧诗以拗峭险侧的风格著称于世，而《秋夕》却是典型的清婉平丽之作，代表了另一种风格。宋谢枋得《唐诗绝句注解》卷三："此诗为宫中怨女作也。牵牛织女，一年一会，秦宫人望幸，至有三十六年不得见者。'坐看牵牛织女星'，隐然说一生不蒙宠幸，愿如牛女一夕之会亦不可得。怨而不怒，真风人之诗。"清黄白山《载酒园诗话评》卷上："亦即参昂衾裯之义。但古人兴意在前，此倒用于后。昔人感叹中犹带庆幸，故情辞悉露。此全写凄凉，反多含蓄。"王文濡《唐诗评注读本》卷四："此宫中秋怨诗也。自初夜写至夜深，层层绘出，宛然为宫人作一幅幽怨图。"

———

1　画屏：饰有图案的屏风。
2　轻罗小扇：用细绢制成的团扇。
3　天阶：皇宫中的石阶。

4　牵牛织女星：俗称牛郎织女星，二星隔银河相对。古代神话以牵牛织女为夫妇，每年七月七日相会一次，故人间常以比喻夫妇。

寓　言

暖风迟日柳初含[1]，顾影看身又自惭。
何事明朝独惆怅[2]，杏花时节在江南。

1　迟日：即春日，因春天白天渐长，故称。《诗·豳风·七月》："春日迟迟，采蘩祁祁。"
2　惆怅：失意的样子。

旅　宿

旅馆无良伴，凝情自悄然¹。
寒灯思旧事，断雁警愁眠²。
远梦归侵晓³，家书到隔年。
沧江好烟月，门系钓鱼船。

　　这首诗是久旅他乡怀归之作。诗不见于《樊川文集》，而载于宋人补编之《樊川别集》。最后二句，集本及《全唐诗》等均作"湘江好烟月，门系钓鱼船"。杜牧未曾涉足湘江，故此诗是否杜牧所作，尚有疑问。然《唐诗三百首》选入，影响甚大，故本书亦录入。清章燮《唐诗三百首注疏》卷四："以幽闲之意结之，益见旅人跋涉之苦，则思乡之情更难堪矣。沧江，旅馆外之沧江；门，旅馆之门。渔船何等清闲以赏烟月，而我独跋涉风尘，不得在家赏玩，何不如渔翁之自在也。"

1　悄然：忧愁的样子。
2　断雁：离群之雁，亦称"断鸿"。
3　侵晓：破晓，天亮。

隋宫春

龙舟东下事成空¹，蔓草萋萋满故宫。
亡国亡家为颜色，露桃犹自恨春风²。

隋宫：即隋苑。隋炀帝时建，故址在今江苏扬州西北。

1　"龙舟"句：指隋炀帝巡幸江都、荒疏朝政事。炀帝曾开运
河，并于大业十二年（616）南巡至江都，沉湎酒色，无意于北
归。十四年（618）为禁军将领宇文化及等缢杀于宫中。事见
《隋书·炀帝纪》。
2　露桃：露井边之桃。